KB235235

페미니스트, 남성을 말한다

페미니스트, 남성을 말한다

● 페미니스트, 남성을 말한다

1판 1쇄 인쇄 2000년 8월 25일
1판 1쇄 발행 2000년 8월 30일

지은이● 송명희/여성연구회
펴낸이● 한봉숙
펴낸곳● 푸른사상사
편집인● 김현정
등록 제2-2876호
서울시 중구 을지로2가 148-37 삼오B/D 302호
대표전화 02) 2268-8707－8
팩시밀리 02) 2268-8708
메일 yahoo · lycos (prun21c@)

ⓒ 2000, 송명희/여성연구회

값 12,000원

ISBN 89-951563-2-5-93810

페미니즘 총서 2

페미니스트, 남성을 말한다

송 명 희 / 여성연구회

푸른사상

왜 남성학인가

페미니스트 그룹 여성연구회는 『여성의 눈으로 읽는 문화』(97)와 『페미니즘과 우리시대의 성담론』(98)에 이어 세번째 연구성과인 『페미니스트, 남성을 말한다』를 세상에 내어놓는다.

아마도 사람들은 페미니스트들이 갑자기 남성에 대해서 말하는 것에 대해 이상하게 여길 수도 있을 것이다.

언제부턴가 필자는 페미니스트로서 여성에 대해서만 말한다는 사실이 무척 공허하게 느껴졌다.

한국에 여성학이 수입된 1970년대 후반 이래 여성학의 학문적 축적은 상당히 이루어졌다. 또한, 사회구조의 변화와 함께 여성들의 의식도 빠르게 변화했다. 이제 뉴밀레니엄에 접어들었고, 세상은 아날로그 시대에서 디지털 시대로 발 빠르게 변화하고 있다.

그런데 세상의 절반인 남성들이 아직도 중세의 하늘 아래서 꿈쩍도 하지 않고 보수적인 의식에 사로잡혀 있는 한 여성이 홀로 변해봐야 사회는 변화될 수 없다는 생각을 하게 되었다.

바로 이러한 생각들이 세상의 절반인 남성과 남성학에 대한 학문적 관심으로 자연스레 이어졌다.

이제 남성이 변화해야 할 차례이다. 따라서 페미니스트들은 남성을 가해자라고 공격하고 곤경에 빠뜨릴 것이 아니라 그들도 여성들과 마찬가지로 피해자라는 동반자 의식을 공유하며 남성들을 껴안아야 한다. 그리고 변화해야 할 남성들을 위하여 같이 고민하고 함께 길찾기에 나서야 한다. 이것이 페미니스트가 남성에 대해서 말해야 하는 이유이다.

변화되는 세상에서 남성은 어떤 변화를 겪고 있는가, 어떠한 역할과 정체성을 새롭게 가져야 할 것인가, 남성과 여성의 위상은 어떻게 자리매김될 수 있을 것인가, 남성학이란 무엇인가? 이러한 남성학적 질문들에 대한 고민의 흔적을 이 한 권의 책에 담아봤다.

하지만 아직 가야 할 길은 멀고, 우리가 내딛는 발걸음은 첫걸음에 불과하다. 지금까지 한국에서 남성학의 학문적 성과는 미미하고, 학문적 성과가 미미한 만큼 남성문제를 보는 시각에도 깊이와 무게가 실리지 않고 있다. 이 점이 글쓰기 과정에서 가장 큰 어려움으로 작용했다. 하지만 '천릿길도 한 걸음부터'라는 속담도 있듯이 우리는 조심스럽게 세상을 향해 첫걸음을 내딛으려 한다.

같이 고민하고 글을 써준 필자들과 시험적인 이 글의 출판에 기꺼이 동의해 준 푸른사상사에 감사를 드린다.

세상을 함께 가야 할 절반인 남성들을 위하여 이 책을 바친다.

2000년 여름을 보내며
여성연구회 송 명 희

목차

목차

목차

흔들리는 남성
― 그 정체성의 위기

송 명 희

•약력

〈현대문학〉(80)과 〈세계의 문학〉(79)을 통해 문학평론가로 등단했으며, 평론집에 『여성해방과 문학』(지평, 88), 『문학과 성의 이데올로기』(새미, 94), 『이광수의 민족주의와 페미니즘』(국학자료원, 97), 『탈중심의 시학』(새미, 98), 에세이집에 『여자가 가슴에 부는 바람』(일념, 91), 공저에 『여성의 눈으로 읽는 문화』(새미, 97), 『페미니즘과 우리시대의 성담론』(새미, 98)등을 발간해 왔다. 고려대학교에서 문학박사학위를 취득했으며(85), 제 3회 〈한국문학비평상〉(94) 제 10회 〈봉생문화상〉(98)을 수상했고, 현재 부경대학교 국문학과 교수로 재직중이며, 〈여성연구회〉 회장을 맡고 있다.

흔들리는 남성 ― 그 정체성의 위기

1. 들어가며

　20세기 후반에 접어들면서 남녀를 공과 사로 분리하는 성역할의 고정화에 대해서는 여성운동에서도 남성운동에서도 의문을 제기하기 시작했다. 여성들은 기능주의 사회학자 탈코트 파슨즈(Talcott Parsons)가 구분했던 표현적 역할(role expressive), 즉 여성을 사적인 영역에 고립시키고, 아내 어머니 안주인으로서 가족집단을 통합시켜 나가는 데 만족하도록 만드는 역할에 대해서 반기를 들었다. 마찬가지로 남성들도 그들에게 부과된 도구적 역할(role instrument), 즉 직업을 갖고 적당한 수입을 벌어들임으로써 남편과 아버지로서 공동체내에서 지위를 보장받는 역할에 대해서 회의를 품게 되었다.
　여성학과 여성운동의 영향을 받아 형성된 남성학(men's studies)과 남

성운동(men's liberation)은 기존의 남성 역할 가운데서 생계부양자로서의
역할, 국토방위의 역할, 여성에 대한 보호자로서의 역할, 리더로서의
역할에 회의를 나타내기 시작했다. 즉, 남성을 억압하고 있는 다양한
역할에서 해방되어, 쾌락을 누리며, 자유로운 행동이나 관계를 남자
들 자신을 위해 생각하고 선택할 수 있는 환경을 만들기 위한 해방
운동이 필요하다는 주장을 제기했다.

어떤 의미에서 20세기는 '일을 하고 싶어도 할 수 없는 여성들'을
위한 여성해방이 활발히 전개된 시기이며, '사회법칙에 따라 일할
것을 강요받는 남성들'을 위한 남성해방운동이 대두한 시기라고 할
수 있다.

여성들이 사회적 역할을 더 맡기 위해 투쟁해 왔다면 남성들은 20
세기의 끝에서 기존의 성역할이 각각의 성장을 방해하며, 구속과
억압을 주고, 특히 남성의 성역할은 심리적 육체적으로 죽음의 원인
이 되고 있다고까지 주장하며, 남성에게 부과된 역할로부터 벗어나
기 위한 해방을 외치기 시작했다.

미국의 남성해방론자인 리차드 하다드(Richard Haddad)는 여자보다
10년이나 더 짧은 수명, 더 많은 질병에의 노출, 범죄율, 알콜과 마
약 중독증세, 자기파괴를 자초하면서까지 성공하지 않으면 안된다고
생각하는 남자들, 이른바 타인을 먹여살리는 데 일생을 바칠 의무를
지니고 있는 남자들에게 어떤 특권이 있는가라고 질문한다. 지금까
지 남성의 특권이라는 것은 계속적 승리, 성공의 보수로서만 주어져
왔다는 것이다. 그들은 여성이 경제 정치적으로 차별당한다면 남성
은 인간성의 면에서 육체적 정서적 사회적 심리적으로 괴로워하고
있다고 말한다.

남성들은 권력을 독점하거나 세계를 지배하는 힘을 소유하지 못

했으며, 정부나 기업의 시스템에서 남성이 의사결정의 위치에 있었던 것은 어디까지나 남성들의 활동무대가 그곳이었기 때문일 뿐이라고 주장한다. 더욱이 남자는 이런 지위를 자신의 이익을 위해서 이용하지 않았다고 말함으로써 페미니스트와는 아주 상반된 견해를 피력하기도 한다. 또한, 그들에게 개인적으로나 집단적으로 최대의 영향을 주는 권력은 경제, 정치, 섹스, 가정 중에서 어떤 것인가라고 질문한다. 가령, IBM의 회장은 당신의 아내보다도 더 당신을 지배하는 힘을 소유하고 있는가, 당신은 자신의 어머니보다도 미국 대통령을 더 사랑하고 있는가라고 질문하는데[1], 이와 같은 질문은 마치 한국에서 남성은 세계를 지배하지만 그 남성을 지배하는 것은 여자라는 주장과 흡사하다.

남성학에는 여러 관점과 태도가 있으며, 여러 관점 중에는 친페미니즘적 입장도 분명 존재한다. 하지만 일부의 남성해방론자들은 '여성들은 그들의 역할에서 해방되고, 남성의 역할은 그대로 존속된 사회로 이끌어가는 것이 페미니즘이다'라고 주장하며, 페미니즘에 대해서 적대적 입장을 취한다. 이처럼 페미니즘에 대해서 적대적인 남성해방론은 페미니스트들이 여성들이 사회적 역할을 새롭게 떠맡았는데도 가사노동에 협조하지 않는 남성들로 인하여 삼중의 역할로 과중한 노동과 스트레스에 시달린다고 항변하는 것과 정반대의 입장을 나타낸다고 할 수 있다.

미국의 부부관계 상담전문가 존그레이는 "화성에서 온 남자, 금성에서 온 여자"란 흥미로운 명제를 통해서 남녀간의 소통불능상태를 비유했는데, 성역할 변화에 대한 남성해방론자와 여성해방론자의 해

---

1) 리차드 하다드, '남성해방운동', 프란시스 바움리 편, 김영주 역, 우리는 남성해방선언(기원전, 1992), 176-182면 참조.

석에서도 아예 소통이 불가능해진 화성과 금성간의 머나먼 거리를
실감하지 않을 수 없다.

　그렇지만 조금만 생각해보면 남녀의 성역할 변화는 결코 페미니
즘 탓이 아니라 사회구조의 변화에 따른 시대적 요청이라 하지 않을
수 없다. 어떤 의미에서는 페미니즘도 여성 내부에서만 우러나오는
목소리가 아니며, 변화된 사회구조가 요청하는 새로운 시대사조로서
시대가 여성의 성역할 변화를 요구한다고 해석할 수 있다. 즉, 육체
적 힘을 필요로 하지 않는 오늘날의 경제구조는 기존의 전통적 성역
할을 쓸모없는 것으로 만들고 있다. 성역할의 변화 요구는 경제구조
의 변화에 따른 시대적 요청이며, 인류 역사에서 성역할은 항상 변
화해 왔음을 상기할 필요가 있다. 더 이상 성역할은 신이 부여한 신
성불가침의 것이나 자연의 법칙에 따른 것이 아니며, 고정불변의 것
은 더욱 아닌 것이다.

　앨빈 토플러가 말한 제3의 물결시대, 즉 탈공업화된 정보화사회는
제2의 물결시대에 적합했던 남성과 여성을 공(公)과 사(私)로 분리하
는 성역할의 구분을 무의미하게 만들고 있다. 즉, 남성은 공적 영역
에서 사회적 대표권을 지니며 도구적 역할을 수행하고, 여성은 사적
영역인 가정에서 자녀양육과 가정관리의 표현적 역할을 수행해야
한다는 성역할의 분화는 평등주의 원칙과 유연성 있는 역할의 상호
교환성이 요청되는 정보화사회에서는 더 이상 적합한 역할 수행으
로 볼 수가 없는 것이다.

　남성학은 기존의 남성 역할에 대한 회의와 불만으로부터 출발했
으며, 기존의 남성역할의 억압성을 인식하고, 이로부터 벗어나 자유
롭고 해방된 인간으로서 삶의 권리를 누릴 수 있는 사회로 변혁하는
것을 목표로 한다.

  기존의 남성역할 가운데서 가장 큰 억압은 뭐니뭐니 해도 가장으로서 가족을 부양해야 한다는 평생을 통한 의무감와 부담일 것이다. 가장으로서의 부양의무와 보호자로서의 책임과 권한에 만족하던 남성들이 그 역할에 회의를 품기 시작한 변화를 가리켜 어렌리크(Ehrenreich)는 '남성의 반란', '생계부양자의 윤리붕괴'라고 표현했다. 남성들의 이러한 변화가 여성해방운동의 여파로 초래되었다는 설명이 있지만 이는 객관성을 잃은 설명이다. 그것은 자본주의의 단계적 진전에 따른 자생적 변화일 뿐이다. 미국의 경우, 70년대의 석유파동을 거치면서 물가가 뛰고 경제침체가 된 상황에서 남성들은 부양자, 가장으로서의 역할이 위험부담과 긴장이 높은 것이라고 느끼기 시작했으며, 성공이나 책임보다는 신나게 노는 시간과 수월한 삶을 추구하려는 경향이 대두했다.

  가령, 우리나라에서도 소위 남성학이 대두하고, 남성해방운동이 나타나기 시작한 것은 산업화가 추구한 고도의 경제성장이란 목표 달성을 위해 남성들을 밤낮으로 혹사시켜 오던 사회가 경제불황이 되자 명예퇴직, 정리해고에 이어 IMF로 아예 직장에서 퇴출당한 실직자가 200만 명에 달하게 된 20세기 말의 일이다. 즉, 남성들은 그때까지 남성에게 부과된 성역할을 그들의 자의적 의사와 달리 강제적으로 박탈당하게 되자 자신의 역할에 대해서 근본적 회의를 품게 되었다. 그들이 가부장제의 자랑스런 수혜자가 아니라 억울한 피해자[2]임을 깨닫게 된 것이다. 즉, 기존의 제도권내에서 권력이나 특권을 누릴 수 없다는 한계남성(marginal men)으로서의 자각이 남성해방에 대한 문제의식으로 표출되었다고 보여진다.

  정말 세기말 한국사회에는 안티페미니즘을 표방한 '한국남성협의

------

2) 엘리스 코즈, 안종설 역, 남자의 위기(한송, 1997), 15면.

회'란 남성단체가 등장하여 남성에 대한 역 성차별에 항의했다. 그들은 남성의 군대의무, 가족부양의무 등 남성에게 가해지는 불합리한 사회제도 및 법 개선을 역점사업으로 천명하며, 남성발전기본법의 초안까지 작성했다.3) 그들은 우리 사회가 남성위주라고 하는 것은 착각이라며, 페미니즘에 대해서 비난을 퍼부었다.

우리나라의 남성학이나 남성해방운동이 단순히 외국의 박래품으로서 새로운 학문에 대한 지적 호기심 때문에 발생했거나 외국 남성해방운동의 일방적 영향으로 이루어진 것은 아니라고 보아진다. 즉, 남성해방운동이 대두할 만한 사회적 여건이 주어졌기 때문에 태동한 것으로 보아야 한다.

본고는 20세기말에 한국에 불어닥친 남성의 흔들리는 정체성과 그 위기의 문제를 소설, 영화, 텔레비전 드라마와 같은 문화텍스트를 통하여 읽어보고, 변화된 사회 속에서 남성이 가야 할 길을 모색해보고자 한다.

2. 흔들리는 남성 —김정현의 『아버지』

우리 사회에도 가장과 보호자로서의 책임과 권한에 만족하던 남성이 기존의 성역할에 억압을 느끼며, 자유롭고 해방된 인간으로서의 삶의 권리를 누리고자 하는 남성해방운동은 등장했다. 하지만 기존의 남성역할을 내팽개치려는 '남성의 반란'은 어디까지나 미국 등지에서 나타나는 사회현상일 뿐이다. 아직 우리 사회의 대다수 남성

---

3) 여성신문, 1999년 12월 10일자.

들은 자신의 생계부양자 또는 보호자로서의 역할을 처절히 지키려는 책임의식으로부터 자유롭지 못하다. 하필, 필자가 '처절한 책임의식'이라고 명명하는 까닭은 1990년대 말 IMF로 실직한 가장이 가족부양의 책임의식을 강박적으로 느끼다 못해 소위 동반자살(동반자살이라는 표현은 언론에서 사용했으며, 이것은 명백히 가족에 대한 살인행위이고, 왜곡된 가부장적 소유의식이다)이라는 극단적 방법을 통해서 자신의 임무를 수행하려고 했던 불행한 사례들에서 잘 확인할 수 있다.

가족부양에 대한 책임의식은 한국남성들의 집단적 무의식에 보다 깊숙하게 내면화되어 있으며, 우리 사회의 집단적 의식 역시 남성들에게 이러한 책무로부터 자유로워지도록 허용하지 않고 있다. 가령, IMF 직후 우리 사회는 200만 명이 실직을 하고 더 이상 생계부양자로서의 역할 수행을 할 수 없게 되었다. 이 때 우리 사회의 분위기는 그 동안 남성들이 일방적으로 생계부양의 무거운 임무를 져 왔으므로 이를 위로하고, 이 기회에 남녀가 가족부양의 책임과 고통을 함께 나누는 평등사회로 전환하겠다는 전향적 태도를 보여준 것이 아니었다. 오히려 '남편 기 살리기' 또는 '아빠 힘내세요'란 슬로건을 통해서 남성들이 자칫 실직 중에라도 '생계부양자로서의 역할의식'을 방기해 버리지 않도록 열심히 채찍질해 왔다.

하지만 우리 사회의 남성에게서도 '남성의 반란'이라고 표현할 정도는 아니지만 지금까지 규정된 남성의 역할에 억압을 느끼며, 남성의 정체성에 회의를 나타내는 '흔들리는 남성상'을 찾아볼 수 있다.

김정현의 『아버지』(문이당, 1996)는 20세기 후반의 변화된 사회구조 속에서 흔들리고 있는 남성의 정체성에 대한 위기를 잘 보여주고 있다. 작품은 말기 췌장암 선고를 받은 중년남성 한정수를 통하여 우리시대의 남성들이 직면하고 있는 여러 문제들을 남성의 시각에서 보여준다. 즉, 가족(특히 부부) 사이에 의사소통이 단절된 모습, 권위의식과 허세로 무장한 채 정서적으로 고독과 불안에 빠져 있는 남성상, 일부일처제 가족의 모순을 드러내는 남성의 성적 일탈, 생계부양자 역할에 억압되어 있는 남성상, 남녀를 공과 사로 분리하는 이분법적 사회의 모습 등이 그것이다.

체중감소, 무기력, 위경련 등의 복부통증을 대수롭지 않게 여기던 한정수는 말기 췌장암으로 진단되며, 5개월의 시한부 인생을 판정받게 된다. 죽음에 직면한 그는 공무원으로서의 사회적 역할이나 가장으로서의 역할이 자신에게 심리적 경제적 압박감과 좌절감만 안겨주었으며, 자신이 덧없이 고독한 존재라는 사실을 깨닫게 되고, 인생에 대한 허무감에 빠져든다. 그는 직장에서도 가족에게도 최선을 다했다고 생각하지만 이에 대한 충분한 보상은 따르지 않는다. 즉, 가난한 집안의 지방대학 출신으로 행정고시에 합격한 그는 열심히 일하였지만 승진에서는 언제나 뒤쳐지고, 여지껏 서기관에 머물고 있다. 또한, 평생 가족을 사랑하고 그들을 위해 봉사해 왔다고 생각했지만 그에게 돌아오는 것은 가족과의 대화 단절과 외로움뿐이다. 그는 죽음을 앞두고서야 자신이 억울한 피해자로서 타인지향적 삶을 살았음을 뼈저리게 느끼게 되며, 존재론적 회의에 사로잡힌다.

그런데 자폐적인 권위의식과 허세에 사로잡힌 그는 가족에게 자신의 시한부 삶을 알리기는커녕 가족들의 동정심 따위는 받기 싫다는 비정상적이고 왜곡된 감정과 태도를 나타낸다.

이대로 지내다 가자. 마누라에게 구박받고 자식놈들에게 따돌림 당해도. 난 지금 이대로가 좋아. 내가 무슨 별난 동물이라도 되는 양 이상한 눈빛으로 보는 건 정말 싫어. 갑자기 절절한 애정이 생긴 양, 하늘이 무너지는 듯 안타까운 양, 마치 내가 없으면 하루도 못 살 것처럼 그렇게 말도 안된 눈빛과 표정을 대하는 건 우선 내가 싫어. 아직은 지금 그대로가 좋아. 자네와 술이 취해 이렇게 할게. 예전처럼 밤늦게 집으로 쳐들어 갈 수 있다는 게 좋다구. 알아? ……

이처럼 그는 잘못된 권위의식과 허세에 사로잡혀 있으며, 자폐적인 감정상태에 빠져 가족들과 대화하기를 거부하고 있다. 이미 7년 전부터 그는 아내와 각 방을 사용할 정도로 관계가 단절되어 있다. 가족들과 제대로 소통되지 않는 외로움을 주인공은 이렇게 표현한다.

> 그는 언제부터인가, 그토록 사랑하는 아내, 그리고 자녀들에서 외로움을 느끼고 있었다. 따져보면 아무 것도 아닌, 그야말로 공허한 것이라 해도 그것은 외로움이었다. 그리고 그 원인의 아주 작은 부분일지라도 그 자신에게만 미루지 못할 무엇은 분명 있을 것이다. 그것이 설령 그들의 지나친 사랑에서 비롯되었다 할지라도.

하지만 그는 가족들과 대화가 단절된 원인이 무엇인가 생각해 보지 않았으며, 의사소통을 하기 위한 노력도 전혀 하지 않고 있다. 대신에 매일 밤 술에 취해 귀가하는 허세를 부린다. 그의 이런 태도는 가족들로부터 이해받기는커녕 미움과 증오를 사게 되고, 그로 인해 가족들은 물론이며 그 자신이 더 큰 상처를 입게 된다. 그는 대화를 하자는 아내를 향해 마음을 열고 자신의 상태를 솔직히 고백하려 하지 않고, 자신을 진정한 가족으로 대해준 적이 있느냐고 항변하는가

하면 가족들의 자신에 대한 태도를 '무관심의 경멸' 또는 '철저한 멸시'라고 오해한다.

이렇게 작품 속의 아버지는 죽음을 앞둔 마당에서도 자신과 가장 가까운 가족들에게 자신이 죽게 된다는 사실을 알리지 않고 허세를 부리는데, 이는 문화적 격차가 있는 냉담한 아내나 철없는 자식들 때문이 아니라 이 사회가 남성들을 사회화시킨 대로 무표현적이고 도구적인 남성성과 남성다움이 초래한 부정적 결과이다. 즉, 주인공 부부에게 대화와 의사소통이 단절된 까닭은 한정수가 권위의식과 허세에 사로잡힌 채 자신의 감정을 과도하게 억압하고 솔직하게 인간적 대화를 하지 않았기 때문이다.

대신에 그는 술로 도피하여 자신의 외로움을 보상받고자 한다. 아마도 말기 췌장암에 이르도록 건강이 악화된 것도 자신의 마음을 가족에게조차 열지 않고, 모든 스트레스를 술로써 해결하려 한 남성으로서의 권위의식과 허세 때문이었으리라.

필자는 여기서 우리나라 남성문화의 한 단면을 엿볼 수 있다고 생각한다. 즉, 우리나라 남성들의 모든 스트레스를 술로서 해결하려는 일종의 집단적 알콜리즘이라고 할만한 사회적 현상이 그것이다.

소설의 주인공도 모든 스트레스를 술로써 풀려했다. 그러다보니 매일 술에 젖어 귀가하게 되고, 이로 인해 가족들과 관계장애가 일어났다. 즉, 아내와는 7년째 각 방을 사용하고 있으며, 자녀들로부터는 존경심을 잃게 되고, 급기야 딸로부터는 원망에 찬 편지를 받기에 이르른다.

우리나라 남성들에게서 나타나는 알콜리즘을 개인의 심리적 측면만이 아니라 사회적 문화적 요인과 관련해서 바라보아야 한다는 시각이[4] 있듯이 우리나라 남성들의 술에 대한 의존 내지는 술로의 도피 현상은 개인적인 것이 아니라 집단적이며, 사회적인 현상이다. 그리고 그 원인은 남성들에게 스트레스를 가중시키는 사회구조와 남성들의 사회화 과정, 남성들에 가해지는 정서적 억압과 그로 인한 불안감과 타인과의 교류장애에서 오는 외로움 등 여러 이유를 찾을 수 있을 것이다.

왜, 우리나라의 남성들은 죽음을 앞둔 상황에서조차 이처럼 감정표현이 불능상태인 정서적 억압에 빠지게 된 것일까?

낸시 쵸도로우는 유아기의 남아와 여아의 양육방식의 차이에서 이 점을 설명한다. 즉, 어머니와 강한 정서적 친밀감을 나눌 수 있는 여아에 비해 남아는 이성인 어머니와의 정서적인 분리가 강하게 요구된다고 했다. 게다가 동성인 아버지와는 자주 접할 수 없고, 대화의 양이 적으며, 내용도 사색적이고 딱딱하기 때문에 타인과의 공감능력이나 친밀감을 억제시키는 경향이 있다는 것이다.

이처럼 유아기의 양육방식이나 커뮤니케이션 과정에서 남자들의 냉정하고 무표현적인 인성이 초래되었으며, 이는 결국 남자들의 의사소통 불능상태를 초래하게 되고, 대신에 허세나 권위의식으로 무장한 채 스스로 가족으로부터 소외된 고립상태와 고독감에 빠지게 만든다. 남자들의 고독에 대해서 작가는 서문에서 이렇게 적고 있다.

> 당신은 사람의 냄새를 맡아본 것이 언제라고 생각하는가? 혹시 사람의 냄새가 그리워 그토록 아쉽고 허전하고 외로운 건 아닐까? 그래서 서점의 서가마다 빠지지 않고 '고독'이라는 수사가 붙은 책들이 꽂혀 있지는 않은가? 가만히 생각해 보라. 당신의 아버지, 당신의 남편, 당신의 아들이 진정 그런 고독 때문에 헛된 서글픔

---

4) 박재환 외, 술의 사회학(한울 아카데미, 1999), 210면.

을 낭비하고 있지는 않은지. 아버지, 그 가슴 뭉클한 이름에서마저 향기를 잊어버리고 산 것이 얼마인가. 가로등만이 초라한 골목길에서 휘청거리는 발길을 내딛는 굽은 그의 등을 본 적이 있는가? 몹시 술에 취한 어느 날, 들고 온 과일 바구니를 내려놓으면서도, 누군가를 향한 불만을 그치지 못하던 그 비오던 밤을 당신은 기억하는가? 잠든 당신의 곁에 지켜서 흐뭇하게 머금던 그의 미소를 잠결에서나마 보았던 적은 없었는가?

이 작품은 남성도 고독하다고 항변한다. 분명 그들도 고독할 것이다. 왜냐하면 그들은 타인과 정서적으로 교감을 나누고 감정적 유대를 가지도록 성장해오지 않았으므로……. 작품에서 표현되었듯이 아내에게도 자식에게도 마음을 털어놓을 수 없는 남자의 고독은 결코 아내나 다른 가족의 탓이 아니라 우리 사회가 남성들을 무표현적 도구적 인성으로 사회화시켜 온 결과이다.

정말 남성들은 자신들의 공감능력과 감정표현을 동반한 자기표현능력의 개발에 더욱더 의식적으로 대응할[5] 때에 고독에서 벗어날 수 있다. 그것은 단순히 감정표현능력의 신장에 그치는 것이 아니라 인간적 인격적 성숙을 이끌어내는 아주 중요한 요소이다. 남자다워야 한다는 강박관념에서 벗어나 감정적 성숙을 도모하고 이성과 감정이 균형잡힌 통합된 인간이 될 때, 남성은 조화로운 인격을 가진 성숙한 인간으로 완성될 수 있다. 하지만 우리 사회의 남성들은 사회적 집단적으로 감정의 성숙을 차단당함으로써 결국 인간적 성숙에도 이르지 못한 채 불균형한 인간으로 살다 죽는다.

현재 우리 사회의 남성에게 가해지는 억압 가운데 가장 큰 것은 가장으로서 가족들을 부양해야 한다는 생계부양자로서의 책임감이

---

5) 이토 키미오, 정채기 역, 남성학입문(교육과학사, 1997), 295면.

다. 주인공 한정수는 자신이 곧 죽게 된다는 사실은 가족에게 말하지 않지만 가족의 생계대책은 세우고 죽어야 한다는 강박적인 의무감에 빠져 있다. 즉, 자신의 퇴직금과 저축, 보험금 등으로 자녀의 학비나 결혼자금 또는 아내의 생계대책을 구상한다. 죽음을 앞둔 남성의 처절한 생계부양자로서의 역할의식인 셈이다.

한정수를 통해서 볼 때에도 우리나라 남성들은 미국의 남성해방론자들에게서 나타나는 '남성의 반란'과는 달리 자신의 생계부양자로서의 역할의식에 너무도 철저히 사로잡혀 있다. 생계부양자로서의 역할억압이 어느 정도인가 하면 아예 그 억압성을 제대로 인식하지 못하는 상태라고 할 수 있다. 따라서 '남성의 반란'은 앞으로 신세대에게는 나타날 가능성이 있겠지만 한국의 기성세대 남성들에게는 해당되지 않는 개념이라고 할 수 있다.

하지만 생계부양자로서의 도구적 역할 수행만으로는 『아버지』에서도 보듯이 가족들과 정서적 유대관계를 가질 수 없다. 소설 『아버지』처럼 가족의 외형은 유지되고 있지만 정서적 결속이나 사랑이 부재하는 상태의 가족은 이미 내적으로 붕괴되어 있다. 현대 가족은 의식주를 중심으로 한 물리적 기능이 약화되는 반면에 심리적 기능에 대한 기대는 증대되고 있다.[6] 즉, 생계부양자로서의 기능적 도구적 역할 수행만으로는 가족과 정서적 통합을 유지하기 어렵게 된 것이다. 현대는 가정적 역할에 공동으로 참여하며, 가족과 충분하게 대화하고 사랑을 나누며, 정서적 기능도 같이 수행할 수 있는 남편과 아버지가 필요해진 시대이다.

그런데 작품처럼 생계부양의 역할만을 담당한 채 자녀에 대한 양

---

6) 손승영, '한국사회의 변화와 가족', 여성한국사회연구소 편, 한국 가족문화의 오늘과 내일(사회문화연구소, 1995), 51면.

육, 교육, 보호, 통제의 기능이 모두 어머니에게 넘겨진 가족에서 아버지의 영향력은 약화 내지 소멸된다. 그리고 그 결과는 당연하게 가족으로부터의 아버지의 소외와 고독으로 나타나게 된다. 주인공 한정수가 겪는 소외와 고독은 개인적인 것이기보다 집단적이고 전형적인 것이다. 즉, 아버지의 영향력이 약화 내지 소멸된 우리 시대 아버지의 전형적 모습이라 할 수 있다.

1960년대 이후 우리나라의 자본주의화된 산업화 과정은 남녀를 공과 사로 이분법적으로 분리함으로써 남성은 경제생산과 사회적 대표권을 가진 공적 영역의 임금노동자로, 여성은 가정에 고립된 채 가사노동과 자녀양육을 전담한 무임금의 가사노동자로 분리시켜 왔다. 남성을 가정으로부터 소외시키고, 여성을 사회적으로 고립시킨 원인은 바로 우리 사회의 자본주의적인 산업화 과정, 즉 사회구조에서 찾아야 한다. 산업화는 이분법적 성역할의 고정화와 함께 인성적 특징면에서는 남성에게 도구적 인성과 독립성을 강조하고, 여성에게는 정서적이고 표현적인 인성과 의존성을 강조하는 불균형하고 불건강한 인성적 특징을 요구해온 것으로 학자들은 진단하고 있다.[7]

이미 지적했듯 남녀의 이분법적 분리는 결국 남성의 가정으로부터의 소외와 부재로, 또는 남성의 고독과 불안으로 표현되는 역기능을 나타낸다. 주인공 한정수가 보여주듯 결코 가족에게 감정을 드러내거나 나약한 모습을 보일 수 없다는 가부장적 허세는 강한 남성의 심리적 특징이 아니라 겉으로 큰 소리를 치지만 내면적으로 지극히 허약하여 여성에게 의존해야 하는, 즉 정서적 자립성이 결여된, 고독하고 불안한 남성의 모습에 다름아니다. 즉, 진짜 강한 남성이 아니라, 마초 컴플렉스(macho complex)에 빠져 있는 모습인 것이다.

---

7) 조혜정, 한국의 여성과 남성(문학과 지성사, 1988), 109-110면.

마초 컴플렉스에 사로잡혀 타인과 정서적 교류가 단절된 남성은 고독감으로부터 벗어나기 위하여 때로 알콜리즘으로 도피하고, 때로는 다른 여성과의 성적 일탈로 도피한다.

자기연민에 빠진 주인공 한정수는 아내에게 자신이 처한 상황을 솔직하게 말하기보다는 결코 현실에서는 있을 법하지 않은 일식집 종업원 '소령'과 일탈된 관계를 맺는 방식으로써 죽음을 앞둔 남성으로서의 외로움을 보상받고자 한다. 그리고 그것을 마치 남성의 자아찾기와 같은 것으로 작가는 정당화하고 있으며, 아내마저도 그것을 허용하는 눈물겨운 모성성을 보여주고 있다. 그는 가족부양의 무게에 짓눌린 나머지 자신을 위해서는 비싼 음식 한 번 먹어보지 못했으므로 죽기 전에 고급식당에 가서 자신을 위해 비싼 음식을 먹어보려 했던 것인데, 우연히 그곳에서 젊은 여성 '소령'을 만나게 된 것이다. 작가는 '소령'을 아주 '특별한 매력'이 있는 '구원의 여신상'으로 절대화하며, 그녀와의 비현실적 관계를 인간냄새가 나는 진정한 인간적 만남으로 미화하고 있다.

그런데 아내 아닌 다른 여성에게 의존함으로써 고독을 벗어나려는 한정수의 남성으로서의 욕망은 너무 소박하다 못해 유치하기 짝이 없는 연민과 동정심을 불러일으킨다. 한정수와 소령의 관계는 죽음을 앞두었기 때문에 정당화되거나 진실한 사랑 또는 인간냄새 나는 만남으로 미화될 수 없는 왜곡되고 일탈된 인간관계일 뿐이다. 남성들은 그처럼 아무런 책임을 느끼지 않아도 되는, 마치 어린 아들의 응석을 받아주는 어머니와도 같은 포용력을 여성에게 기대하고 있는 것 같다. 정말 작품에서 '소령'은 설득력있는 내면적 동기나 어떤 필연적 이유도 없이 자발적으로 한정수의 연인으로 행동하며, 아내는 한정수의 소령과의 일탈적 관계마저 있는 그대로 수용하는 눈물겨운 모성성을 발휘한다.

그렇지만 한정수는 어머니 앞에서 어리광을 부리는 어린애에 지나지 않는다. 그저 침묵하고 있어도 어머니가 다 알아서 해주기를 바라는 응석받이와도 같은 심리적 퇴행상태에 빠져 있다가 그는 죽었다. 그는 아내와 소령, 두 여성에게 기대고 서비스를 요구하면서 유아기적 자기도취와 연민, 그리고 혼란에서 헤어나지 못한 채 죽어갔던 것이다. 즉, 강한 남성의 이면에 억압되었던 의존적 남성성을 한껏 드러내 보였던 것이다.

만약, 그가 인격적으로 보다 성숙한 인간이었다면 누구에게보다도 가족들에게 자신이 죽게 된다는 사실을 알리고, 주변을 정리했어야 했다. 정말 그가 고독을 벗어나 인간냄새 나는 진정한 만남을 원했다면 음식점 종업원과의 일탈적 사랑으로 도피할 것이 아니라 허세와 권위의식으로 무장된 자폐적 남성성을 버리고 열린 마음으로 인간인 아내와 만나야 했다. 하지만 그는 자신의 삶을 성찰할 마지막 기회마저 놓쳐버린 채 매일 술에 젖어 귀가하며 자신을 이해하지 못하는 아내와 아이들을 원망하고, 외로움에 빠져들었으며, 그 외로움을 음식점 여종업원을 통해서 보상받으려 했다. 그리고 그 관계를 진실한 사랑으로 착각하는 정말 나약하고 자기중심적이며 유치하기 짝이 없는 태도를 보여주었다.

작가가 한정수의 성적 일탈을 직장인이나 남편과 아버지로서가 아닌 인간 한정수의 인간으로서 또는 남성으로서의 자아찾기라고 정당화한 것은 오늘의 남성들이 추구하는 욕망의 일단을 보여주었다고 생각한다. 즉, 그 어떤 억압적 역할로부터도 벗어나 자유로운 인간으로서 살고 싶은 욕망을 솔직하게 드러냈다는 해석이 가능하다. 그들은 경쟁적 사회에서 성공에 대한 압박감에 시달리지만 결국은 무기력한 직업인에 불과하며, 가족부양의 의무만이 무겁게 짐 지워진 소외된 존재이다. 또한, 일부일처제의 결혼제도하에서는 정말 마음의 문을 열고 인간냄새 나는 사귐도 불가능한 고독한 존재인 것이다. 남성들은 이 모든 억압과 좌절과 소외와 고독으로부터 벗어나고 싶은 것이다.

어떤 의미에서 오늘의 가부장적 가족은 남편과 아내, 아버지와 어머니라는 무거운 역할 수행 때문에 진정한 인간으로서의 만남을 방해하는 하나의 억압적 제도일 수 있다. 따라서 구성원에게 책임과 의무만을 짐 지우는 가족을 벗어나 이제 가족의 의미를 새롭게 정의할 필요가 있다. 여러 역할의식에 사로잡힌 억압적 가족이 아니라 개인의 인격적 독립성과 자유를 인정하는 열린 가족으로, 남녀의 역할전환이 가능한 평등하고 민주적인 가족으로 재설정할 필요가 있다는 것이다.

가부장적 사회, 결혼과 가족, 그리고 사회화 과정은 여성에게만 억압적인 것이 아니라 남성에게도 억압과 고독을 안겨주는 제도이다. 이 점을 소설 『아버지』는 충분히 표현하였다. 하지만 남성작가 김정현은 남성에게 가해지는 뿌리깊은 억압을 사회구조나 남성들의 사회화 과정에서 찾기보다는 문화적 격차가 있는 아내나 아이들의 버릇없음으로 돌리고 있다.

그러나 과연 아내나 아이들 때문에 한정수가 외로웠던가? 남성독자 정유성(서강대 교수, 교육학)은 "산업화 과정에서 입은 피해는 남성보다 여성이 더 심한데도 소설 속 주인공은 여전히 자기반성이 없이 부인과 딸 등 여성가족들에게만 손가락질하고 있다"(황해문화 97년 봄호)고 비판했다. 그는 소설 『아버지』를 산업화 과정에서 자업자득한 부권상실을 책임전가와 자기연민으로 포장한 '아버지 부재' 시대의 상징이며, 남성중심 이데올로기에서 벗어나지 못한 작품으로 해석했다.

200만 부나 팔린 밀리언셀러 『아버지』는 오늘날 우리 사회의 남성들도 고독하며 결코 행복하지 않다고 항변한다. 그들은 흔들리고 있다. 하지만 오늘이 남성들이 겪고 있는 흔들리는 자아의 문제, 즉 정체성의 위기는 작가의 남성중심적 시각과 사회학적 상상력이 결핍된 작가의식으로 인해 제대로 진단되지 않았다. 그리고 원인이 제대로 진단되지 못함으로써 남성들이 가야 할 새로운 길 역시 제대로 모색되지 못했다.

3. 남성들끼리의 만남 ─ 『슬픈 유혹』

『슬픈 유혹』은 우리나라에서는 처음으로 남성동성애를 다룬 텔레비전 드라마다. 1999년 12월 26일 밤 KBS가 방영한 세기말 특집극 『슬픈 유혹』(노희경 작, 표민수 PD)은 은유적 방식이 아니라 보다 직접적 방식으로 남성끼리의 동성애를 다룸으로써 세기말 한국사회에 깊은 충격을 던져주었다. 또한, 동성애라는 사회적으로 금기시된 소재를 안방으로 끌어들이면서도 거부감보다는 많은 사람들의 공감을 불러냈다는 데에 작가와 감독의 탁월함을 엿볼 수 있었다.

몇 해 전 남성들의 동성애를 다룬 외화 『부에노스아이레스』가 한동안 상영 금지되었으며, 남성끼리의 성애 그 자체를 노골적으로 묘사하여 거부감을 유발시켰던 것에 비한다면 『슬픈 유혹』은 성애를 은유적 방식으로 은폐하지 않으면서도 동성애로 갈 수밖에 없었던 그들의 상황에 대해 섬세하게 연출함으로써 성공을 거두었다. 즉, 작품은 직장이라는 공적 사회에서 남성들이 겪는 성공에 대한 압박감과 그로 인한 외로움을 설득력 있게 제시한다. 그리고 그러한 외로움을 이해하고 도와줄 수 있는 사람은 가정에 있는 아내가 아니라 역시 같은 공적 세계에 속한 남성이라는 사실을 거부감 없이 펼친다. 즉, 동성애를 특별한 성적 취향이나 사회적으로 금기시된 비정상적이고 변태적인 성애로 취급하지 않고, 인간애의 일종으로 제시함으로써 거부감을 불식시키고 있다.

결혼생활이 20년에 달하는 40대 남성 서문기(김갑수 분)는 회사에서 그 나름대로 열심히 일해 왔지만 점차 새로운 세대들에게 밀리는 기분이 되며, 현실적으로도 새로운 프로젝트에 대해 참신한 리포트를 작성해내지 못함으로써 위기에 처하게 된다. 서문기가 받고 있는 성공에 대한 압박감과 스트레스는 그만의 개인적인 것이 아니라 대다수 남성들이 겪고 있는 보편적이고 전형적인 것이다. 그리고 이것은 사회적 경제적 존재인 남성에게 가장 큰 억압으로 작용한다.

하지만 그는 이 사실을 아내와 의논할 수 없다. 그것이 남편으로서의 또는 남자로서의 그의 자존심이며, 체면이기도 하다. 하지만 아내 서정혜(김미숙 분)는 자신에게 아무것도 털어놓지 않는 남편으로 인해 또다른 외로움에 빠져들어야 한다. 20년을 같이 살아온 부부가 서로에게 솔직하게 속을 털어놓지 못하고 소통불능 상태에 빠져 있는 모습은 드라마 속의 특별한 상황만은 아니다. 드라마는 소통불능 상태에 빠진 우리 시대의 남편과 아내의 보편적 모습을 리얼하게 보여준다.

이 점에서도 드라마는 많은 시청자들의 공감을 불러일으키기에 충분했다. 드라마의 남편과 아내처럼 오늘의 남편과 아내는 직장이란 공적 공간과 가정이라는 사적 공간으로 분리된 채 공유할 것이 아무 것도 없는 존재들이다. 남편은 남편대로 성취지향의 공적 세계에서 성취와 성공에 대한 압박감에 시달리지만 가정에만 있는 아내로서는 남편이 무엇 때문에 곤경에 처했는지 또는 무엇 때문에 외로움에 빠졌는지 도무지 알 수가 없다. 그저 무기력하게 남편을 지켜보면서 자신이 남편에게 전혀 도움이 되지 못하는 타인이라는 사실을 곱씹을 수밖에 없는 것이다. 그리고 그녀도 또다른 외로움에 빠져 들고……. 이처럼 오늘을 살아가는 수많은 부부들은 외로움에 빠져 있지만 서로가 서로에게 아무런 도움도 되지 못하는 외로운 섬 같은, 타인들이다. 아내 정혜는 "우리는 부부로 하나가 된 것이 아니라 남편으로 아내로 단절되어 있는 것은 아닐까"라고 그들의 소통되지 못하는 관계를 표현한다.

하지만 직장이라는 같은 세계에 속한 같은 남성들끼리는 서로가 안고 있는 문제가 무엇인지를 잘 알고 있으며, 드라마 속의 신준영(주진모 분)처럼 문기가 처한 위기를 타개할 수 있도록 구체적으로 도움을 줄 수도 있다. 서문기가 중년의 직장인으로서 딜레머에 처해 있다면 신준영은 동성애의 경험을 가지고 있고, 파트너로부터 결별을 당해 상처를 받은 젊은이다. 또한, 그는 하나밖에 없는 형이 사업 실패후에 도피하고 있는 상황인데, 묘하게도 형 또래의 문기에 대해서 연민과 사랑을 느낀다. 마침내 문기도 준형을 사랑하게 되고…….

드라마에서 문기는 특별한 성적 취향을 가져서 동성애에 빠져든 것이 아니라 인간으로서 외롭고, 이해받고 소통할 사람이 필요했기 때문에 준영에게 다가갔던 것이다. 이미 동성애의 경력이 있는 준형마저도 외롭기 때문에 문기에게 다가갔으며, 사랑은 성적 욕망이 아니라 상대방을 감싸주고 싶은 감정일 뿐이라는 점을 명백히 한

다. 준영의 문기를 향한 "사랑이 뭔 줄 알아. 서로를 보듬어주는 것
이 사랑이야. 외로우니까 서로 위로하자고 했던 것 뿐이야"라는 절

주인공 준영역의 주진모(왼쪽)와 문기역의 김갑수. 오른쪽 김갑수
의 아내역인 김미숙 —드라마 <슬픈 유혹>의 한 장면

규는 사랑의 본질에 대한 깨우침을 던져주는 것이라고 하지 않을 수 없다. 그런데 왜 하필 같은 남성끼리인가? 그것에 대한 해답은 앞에서도 언급했듯

이 우리 사회는 남녀를 공과 사로 분리시킴으로써 서로가 공유할 수
있는 경험이 없기 때문이다. 남녀의 활동세계를 분리시키는 공간의
분리는 단순히 공간을 분리시키는 데서 끝나지 않는다. 그들에게 서
로 공유할 수 있는 경험도 정서도 없게 만들며, 결국 서로를 이해할
수 없고 소통이 불가능하게 만든다. 더욱이 우리나라 남편들은 가족
에게 결코 약한 모습을 보일 수 없다는 자폐적인 권위의식과 허세에
빠져 그 자신은 물론이며, 아내까지도 외롭게 만들고 있다. 그들이
남성다움과 남성 역할에 대한 고정관념에 빠져 있는 한 아내와 소통
할 수 없고, 언제나 외로우며, 때로 그 고독의 출구를 동성애에서 발
견할 수도 있는 것이다.

　부부는 서로 단절되고 소통불능에 빠져 있지만 남성끼리는 소통

이 가능한 모습은 『아버지』의 경우에서도 찾을 수 있다. 『아버지』의 주인공은 아내에게는 아무것도 말하지 않지만 의사인 동성의 친구와는 안락사에 이르기까지 모든 것을 의논한다. 『아버지』에서 이 두 사람의 관계는 우정의 차원으로 그려졌다. 하지만 남성 사이의 우정은 부부애보다 더 많은 것을 나눌 수 있는 허심탄회하고 진실된 인간관계로 형상화되고 있다.

어쩌면 남편과 아내라는 역할, 남성과 여성이라는 영원히 합치할 수 없는 성별이 결국 부부간의 인간적인 만남을 방해하고 소통을 가로막았던 것이다. 또한, 일식집 여종업원인 '소령'과는 정서적으로 소통할 수 있었던 주인공이 아내와는 소통되지 않았던 것도 어찌보면 남편이라는 역할의 억압 때문이었다고 보여진다. 남편으로서 가장으로서 약한 모습을 보일 수 없다는 체면의식과 권위의식, 그리고 허세가 소통불능과 관계 단절을 초래하게 만들었던 것이다.

그렇다면 이렇게 소통되지 않는 부부관계의 대안이 동성애라는 말인가? 분명 영화는 새로운 소통의 방식, 새로운 사랑의 모습으로서 동성애를 긍정적으로 이끌어냈다. 동성애도 인간과 인간이 소통하고 사랑하는 한 방식이라는 것을…….

동성애가 단절된 이성애적 부부관계의 한 대안이 될 수도 있을 것이다. 하지만 드라마 『슬픈 유혹』은 동성애를 일회적인 것으로 취급하며, 다시 이성애적 가정으로 복귀하는 주인공을 그림으로써 우리 사회의 통념에 눈높이를 맞추고 있다. 이렇듯 동성애는 아직 우리 사회의 금기사항이며, 정상적인 사랑의 일종으로 취급되기에는 이른 '슬픈 유혹'일 뿐이다. 따라서 아직까지 우리 사회에서 동성애가 이성애적 부부의 문제를 해결하는 바람직한 대안이 될 수는 없다.

그렇지만 영화가 제시했듯 특별히 동성애적 취향이 없던 서문기가 동성애에 빠져들 수 있었던 이유, 그들이 소통가능했던 이유에 대해 주목할 필요가 있다. 그들이 동성애라는 새로운 형태의 사랑에까지 이를 수 있었던 진정한 이유는 무엇인가? 그들은 세계를 공유하고 경험을 공유할 수 있었기에 도움을 주고받을 수 있었으며, 소통과 사랑도 가능했다.

바로 이 점이다. 결국 남편과 아내의 소통을 가로막는 원인은 남녀를 공적 영역과 사적 영역으로 공간을 분리하고, 역할을 분리시키는 오늘의 사회구조에서 비롯된다. 이러한 이분법적 분리구조에서 남성과 여성은 공유할 경험이 없으며, 이로 인해 소통이 불가능해지고, 서로가 고독감에서 벗어날 수 없다. 가정은 불행에 빠지고, 사회는 발전하지 못하는 것이다.

부부간에 단절과 소통불능에 빠져 있는 모습은 1998년 이상문학상 수상작인 은희경의 「아내의 상자」에서도 찾아볼 수 있다. 남편과 아내의 정신적 육체적 소통불능은 아내의 외도로 이어지고, 아내는 마침내 요양원으로 보내지며 가족은 해체된다. 자폐적인 아내와 성취지향적인 직장생활에서 너무 많은 시간을 빼앗기는 남편 사이에는 공유할 시간과 경험, 그리고 관심사가 거의 없다. 불임인 아내를 위하여 불임클리닉에서 지시한 대로 한달에 한번 아내의 배란기에 맞춰 일찍 퇴근하여 성관계를 갖는 일 외에 이들 부부에게는 서로 공유하는 시간 자체가 절대적으로 부족하다. 또한, 같이 시간을 보낸다고 하더라도 남편은 증권시황에 관심을 가지거나 시사주간지나 텔레비전 뉴스를 보며 아내가 전해주는 현실적 쓸모가 없는 엉뚱한 말에 건성으로 대답하는 것이 고작으로 서로의 일상적 관심사가 판이하게 다르다.

실로, 『아내의 상자』에서 보듯 남성과 여성은 관심사가 다를 뿐만 아니라 언어체계도 다르다. 남성이 현실적이며 도구적 언어를 사용한다면 아내는 정서적이며 표현적 언어를 사용한다. 그리고 남성은 여성의 표현적 언어와 정서 세계를 이해할 수 없으며, 엉뚱하고 쓸모없는 것으로 치부하며, 부부는 소통불능에 빠지게 된다.

그렇지만 남편은 자신이 아내에 대해서 모든 것을 잘 알고 있다고 생각하며, 집안이 잘 정돈되어 있듯이 아내도 손에 익숙한 가구처럼 제자리에 잘 있다고 자기 위주로 생각한다. 그러는 사이 아내는 자폐적인 잠에 빠져들다가 이웃집 여자를 따라 외출을 나가기 시작하고 그것은 외도로 이어진다. 아내의 외도, 그것은 남편과는 이루어지지 않는 소통이 누군가와 이루어지기를 간절히 희망한 것으로 해석할 수 있다. 그러나 그 소통은 사회적으로 금기시된 혼외의 관계, 부적절한 관계이다. 따라서 아내의 외도는 가족의 해체로 이어지고, 그녀는 요양원으로 보내진다.

자본주의화된 오늘의 사회는 남성들로 하여금 직장에서의 성공을 그들 삶의 최대목표로 여기도록 만든다. 남성들이 성취지향적인 삶에 매달려 앞만 보고 질주하는 동안, 여성은 가정에 고립된 채 정서적 역할을 수행하도록 분리시켜 놓았다. 또한, 그들의 인성마저도 무표현적인 남성성과 상처받기 쉽고 나약한 여성성으로 전형화시킨다. 「아내의 상자」는 이 시대의 무표현적 남성과 상처받기 쉬운 표현적 여성으로 구성된 부부가 시간과 경험을 공유하지 못하고, 소통불능 상태에 빠져 결국 가족 해체에까지 이른 모습을 보여주었다. 시간과 경험도 공유할 수 없으며, 의사소통마저 단절된 부부는 가족이라는 공동체적 유대와 사랑을 느낄 수 없다. 그리고 이것은 결국 가족 해체의 원인으로 작용한다. 결국 남성들의 사회적 성공에 대한 과도한 성취욕구는 가정적 행복을 훼손함으로써만 가능하다는 것을 「아내의 상자」는 역설적으로 보여준 셈이다. 남녀를 분리하고, 남성의 사회적 성공을 과도하게 요구하는 사회는 가정도 불행하고, 궁극적으로 사회의 발전도 가로막는다는 것을 깨달아야 한다.

4. 성적 소유의식 ―『해피엔드』

　세기말 극장가를 강타한 영화『해피엔드』는 정지우 감독이 치정극이란 타이틀을 달고 흥행에 성공한 작품이다. 이 작품에서도 역시 정체성에 대한 위기를 겪고 있는 남성상을 찾아볼 수 있으며, 동시에 '실직'과 같은 상황에 직면한 오늘의 현실을 읽을 수 있다. 실직한 은행원 서민기(최민식 분)는 어린이 영어학원을 경영하는 아내 최보라(전도연 분)를 대신해서 아이를 돌보고 가사노동을 대신한다. 슈퍼마켓에서 물건을 고르고, 아이를 탁아소에 데려다 주고 찾아오는 일, 아이에게 우유를 타먹이는 일 모두 그에게는 매우 손에 익은 행위들이다. 심지어 일일 연속극인 텔레비전 드라마를 보며 훌쩍거리고, 전화로 이웃집 여자와 수다를 떠는 것까지도 전형적인 주부(主婦)와 닮은 주부(主夫)의 모습으로 비춰진다. 영화가 진행되는 동안 여성적이고 자상한 남편상과 남녀의 유연성있는 역할 교환은 오늘날 우리 사회의 변화된 모습을 긍정적으로 보여주는가 싶었다.
　하지만 영화가 전개되어 가면서 최보라의 첫애인(주진모 분)과의 외도행각이 크게 크로즈업되고, 불필요할 정도로 빈번한 정사장면과 함께 남편은 아내의 외도 사실을 알게되자 깊은 충격을 받는다. 그러나 남편은 이에 침묵으로 일관하는 무기력 상태에 빠져 있다. 실직한 남성으로서의 좌절감 때문인지 그는 분노마저도 침묵으로 삭이며, 아내에게 아이의 좋은 엄마가 되었으면 좋겠다는 말만을 할 뿐 자존심마저 잃어버린 비굴하고 무력한 인간으로 비춰진다. 이러한 모습은 그 동안 우리 사회의 여성들이 남편의 외도 사실을 멀쩡히 알고서도 어쩔 수 없이 수수방관하던 모습과 너무도 흡사하다.

하지만 영화는 중반부를 넘기면서 남편의 치밀한 계획에 의한 아내 살인과 이것을 정부에게 뒤집어

영화 <해피엔디>의 한장면

씌운 완전범죄로 치달음으로써 치정극으로 변질되고 만다.

이 작품은 오늘의 남편들은 실직과 같은 불가피한 상황에서 주부의 역할을 대신할 수는 있지만 여전히 아내에 대한 성적 소유의식에 사로잡혀 있음을 적나라하게 보여주었다. 아내를 처참하게 난자해 유혈이 낭자해진 살인장면의 재현은 성적 소유의식을 침해받은 남성의 분노를 상징한다. 『해피엔드』는 수많은 남성들의 외도를 정상적인 것으로 취급하면서도 여성의 외도에 대해서는 철저히 보복을 가하는 우리 사회의 차별적 이중규범을 여실히 보여주었다. 사실 외도한 아내가 참기 어려우면 이혼이라는 합법적인 절차를 밟아 헤어

지면 된다. 그런데 무엇 때문에 살인이라는 개인적 방법으로 응징을 가하는가? 서민기에게서 우리는 아내에 대한 성적 소유의식으로부터 자유로울 수 없는 남성상을 발견하게 된다. 아내를 소유할 수 없을 바에야(실직상태의 서민기로서는 이 점에서 자신이 없었던 것일까) 차라리 죽임으로써 남의 소유가 되는 것을 막아내는 극단적인 모습이다. 영화는 역할 교환에 관한 한 어느 정도 유연해진 우리 사회의 변화하는 모습과 함께 여성에 대한 성적 소유의식으로부터는 여전히 자유롭지 못한 남성중심적인 고정관념에 빠져 있는 남성상을 보여주었다.

그렇지만 영화는 왜 최보라가 첫사랑의 애인과 헤어지고 남편과 결혼하게 되었는지, 왜 다시 첫사랑과 애정행각에 빠져들게 되었는지에 대한 충분한 한 마디의 설명도 하지 않는다. 다만 아내가 남편의 실직상태를 견딜 수 없어 한다는 것, 은행원 출신 특유의 치밀한 남편의 성격에 대해서 경멸적 태도를 나타낸다는 것, 애인과의 정사는 항상 격렬한데 남편과의 그것은 너무 단조롭고 무미건조한 것이었다는 것 등을 보여줄 뿐 그 이상의 장면제시는 없다.

영화에서처럼 부부간에 나누는 성은 부부간이라는 허용된 관계 때문인지 열정마저 사라진 의무적인 것이 되고 있다. 소위 이름하여 의무방어전인 셈이다. 대신에 법률적 도덕적으로 금기시된 혼외의 성만이 열정적인 관계가 될 수 있다는 것은 우리 시대의 수많은 러브호텔에서 너무도 잘 확인할 수 있다. 유부남과 유부녀가 혼외의 성적 관계를 맺는 숙박시설을 '러브 호텔'이라고 명명한 것은 사실 매우 흥미롭다. 결국 러브, '사랑'은 허용된 부부관계 속에서는 추구할 수 없는 감정이며, 금기시된 혼외의 관계에서만 추구될 수 있다는 말이지 않은가.

죠르쥬 바타이유가 『에로티즘』에서 설파했듯 금기를 어기려는 충
동과, 금기의 밑바닥에 깔려 있는 고뇌를 동시에 느낄 때 비로소 에
로티즘의 내적 체험은[8] 가능한 것일까? 진정한 에로티즘은 정말 바
타이유의 가설처럼 금기와 위반의 긴장관계 속에서만 경험할 수 있
는 것일까? 따라서 이미 법률적으로 허용되어 있으며, 여러 가지 책
임과 의무가 짐 지워진 부부관계에서는 결코 경험할 수 없는 것인
가. 사랑의 열정은 허용된 관계가 아니라 금기시된 관계, 의무로 짐
지워진 폐쇄적 관계가 아니라 열린 관계 속에서만 솟아나는 자유롭
고 정열적인 감정일지 모른다는 생각이 든다.

2000년 한국사회를 뒤흔든 사건 가운데 여성 로비스트 린다 김
과 둘러싼 권력층 남성들과의 관계에서도 이 점은 충분히 확인된
것 같다. 이들 남성들은 린다 김과의 부적절한 관계로 인하여 자
신이 평생을 통하여 쌓아온 사회적 성공과 가정의 평화를 일시에
무너뜨릴 수도 있는 위험한 열정에 휩싸였었고, 이것을 진정한 사
랑이라고 느꼈다. 무엇이 과연 이들을 이처럼 위험한 열정으로 내
몰았는가?

5. 나오며

사회가 변화하면서 우리 사회의 구성원인 남성도 변화하고 있음
을 여러 문화 텍스트를 통해서 살펴보았다. 현재 우리 사회의 남성
은 생계부양자로서의 역할을 내팽개칠 정도의 '반란'은 아니지만 기

---

8) 죠르쥬 바타이유, 조한경 역, 에로티즘(민음사, 1997), 41면.

존의 남성역할과 남성다움이라는 스테레오 타입에 억압과 혼란을 느끼고 있다. 그들도 사회적 성공에 대한 압박감과 생계부양자로서의 역할이 주는 억압과 고독의 딜레마에서 벗어나 자유롭고 해방된 삶, 그리고 감정을 충분히 표현하고 삶을 살고 싶어한다.

하지만 그들이 가야 할 자유로운 삶의 길이 어떤 것인지는 제대로 모색되고 있지 않다. 그들은 여전히 가부장적 소유의식에 사로잡혀 있는가 하면, 때로 남성의 역할을 포기하는 유아기적 퇴행의 길로, 때로는 동성애의 길목으로까지 방황한다. 현재 그들은 길을 잃고 미로 속을 헤매고 있다. 미로의 혼돈을 벗어나 그들이 가야할 길은 어디에 있을까?

이 길을 찾기 위해서는 먼저 그들에게 주어진 딜레마가 무엇인가가 정확하게 분석되어야 한다. 문제가 정확하게 분석되지 않는 한 그들은 진정한 자유의 길을 찾을 수 없기 때문이다. 오늘의 남성들이 안고 있는 가장 큰 딜레마는 기존의 남성역할이 변화된 사회에 맞지 않는다는 부조화와 갈등의 문제인 것 같다. 즉, 사회구조는 변화했는데도 기존의 고정관념에 얽매여 있는 우리 사회의 통념과 개인들의 문화지체에서 나오는 갈등과 부적응의 문제이다.

오늘의 남성들이 기존의 남성역할이 주는 억압과 혼란을 벗어나 자유로운 삶을 살고 싶다면 그 길은 당연히 기존의 남성 역할 및 남성성에 대한 고정관념에서 벗어나는 것으로부터 출발해야 한다. 즉, 그들도 사회적으로 성공을 강요받고, 가정적으로 생계부양의 임무를 떠맡은 남성이기 전에 한 명의 인간이며, 한 명의 자유로운 인간으로서 삶을 향유할 수 있다는 가치관이 전제되어야 할 것이다. 또한, 사회는 남성에게나 여성에게 한 가지의 스테레오 타입만을 고집할 것이 아니라 각자의 능력과 적성에 맞는 다양하고 개성적인 삶을 용인하는 자유롭고 유연성 있는 사회로 변화되어야 할 것이다.

그리고 기존의 억압적인 남성성을 벗어나 남성성과 여성성의 장점을 취합한 양성적 인간 모델이 신인간의 모델로 권장될 수 있어야 한다. 왜냐하면, 사회구조가 변화하면 남성과 여성에게 주어졌던 기존의 역할도 변화해야 하며, 기존의 역할 수행에 적합하도록 사회화된 인성도 바뀌어야 하기 때문이다. 더욱이 지나친 남성성의 강조는 남성으로 하여금 감정의 억압으로 인한 인간관계의 장애를 일으키고, 조화롭고 통합된 인간의 실현을 방해하기 때문이다.

그런데 이러한 변화는 무엇보다도 지금도 잔존하고 있는 산업사회적 분업구조, 즉 남성은 생계부양자, 여성은 가사노동자라는 위계서열적 이분법과 이를 토대로 한 가족구조로부터 탈피해야만 가능할 것이다.

참고문헌

로라 슐레징어, 형선호 역, 남자가 인생을 망치는 열 가지 방법, 황금가지, 1998.

마틴 데일리. 마고윌슨 외, 이한음 역, 남자, 궁리, 1999.

박재환 외, 술의 사회학, 한울 아카데미, 1999.

사이토 시토루, 이규은 역, 아버지가 변해야 가족이 변한다. 종문화사, 1999.

아산사회복지사업재단, 현대사회와 성윤리, 아산사회복지사업재단, 1997.

엘리스코드, 안종설 역, 남자의 위기, 한송, 1997.

엘리자베트 바텡테, 최석 역, XY 남성의 본질에 대하여, 민맥, 1993.

여성모임사랑, 남성연구, 나라사랑, 1993.

여성을 위한 모임, 일곱가지 남성콤플렉스, 현암사, 1995.

여성한국사회연구회 편, 남성과 한국사회, 사회문화연구소, 1997.

───────────── , 한국가족문화의 오늘과 내일, 사회문화연구소, 1995.

이토 키미오, 정채기 역, 남성학입문, 교육과학사, 1997.

정혜신, 불안한 시대로부터의 탈출, 명진출판, 1999.

조혜정, 한국의 여성과 남성, 문학과 지성사, 1988.

죠르쥬 바따이유, 조한경 역, 에로티즘, 민음사, 1996.

코쿠부 야스타카& 코쿠부 히사코, 최광선 역, 재미있는 남성심리, 기린원, 1992.

프란시스 바움리 편, 김영주 역, 우리는 남성해방선언, 기원전, 1992.

남성학의 연구관점및 영역

조 정 문

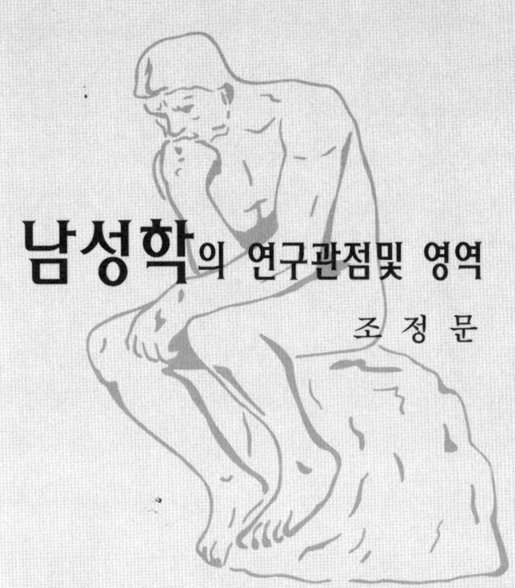

• 약력

매릴랜드 대학에서 사회학 박사학위를 받았다. 주요논문에는 『청소년의 자아존중감과 비행에 관한 연구』(석사논문), 『청소년의 성차이 의식과 청소년비행』, 『기혼 여성의 취업단절에 관한연구』, 『결혼생활의 공평성 인지와 결혼만족』, 『정보화 시대의 공동체- 가족규범의 변화』 외 다수가 있으며, 주요저서로는 『여성과 남성을 위한 여성학』(공저), 『새지역여성학 강의』 (공저)외 다수가 있다. 현재 한국전산원 전략개발부에 근무하고 있다.

남성학의 연구 관점 및 영역

1. 남성학의 성격과 등장 배경

최근에는 남성학 혹은 남성연구 관련 서적들(김정일 외, 1996; 뉴욕타임즈, 1995; 바뎅테, 1994; 볼린, 1995; 이토키미오. 1997; 여성모임사랑, 1993; 플랭클린 2세, 1996; 여성한국사회연구회, 1997)이 많이 출간되고 있어 남성학에 대한 관심이 높음을 알 수 있다. 하지만 우리사회에는 남성학을 여성학에 대립되는 혹은 갈등관계에 있는 학문으로 여기는 경향이 있는 것 같다. 여성학에 대항하기 위한 학문으로서의 남성학, 즉 여성학이 있으니까 남성학이 있어야 되지 않겠느냐, 여성학은 여성을 위한 학문이므로 남성을 위한 남성학이 필요하다는 식의 견해도 있을 수 있다. 이로 인해 여성학에서는 남성학의 등장을 경계적인 시선으로 바라볼 수도 있다. 그러나 남성학과 여성학이 언제나 대립관계에 있지는 않으며, 남성학의 태동에 여성학이 기여한 바가 크다. 따라서 여기서는 남성학의 구체적인 내용들을 살펴보기 전에 여성학이 남성학의 태동에 어떤 영향을 미쳤는지 그리고 여성학적 관점과 남성학적 관점이 과연 서로 적대적인지 아니면 공존할 수 있는 부분이 있는지를 살펴보고자 한다.

우선 여성학의 입장을 간단히 살펴보면, 여성학의 등장으로 정치·경제·가족생활 속에서의 남녀의 불평등 실상과 남성의 여성에 대한 지배·공격 및 억압의 실체들이 폭로되었고, 우리 사회를 남성 중심의 가부장적 사회라고 명명하게 되었다. 나아가 여성학은 남성은 이런 가부장적 문화의 수혜자이며 여성은 피해자라고 인식을 확산시켰으며, 가부장적 문화의 극복을 위해서는 남성의 부당한 특권을 제거해야 한다는 목소리를 내었다. 그 결과 여성은 죄가 없으며 착하고 보호받아야 되는 존재, 남성은 악하고 억압적이며 공격받아야 되는 존재라는 틀을 만들었다. 따라서 여성학은 남성을 여성을 억압하고 지배하는 존재로 보고 남성의 자기 혁신 그리고 이를 유도하기 위한 여성들의 세력화 혹은 연대를 강조하였다. 이런 관점에서 보면 여성학은 여성을 위한 운동일 뿐 남성학의 등장과는 무관한 것처럼 보인다.

그러나 여성학은 이런 주장만을 한 것은 아니며 남성들도 가부장적 문화의 피해자라는 주장도 하게 된다. 현대사회는 여성에게는 여성성을 그리고 남성에게는 남성성을 강요하는 즉 남성과 여성 간 엄격한 역할 분리라는 성별 이원체계를 강요하는데, 이 이원체계는 여성과 남성 모두에게 자신의 고유한 개성의 실현을 억압하는 것이다. 여성들은 수동적이고 의존적인 여성성의 강요로 인해 자신의 잠재 능력을 키우지 못하고 위축된 반면, 남성들은 폭력성·무자비성·공격성·지배 성향으로 특징지워지는 남성성의 강요로 유해한 삶을 살아가는 것이다. 그래서 흔히 남성역할은 치사적 역할(lethal role)이라고 불린다. 따라서 이러한 문제들의 해결을 위해서는 새로운 여성상과 남성상이 요구됨은 여성학에서 이미 주장되었다. 이런 맥락에서 남성학의 태동이 여성학의 발전에 힘입은 바 크다고 하겠다.

최근에는 여성학의 테두리를 벗어나서 남성들의 삶의 모습을 본격적으로 연구하는 남성학이 활성화되고 있다. 남성학의 이러한 급속한 대두는 앞서 제시된 여성학의 이론적 성과 덕택이기도 하겠지만 남성들이 스스로 자신들의 삶을 되돌아 볼 수밖에 없는 사회적 환경이 조성되었기 때문일 것이다.

여성학에서 언급하듯이 아내구타나 강간 등과 같이 많은 여성들이 남성들로 인해 고통받는 것이 사실이지만 가부장적 사회에서 남성이라고 언제나 행복한 것은 아니다. 가부장적 사회는 남성에게 권력을 가질 수 있는 기회를 부여함과 동시에 책임과 의무도 부여한다. 특히 남성에게 가족의 생계를 책임질 것이 기대되는데 이 때문에 남성은 어떤 어려운 상황 속에서도 경제활동에 종사해야 한다. 경제활동 가운데는 자신의 적성과 소질에 맞는 것도 있지만 대개는 이와는 관계없이 오로지 가족의 부양을 위한 것일 수가 있다. 특히, 경쟁이 일상화되어 있는 현대 자본주의사회에서 남성들은 자아 실현이나 능력의 활용을 위해서가 아니라 '돈버는 기계'로서 경제활동에 종사한다. 이런 현상은 계층과 관계없이 모든 남성들에게 적용되는데, 노동계층의 남성은 작업장에서 남의 통제와 지시를 늘 받고 살아가고 있으며 관리직 남성들도 경쟁으로 인한 긴장된 생활에서 벗어날 수 없다. 거기다가 최근에는 남성들에게 생계부양자 역할뿐만 아니라 집안일과 자녀양육과 같은 가정생활에도 일정 정도 기여할 것이 기대되고 있다. 그래서 여성들이 돈벌이를 하면서도 집안

일도 완벽히 해내야 한다고 생각하는 슈퍼우먼 컴플렉스에 시달리듯이 남성들도 이 양자를 완벽히 해야한다는 슈퍼맨 컴플렉스에 시달리기도 한다.

그리고 가부장적 사회가 남성에게 권력을 가질 수 있는 기회를 준다하더라고 실제 모든 남성들이 권력을 갖는 것은 아니다. 즉, 가부장적 사회에서도 권력은 소수 남성에게만 주어질 뿐 많은 남성들은 권력을 누리지 못한다. 오히려 권력을 가질 수 있는 기회가 주어지고 권력을 가질 것이 기대되지만 권력을 못 가짐으로 해서 오는 열등감과 좌절감만 있을 뿐이다. 여성에게는 권력을 가질 기회가 주어지지 않았기 때문에 여성은 자신의 처지를 가부장적 사회 탓으로 돌릴 수 있지만 남성들은 자신의 무능력을 탓할 수밖에 없다. 그리고 이런 남성의 열등감과 좌절 및 무능력이 약자 특히 여성에 대한 공격 및 억압을 낳기도 한다.

특히, 현대사회에서 남성들은 더 큰 시련에 직면하고 있다. 산업사회의 쇠퇴와 정보사회 및 포스터모던사회의 등장으로 인한 일의 성격과 생활양식의 변화를 지적할 수 있다. 그 결과 경제활동에서도 남성들만이 능력을 발휘할 수 있는 영역들이 점차 감소되고 있다. 한국사회도 자동화와 세계화라는 물결 속에 많은 관리직 중년 남성들의 실직이 사회문제가 되고 있다. 여성의 경제활동참여 증대로 과거에는 남성들이 동료 남성들과만 경쟁하였지만 이제는 여성들과 경쟁해야 하는 시대가 되었다.

이런 상황에서 남성들이 내놓는 반응은 크게 두 가지로 정리할 수 있다. 첫째는 생계부양자라는 남성의 전통적인 역할을 회복해야 된다는 입장이 있다. 이 관점은 남성들의 실추된 권위를 회복하고 남성들이 입은 상처를 치유해야 한다고 주장한다. 이렇게 하기 위해서는 사회가 남녀 평등을 외치기보다는 남성과 여성 각자에게 어울리는 역할을 부여할 것을 요구한다. 하지만 남성의 생계부양자 역할을 회복시켜주고 실추된 권위를 되찾기 위해서는 남성들 스스로의 노력도 필요하지만 여성의 남성을 위한 배려 나아가 남성을 위한 양보가 요구된다. 따라서 이 입장은 남녀평등을 요구하는 여성학적 입장과는 상치되고 때에 따라서는 이 입장에 선 남성학자들은 공개적으로 여성학적 입장을 비판하기도 한다. 따라서 여성학이 경계하는 남성학은 바로 이 입장이며 이 점에서 여성학과 남성학이 갈등할 수 있다.

둘째는 새로운 남성상을 찾자는 입장이다. 가부장적 문화가 남성에게 부과하고 있는 역할 기대, 즉 남편 혹은 아버지라는 권위와 함께 생계부양자로서 여성과 자녀를 책임져야 한다는 남성상을 버리고, 새로운 남성의 역할을 설정하려는 움직임이다. 즉, 남성만이 생계부양자 역할을 해야한다는 고정관념을 버리고 이를 여성과 함께 나누려는 입장이다. 이 입장은 여성학의 입장과 유사한 것으로 최근에는 이런 후자적 입장에 서는 남성들이 늘고 있다. 남성들 내부에서도 자신들의 삶의 방식에 대한 회의가 일기 시작한 것이다. 일본 남성들도 장시간 근로시간과 과로사에 시달리면서 이제는 '진짜 남자는 누구를 위한 노예인가?'라는 질문을 하게 되었다. 서구사회의 남성들은 한국과 일본남성들만큼 장시간 노동에 시달리지는 않지만 그들 역시 자금까지의 자신의 생활에 의문을 품기 시작했다. 한국의 남성들의 삶도 이와 다르지 않다고 생각한다. 가장으로서의 무한 책임, 끊임없는 경쟁적인 삶, 비합리적인 기업문화에 시달리면서 때로는 돈 버는 기계로 전락한 한국 남성들도 남성에게 주어진 역할들이 정말 남성에게 만족을 주는가고 반문할 수 있다.

이상에서 살펴본 것처럼 남성학의 입장이 언제나 여성학의 입장과 대립되는 것은 아니며 여성학의 입장을 수용한 남성학이 있는가 하면 그렇지 못한 남성학도 있다. 따라서 남성학을 여성학에 대항하기 위한 학문, 즉 여성학이 있으니까 남성학이 있어야 되지 않겠느냐, 여성학은 여성을 위한 학문이므로 남성을 위한 남성학이 필요하다는 식의 사고는 남성학에 대한 오해임을 알 수 있다. 남성학 연구자자들은 여성학이 언제나 여성 자신만을 위한 운동이 아니라 남녀 불평등의 문제를 인간해방의 차원에서 다루고 있음을 이해할 필요가 있고, 여성학 연구자들은 남성학 역시 언제나 남성만의 이익을 도모하지 않음을 이해할 필요가 있다. 그러므로 남성학적 입장과 여성학적 입장간의 근원적인 갈등을 강조하기보다는 서로 입장을 경청하는 자세를 가짐으로써 서로 공유하는 부분을 찾으려는 노력이 필요할 것이다

2. 남성학의 여러 관점들

앞서 현대사회 남성이 당면한 과제를 해결하기 위한 방안을 두가지로 분류하여 제시하였으나, 여기서는 이를 좀더 세분하여 클래터바흐(Clatterbaugh, 1990)가 제시한 방식대로 보수주의적 관점, 친여권론적 관점, 남성권리옹호 관점, 남성성 회복 관점, 사회주의적 관점, 다양한 남성들의 관점으로 나누어 살펴보고자 한다. 그리고 이에 덧붙여 남성의 부성회복을 강조하는 기독교적 관점도 함께 고찰할 것이다.

1 보수주의적 관점 : 이 관점은 남성과 여성간의 전통적인 역할구분을 옹호하는 입장이다. 그래서 현대사회에서도 여전히 남자는 거칠고 경쟁적인 공적활동을 통해 생계부양자 역할을 그리고 여자는 가정내에서 자녀양육과 보살핌과 관련된 일을 맡아야 한다고 주장한다. 보수주의적 관점은 자신들이 내 놓는 논리적 근거에 따라 다시 도덕적 보수주의와 생리적 보수주의로 나뉘어진다. 도덕적 보수주의자들은 남성은 근원적으로 야만인(barbarian)이라고 가정하면서 공격적이고 경쟁적이기는 하나 사회에 해가 되지 않는 활동(예를 들어 스포츠, 직업세계에서의 경쟁, 여성에 대한 통제)을 통해 이런 야만성을 방출해야 한다고 주장한다. 그러나 만약 전통적인 남성 역할이 남성에게서 박탈된다면 남성은 공격적이면서도 반사회적인 활동을 할 것이기 때문에 남성에게 전통적인 남성 역할이 주어져야 한다고 한다. 그리고 남성들이 생계부양자 역할이나 보호자 역할을 맡는 것은 여성을 지배하기 위한 것이 아니라 자연적 순리임을 강조한다. 생리적 보수주의자들은 자신들 주장의 근거로 생리적으로 남성은 여성과는 다름을 제시한다. 이 입장을 대표하는 학자는 「가부장제의 필연성(The Inevitability of Patriarchy)」라는 책을 쓴 골드버그(Goldberg, 1974)인데, 그는 남성은 테스토스테론 같은 남성 호르몬 분비 때문에 여성보다는 더 공격적이 된다는 점과 남성과 여성간의 신체구조의 차이를 들어 남성의 전통적 성 역할을 옹호한다.

이 관점은 또한 가족주의 가치를 옹호하면서 남성은 가족과 사회를 위해서 일을 하는 반면 여성은 가정을 관리하면서 남성을 가정에 묶어 두는 노력을 해야함을 강조한다. 따라서 이 입장은 독신여성, 여성들 간의 동성애 등에 대하여 비판적인데, 이런 여성 때문에 가정에 묶이지 않는 남성들이 증대되고 이것이 폭력, 마약, 범죄 등의 원인이 된다고 본다. 즉, 여성의 할 일은 남성의 공격적이고 불안정된 기질을 통제하고 가정에 묶어 두는 것이라는 것이다. 이렇게 함으로써 남성은 공공영역에서 권력을 행사하지만 가정과 성적 영역에서는 오히려 여성이 권력을 행사할 수 있게 된다고 한다.

이 관점은 여성의 경제활동 참여에 대하여도 역시 부정적이다. 여성의 경제활동 참여의 효과는 가족의 계급적 위치에 따라 달라진다. 여성의 경제활동 참여는 교육수준이 높아 전문직에 진출할 수 있는 중산층 여성에게는 도움이 되지만 교육수준이 낮은 저소득층 여성에게는 큰 의미가 없다. 오히려 여성의 경제활동 참여로 인해 남성의 실직이라는 사회문제만 초래될 뿐이며 남편의 수입에만 의존해야 하는 교육 수준이 낮은 여성에게는 결코 도움이 되지 못한다고 본다. 결국 여성의 경제활동 참여는 맞벌이를 통해 고소득을 누릴 수 있는 중산층 가족에게만 도움이 될 뿐, 맞벌이를 하더라도 경우 생계 유지 수준의 소득밖에 얻지 못하는 저소득층 가족에는 도움이 되지 않는다는 것이다.

비판 : 이 관점은 거칠고 공격적이며 지배적인 남성의 기질이 시간과 공간을 초월하여 보편적으로 존재한다는, 다소 받아들일 수 없는 가정에 기초하고 있다. 그러나 남성성과 남성의 성역할은 고정된 것이 아니라 사회와 문화에 따라 다르게 나타난다. 먼더구머, 아라페쉬, 챔불리라는 뉴우기니아의 세 원시 부족사회를 연구한 미드(1988)에 의하면, 거칠고 공격적이고 지배적인 남성상은 먼더구머 사회에서만 나타날 뿐 아라페쉬사회의 남성들은 협동적이고 온순하고 비경쟁적이라고 한다. 그리고 테스토스테론(testosterone)이라는 남성호르몬 분비양과 공격성 간에 관련이 있다는 연구가 있기는 하지만 그

관련성은 그다지 크지 않으며, 설령 관련성이 있다고 해도 인과관계가 아니라는 지적이 있다. 즉 테스토스테론 때문에 남성들의 공격성이 증대되었는지 아니면 다른 환경적 요인에 의해 공격성도 길러지고 그 결과 테스토스테론 분비양도 증대되었는지 알 수 없다는 것이다(Andersen, 1988:56). 물론 현대 대부분의 자본주의 사회에서 남성들이 거칠고 경쟁적인 생활을 하는 것은 사실이다. 하지만 이는 전투적인 경쟁이 일상화된 자본주의에서 남성을 이렇게 키우기 때문이지 남성의 본질적 기질 때문은 아니다. 그리고 여성의 경제참여를 비판하는 것은 보수주의자들이 흔히 내세우는 시장경쟁의 원리와도 맞지 않는다. 진정한 시장경쟁의 원리가 적용되려면 남성이라고 모두 경제활동에 참여해서는 안되며 능력있는 여성들이 오히려 능력없는 남성들보다 더 많은 경제활동에 참여해야 할 것이다.

2 친여권론적 관점 : 보수주의자들이 가부장적 문화를 남성의 파괴적인 경향을 적절히 통제하기 위해 만들어진 그래서 필요한 것으로 보는 것과는 달리 이 관점은 가부장적 문화는 남성의 집단이기주의의 산물이거나 정치 권력 혹은 사회의 필요에 의해 억지로 만들어진 것으로 본다. 그러므로 가부장적 문화는 남성에게 궁극적인 도움이 되지 않으며 따라서 당연히 파기되어야 한다고 주장한다. 또한 보수주의자처럼 남성성과 여성성이라는 남녀간의 본질적 기질 차이는 없다고 본다. 따라서 남성은 경제활동, 여성은 집안일이라는 성역할 구분은 인위적인 것이므로 역할 분담은 개인의 능력과 소질에 따라 이루어져야 함을 강조한다.

이 관점은 다시 급진적 친여권론적 관점과 자유주의적 친여권론적 관점으로 나눌 수 있다. 급진적 친여권론적 관점은 현대사회의 문화를 남성중심의 가부장적 문화라고 규정하고 이를 극복하기 위해서는 남성성을 멀리하고 여성적 가치 및 행동양식을 습득할 필요가 있음을 강조한다. 이 관점은 남성성의 폭력성을 인정한다는 점에서 도덕적 보수주의자와 유사하다. 하지만 이런 남성성을 남성의 본질로 보고 적절히 해소할 수 있도록 도와주어야 한다고 보지 않고 오히려 이를 버려야 한다고 보다는 점에서 다르다. 또한, 이 관점은 남성들이 이런 남성성을 유지하는 것은 이것이 자신에게 이익이 되었기 때문임을 강조하다. 따라서 이 관점은 남성들에게 자신들의 특권을 포기하고 나아가 자기비판을 요구한다.

급진주의적 관점이 가부장적 문화 속에서 남성이 누리는 특권을 강조한 반면 자유주의적 친여권적 관점은 전통적인 남성다움이 남성들의 자기실현에 장애가 되었음을 주목한다. 전통적인 성역할 때문에 남성들은 '강해야 한다' '감정을 드러내어서도 안된다' '가족의 생계를 책임져야 한다' 그리고 '성공해야 한다' 등과 같은 것에 집착함으로써 압박감과 긴장감에서 벗어날 수가 없었고, 또한 부드러움과 친절함을 억제하고 추상적이고 공격적인 면만을 발달시켜야 하는 반쪽 인간이 될 수밖에 없었다. 많은 남성들은 실직 혹은 아내나 자녀들로부터의 불만에 직면하기 전에는 자신의 이런 생활에 의문을 갖지 않고 잘 살아간다. 하지만 일단 실업 혹은 가족갈등과 같은 위기에 직면하면 헤어날 수 없는 좌절과 절망에 빠지게 된다. 따라서 자유주의자들은 대안으로 남성들에게 전통적인 남성상에만 집착하지 말고 남성성과 여성성이 조화를 이룬 양성성을 권한다. 이런 자유주의에 대하여 급진주의적 친여권론은 현재 남성과 여성이 대등한 위치에 있지 못하기 때문에 남성성과 여성성의 어설픈 조화는 근원적인 해결책이 되지 못하며 여성성이 전면에 내세워져야 함을 주장한다. 즉, 자유주의자들의 주장대로 남성과 여성 모두가 가부장적 문화의 피해자라고 봄으로써 남성의 여성에 대한 억압이 간과된다고 비판한다.

비판 : 이 관점은 지나치게 남성성의 부정적인 면만을 강조한다는 비판을 받을 수 있다. 특히 이런 경향은 급진주의적 친여권론적 입장에서 현저하다. 현재 미국에는 NOCM(National Organization for Changing Men)같이 이 입장을 지지하는 단체가 결성되어 있으나 대중적 지지는 받지 못하고 있으며 지식인들이 선호하는 관점이다. 일반인들이 이 관점에 적극적으로 호응하지 못하는 이유는, 이런 운동으로 인해 남성들의 권위가 더욱 실추될 것이라는 우려와 일반 여성들이 이렇게 변화된 남성들을 얼마나 환영할까 하는 불안 때문일 것이다. 거기다가 이 관점의 이론 틀은 대부분 페미니즘에서 차용한 것인데 일반인들은 페미니즘은 여성을 위한 이론이라고 생각하고 있기 때문에 이 입장을 적극적으로 지지하지 못한다고 생각된다.

3 남성권리회복 관점 : 이 관점은 현대사회에서 여권론의 확산으로 여성들보다는 오히려 남성들이 더 큰 고통 속에 있음을 강조한다. 현대사회에서도 여전히 남성에게는 가장으로서의 책임이 주어지지만 여성의 경제활동 참여 증대, 국가간의 치열한 경쟁과 자동화로 인한 고용불안으로 남성의 가장역할 수행은 어렵게 되었다. 또한 가정내에서는 부드럽고 온화하고 자상한 남편과 아버지이면서 동시에 사회에서는 단호하고 냉정한 그리고 성공한 남성이라는 모순된 기대가 남성에게 주어진다. 현대사회의 많은 남성들은 이런 모순적 기대들을 채울 수 없고 이런 상황에서 남성들은 위로를 받기보다는 오히려 여성으로부터 비난을 받는다. 여성은 애정 혹은 성의 철회를

통해 간접적으로 그리고 남성에 의해 쉽게 상처받는 모습을 보여줌으로써 남성의 죄책감을 유발시켜 남성에게 권력을 행사한다. 이렇게 죄책감을 느끼게 된 남성은 자기학대 혹은 자기 멸시를 하게되고 나아가 타인욕구에 대해 무관심하거나 혹은 타인에 대해 공격행위를 하기도 한다.

또한 이 관점은 페미니즘이 여성들만을 위한 운동이라고 비판하며 남성은 새로운 성차별주의 희생자가 되고 있다고 주장한다. 그래서 현대사회에서 남성의 20대는 생기있지만 30대가 되면 기계가 되고 40대가 되면 소진된다고 한다. 이런 현실을 이들은 심지어 남성은 일벌에 그리고 여성은 여왕벌이 비유하기도 한다. 그리고 대부분의 현대사회에서 남성들의 평균 수명이 여성보다 낮으며 또한 많은 남성들이 자살, 질병, 범죄, 사고, 유아의 정서장애, 알콜중독, 마약 등으로 시달리고 있다.

이 관점은 남성들에 대한 부정적인 이미지로 인해 남성들은 이혼 과정에서 부당한 양육비 청구에 시달리며, 이혼재판에서 아버지의 자녀양육권은 쉽게 박탈되고, 여성 피해자의 진술에만 의존함으로써 남성은 성폭력 가해자로 몰리게 되며, 아내에 의한 남편구타는 도외시하고 남편만이 일방적 가해자로 취급되는 사례들을 언급한다. 미국에는 이 입장을 대변하는 단체로 National Congress for Men(NCM)이 있다. 한국에도 이와 유사한 관점이 「남편 기 살리기」(김정일 외 1996)에 제시되어 있는데, 이 책에서 남편을 억압하는 아내를 '신칠거지악'이라는 이름으로 돈돈부인, 비교부인, 달달부인, 멸시부인, 군림부인, 자유부인, 그리고 꼬치부인으로 분류하여 설명하고 있다.

비판 : 이 관점은 현대사회에서 남성에게 부과된 과중한 책임과 이로 인한 억압을 지적하고 이의 해소를 강조하는 점에서 자유주의

적 친여권론과 유사한 것처럼 보인다. 하지만 이 관점은 남성의 이런 처지를 여권론 혹은 여성의 이기심 탓으로 돌릴 뿐 우리사회가 구축해 놓은 가부장적 문화의 산물임을 이해하지 못한다. 물론 일부 여성들은 자신의 이기심 때문에 남편에게 자상한 아버지와 성공한 남편을 동시에 요구하고 이를 제대로 수행하지 못하는 남편에게 죄책감을 느끼게 하기도 한다. 하지만 대부분의 여성은 이런 요구가 모순된 것임을 알고 있으며 설령 여성들이 이런 요구를 한다 하더라고 이는 남성에게 의존할 것을 여성에게 요구하는 가부장적 문화 탓이다. 따라서 현대사회의 남성 억압을 극복하기 위해 남성과 여성이 함께 노력해야 할 것이다. 또한 이 관점은 여전히 남성들의 특권이 더 많은 상황에서 남성들의 수난을 강조한다는 비판을 받는다.

4 정신주의적 관점(남성성 회복 관점) : 이 관점 역시 남성권리 관점처럼 현대사회에서 남성들이 무의식적으로 억압받고 있음을 강조한다. 그러나 남성권리 관점과는 달리 현실적인 권리 쟁취보다는 대신 정신적인 측면에서의 진정한 남성성의 회복과 실현을 강조한다. 여권론의 등장으로 진정한 여성성에 대한 논의는 깊이 진행되었으나 남성성에 대한 진지한 논의는 거의 없고 대부분이 비판 일색이다. 또한, 산업사회의 도래로 남성은 가정 밖에서 오랜 시간을 보내게 되는데, 이로 인해 남아들은 가정에서 어머니에 의해 양육되고 학교에서도 여교사들에 의해 양육되면서 진정한 남성 역할모델을 접하기가 어렵게 되었다. 그래서 이 관점에서는 참된 남성성이 무엇인가를 찾고 이를 제시하고자 한다. 블라이(Bly, 1987)는 진정한 남성성으로 야성적인 남성(wild man) 혹은 전사적 자아(warrior-self)라는 개념을 제시하면서 이것이 남성 자신의 내부적 본성에 조응하는 것임을 주

장한다. 이런 자신의 본성을 찾기 위한 수단으로 숲 속에서 벗은 모습으로 북을 치거나, 춤을 추며 자신을 드러내는 행위를 한 예를 제시하기도 한다. 그리고 울기(crying)와 같은 감정적 표출을 통해서 남성은 자신의 내면에 있는 참된 전사적 자아를 발견하고 이를 통해 일상생활에서 자신 내면으로부터 힘을 이끌어낼 수 있다고 본다.

아놀드(Arnold, 1991) 역시 남성성의 원형으로 순례자, 전사, 마법사, 왕, 야생의 남성(wildman), 영적 치료자, 모사꾼(trickster), 연인(lover) 등을 제시하면서 이것들이 남성 속에 깨어나지 못하고 잠들어 있으므로 이를 일깨워야 함을 강조한다. 그리고 남성들이 드러내는 문제행동, 즉 타인에 대한 공격, 무관심, 역기능적 가족생활, 약물중독 등은 초남성성(hypermasculinity)의 산물이 아니라 남성 에너지의 상실, 남성 정체성의 위기, 느낄 수 있는 능력의 결핍, 그리고 상처받은 남성성(wounded masculinity)의 탓으로 돌린다. 그러므로 남성의 문제를 해결하기 위해서는 남성성을 비판할 것이 아니라 상처받은 남성성을 회복시켜주어야 한다고 본다. 그리고 이러한 처방은 사회문제를 해소하는 소극적인 이익뿐만 아니라 남성들의 에너지가 사회건설에 적극 활용될 수 있는 적극적인 이익도 가져다준다고 본다.

로르(Rohr, 1992)에 의하면 진정한 남성성은 두가지 여정을 통해 발달이 이루어진다고 한다. 남성은 일상적 남성성(common masculinity)에서 출발하는데 이 상태의 남성은 거칠고, 독립적이며 경쟁적이고 자신감에 가득차 있으나 대신 감정적으로는 무감각하다. 이는 무감각한 근육덩이나 영혼이 없는 로봇에 불과하며 옅은 남성성(shallow masculinity)이라고 부를 수 있다. 이 상태에서 이루어지는 남성의 첫째 여정은 여성적인 것을 수용하는 과정이다. 이 여정에서 남성은 일상적 여성성(common femininity)으로 남성적인 것을 닦아내고 그 결과 수

용적, 양육적, 그리고 남의 말에 귀를 기울이며 감정적으로 민감하게 된다. 그러나 이것이 여정의 끝은 아니며 둘째 여정을 통해서 깊은 남성성(deep masculinity)를 획득하게 된다. 이것은 야성적 남성의 여정으로 남성성과 여성성을 통합하여 밖으로 나아가 사회에서 무언가를 하는 것이다. 로르(Rohr, 1992)는 현대사회가 지나치게 여성화되어 있고 그 결과 남성들 역시 지나치게 나약하게 키워지고 있음을 강조한다. 남성성의 핵심은 어머니로부터의 분리를 포함하여 타인으로부터의 분리이며 이렇게 해서 발달된 남성 에너지 없이는 신과 같은 창조는 불가능하다고 한다. 또한 이런 에너지와 능력의 발달을 위해서는 남성 영적 지도자에 의한 남성양육(male mothering)을 요구한다.

비판 : 이 관점은 남성성과 여성성은 근원적으로 다르다고 본다는 점에서 친여권론적 입장과는 다르다. 친여권론이 전통적 남성성의 한계를 극복하고 새로운 대안으로 양성적인 남성 혹은 여성적 가치를 수용한 남성성을 강조하는 데 반해 이 관점은 근원적인 남성성을 찾기를 요구한다. 이 관점이 이렇게 주장하는 것은 남성이 추구해야 하는 남성성과 여성이 추구해야 하는 여성성은 근원적으로 다르다고 생각하기 때문이다. 그러나 이 관점이 제시하는 남성성이 정말 모든 남성에게 근원적으로 내재된 본질적인 남성성인지 아니면 남성우월주의적 문화의 산물인지는 알 수 없다. 그래서 남성성 회복 관점을 남성우월주의를 유지하려는 새로운 시도에 불과하다는 여권론의 비판이 있을 수 있다. 이 관점은 '상처받은 남성성'을 강조하면서 상처를 입히는 주체로 여권론, 특히 남성에게 여성성을 강요하는 현대사회의 분위기를 지목한다. 그러나 현대 사회에서 여성이 남성으로부터 받고 있는 고통은 강간이나 가정폭력처럼 목숨을 위협하는 것인 반면, 남성들이 여성으로부터 받는 고통은 자존심 위협 혹

은 조롱 등이 대부분이다. 따라서 이 관점이 내세우는 남성성의 회복이 남성의 정신적 안락함과 편안함의 추구일 수 있다. 또한 이 관점은 남성의 문제를 지나치게 영적 혹은 내적인 각성 차원에서만 해결하려고 할 뿐 현대사회에서 남성문제를 둘러싸고 있는 사회문화적 환경을 전혀 고려하지 않는다는 비판을 받을 수도 있다.

5 사회주의적 관점 : 사회주의적 관점은 경쟁적이고 지배적이며 공격적인 현대사회의 남성성을 자본주의적 생산방식의 산물로 본다. 우선 현대 자본주의 사회에서 노동계급이 처한 상황을 살펴보면, 이들은 자동화·노동인구의 과잉공급·젊은 세대의 등장 등으로 실직에 대한 불안상태에 있다. 그리고 강요된 작업 스케줄 때문에 가정을 돌볼 시간이 없으며 따라서 자신을 돌보아줄 조수를 가정내에 두어야 한다. 이런 상황에서 노동계급의 남성은 스스로 고귀함이나 심리적 안정감을 지닐 수가 없다. 또한 이들은 조장, 관리자, 감독관 등의 일방적인 통제 아래 있는데 이런 상황에서 남성들은 동료들과 함께 암묵적 혹은 비공식적으로 권위에 저항하는 연대를 형성하고 이것이 남성성의 한 단면이 된다. 이런 지배와 통제에 대한 반작용으로 여성을 희생양으로 삼아 억압하거나 타인에게는 무심한 남성성을 지니게 된다.

현대 자본주의사회에서는 관리적 남성들이라고 예외는 아니다. 이들은 타인을 통제하고 관리하는 기술을 익혀야 하고 자신의 승진을 위해서 타인을 의심의 눈으로 보아야 한다. 즉, 정글 속의 야수처럼 어깨 너머로 감시의 눈을 번뜩여야 하고 누가 따라오고 있지 않는지 쳐다 보아야 하며 자신의 성공을 위해서는 타인의 희생에 대해 둔감해질 필요가 있다. 관리직 남성들은 이런 생활에 오랫동안 적응한 결과 공격적이고 경쟁적인 남성성을 지니게된다.

이처럼 현대 자본주의 사회에서 사회적 차원의 물질적 부는 창출되었지만 개인 각자의 삶은 더욱 가난해지고 있다고 볼 수 있다. 이 관점은 새로운 남성상을 정립하게 위한 전략으로 일차적으로 작업현장에서 노동자들의 자율권과 통제권의 증대를, 그리고 그 다음 단계로는 기존의 생산방식을 대체할 수 있는 새로운 생산방식 혹은 경제제도를 찾아야 함을 주장한다. 이런 변화가 정착된다면 남성에게뿐만 아니라 여성에게도 도움이 될 것이다. 따라서 이 관점은 남성과 여성의 공동 노력을 통해서 남성문제와 여성문제를 동시에 해결할 수 있음을 강조한다.

비판 : 이 관점은 남성문제의 원인 제공자로서 여성을 지목하는 남성권리회복 관점처럼 여성을 비난하는 대신 자본주의적 생산방식의 변화를 통해서 남성문제와 여성문제를 동시에 해결될 수 있음을 강조한다는 점에서 긍정적인 것처럼 보인다. 그러나 이 관점에는 남성성에 대한 깊이 있는 통찰이 결핍되어 있다. 경쟁적이고 지배적인 남성성을 단순히 자본주의적 경제활동의 산물로만 볼 수 없으며 남성들 스스로가 의식적이든 무의식적이든 이런 남성성을 만들어내는 심리기제가 있을 것이고 이를 분석하는 작업이 필요할 것이다. 예를 들어 남성들의 동료 남성에 대한 억압은 자본주의적 생산방식의 결과로 충분히 설명이 되지만 여성에 대한 억압은 이것만으로는 충분한 설명이 되지 않으며 여성에 대한 남성의 우월의식이 영향을 끼쳤을 것이다. 따라서 남성에게 잠재된 자연과 인간을 포함한 대상에 대한 지배 혹은 정복심리, 특히 여성에 대한 우월의식 등의 근원은 무엇이며 이것을 어떻게 극복할 수 있을 것인가가 논의되어야 할 것이다. 이런 맥락에서 이 관점은 남성 스스로의 변화 노력은 강조하

지 않고 모든 책임을 남성 외부의 사회에서 찾는다는 비판을 받을 수 있다.

6 다양한 남성들의 관점 : 이는 남성들 세계에서의 주변부 남성 즉 남성 동성연애자와 흑인들의 시각이다. 우선 남성동성애자들의 입장을 살펴본다. 대부분의 현대사회는 남성은 남성다워야 하고 여성은 여성다워야 한다는 믿음이 지켜지고 있는 성별 이원체계(gender system)사회이다. 하지만 이 성별 이원체계는 여성의 이익보다는 남성의 이익을 더 많이 보장해주는 체계일 뿐만 아니라 때로는 남성 우월주의적 관행을 정당화시켜주기도 한다. 따라서 여성들은 이 성별 이원체계의 변화를 그리고 남성들은 이를 지키려는 경향을 보인다. 이런 성별 이원체계를 지키려는 남성들은 이것이 남성과 여성간의 생물학적 차이에 기초한 자연적인 체계임을 강조한다. 그런데 남성 동성애자들의 존재는 성별 이원체계의 자연성을 훼손하는 사례이므로 남성들은 남성 동성애자들을 핍박하게 된다. 따라서 여성들보다 남성들이 동성애에 더 부정적이며 특히 남성들은 여성 동성애자들보다 남성 동성애자들을 더 억압한다(Price and Dalecki, 1998). 이는 남성들의 완고하고 엄격하며 규율적인 그래서 덜 관용적인 특성과도 관련이 있겠지만 이보다는 남성들의 남성다움에 대한 집착이 더 큰 이유가 될 수 있다. 즉, 여성들은 남성동성애든 여성동성애든 모든 동성애를 단지 성적 지향(sexual orientation)의 문제로 보고 이를 심각하게 보지 않는 반면, 남성들은 남성들의 동성애는 남성의 위신을 추락시키는 행위—즉 성별 이원체계(gender system)에 도전하는 행위로 간주하기 때문에 남성 동성애에 대하여 강한 혐오감을 드러내는 것이다 (Price and Dalecki, 1998). 이런 현실에 대하여 남성 동성연애자들은 자신

에 대한 핍박은 정당치 못하며 남성은 남성다워야 한다는 신념의 유지를 위하여 자신들에 대한 편견과 핍박이 이용되었음을 강조한다. 이 때문에 남성들은 자신이 동성애자라는 낙인을 받지 않기 위해 자신 속의 여성적 기질을 억제할 뿐만 아니라 과장된 남성다움을 과시하며 때로는 여성을 지배하기까지도 한다. 따라서 이 관점은 남성 동성연애자에 대한 편견의 극복을 강조할 뿐만 아니라 남성은 언제나 남성다워야 한다는 신념에 대하여도 비판적이다.

흑인 남성들은 백인 남성과는 달리 생계부양자로서 가족을 책임지는 것이 자신들의 역할이 아니었다. 과거 노예시대에는 주인을 위해 일하는 일꾼에 불과했으며 현대사회에서도 인종차별로 인해 생계부양자 역할을 제대로 수행하지 못하고 있다. 따라서 남성은 과거부터 늘 생계부양자 역할을 해왔음을 가정하고 이의 유지를 강조하는 보수주의나 이의 변화를 요구하는 친여권론적 입장은 흑인 남성들과는 무관한 입장이다. 이들은 남성다움의 유지 혹은 변화보다는 자신들의 지위향상이라는 당면과제에 더 몰두한다. 따라서 이들은 남성학 혹은 남성해방이 아니라 흑인남성에 대한 편견, 즉 게으르며, 지나치게 성적이고, 무책임한 흑인남성이라는 편견의 해소에 더 많은 관심을 갖고 있다. 한국사회에는 인종과 이에 따른 인종차별은 없었지만 봉건적인 신분제 사회의 잔재가 아직 남아 있다. 그 결과 남성이지만 소외계층에 속한 남성들은 남성으로서의 특권을 누리지 못한다. 따라서 이들에게는 남성학이나 남성해방보다는 자신들의 지위향상이 더 중요한 과제일 수 있다. 동성연애자와 흑인 남성들의 삶을 이해함으로써 모든 남성이 남성으로서 특권을 누린 것은 아니며 남성 중에도 소외집단이 있음을 알 수 있다.

비판 : 한국사회에는 아직 동성애자들이 소수이기 때문에 동성애

이슈가 남성문제의 전면에 부각되기는 어렵다. 하지만 음지에 숨어 있던 남성동성애자들이 자신의 존재를 드러내고 자신들의 목소리를 내기 시작한다면 사정은 달라질 것이다. 이렇게 되면 한국사회에도 동성애 비판론자들과 동성애자들 간의 논쟁이 격화될 것이고 동성애문제가 사회적 쟁점이 될 수 있다.

위와 같은 여섯가지 외에도 기독교적 관점이 있다. 이 관점은 남편과 아내와의 관계를 하나님과 인간 간의 관계에 비유하면서 남편은 아내를 사랑하고 아내는 남편에게 순종할 것을 요구한다. 아내의 순종과 남편의 권위를 인정한다고 해서 남편의 중심적인 생활을 의미하지는 않는다. 오히려 남성에게 가정을 경제적으로 이끌어갈 뿐만 아니라 가정생활에서도 자녀들에게 모범이 되고 이들을 정신적으로 인도할 것을 요구한다. 앞서 설명한 정신주의적 관점도 남성양육(male mothering)을 내세우지만 정신주의적 관점이 남성성 회복을 위한 양육이었다면 기독교적 관점은 좋은 아버지로서의 양육을 강조한다. 이 관점 또한 보수주의 관점처럼 남성의 할 일과 여성의 할 일을 구분하고 남성의 권위를 인정하지만 보수주의 관점이 가정과 자녀양육을 여성의 영역으로 보는 것과는 달리 이 관점은 가정내에서 남성의 역할을 요구한다. 남성의 양육참여를 요구한다는 점에서 여권론적 관점과 유사한 것처럼 보이나 여권론적 관점과는 달리 아내의 남편에 대한 순종을 강조한다. 이 관점은 남성의 권위를 살려주면서 여성에게 남편의 사랑을 보장한다는 점에서 이상적인 것처럼 보이기도 하지만 실제 이러한 책임과 의무를 다 할 수 있는 남성은 많지 않으며 현실에서도 남성의 권리만을 옹호하는 관점으로 변질되기가 쉽다. 지금까지는 남성학의 여러 연구관점을 살펴보았고 다음 절에서는 남성학의 연구 영역을 남성의 성장과정, 남성의 일과 가정, 그리고 남성의 성 세 부분으로 나누어 살펴보고자 한다.

3. 남성학의 여러 연구 영역들

1) 남자의 남성되기

남성의 성격과 기질은 유아기의 성장과정과 성인기의 경험을 통해서 형성된다. 따라서 남성을 이해하기 위해서는 남성은 어떤 과정을 거쳐서 성장하며 어떤 경험을 하는가를 이해할 필요가 있다.

(1) 유아기의 성장과정

남아의 성장과정은 여아의 성장과정과는 사뭇 다르다. 우선 가지고 노는 장난감에서부터 큰 차이를 보인다. 여아들은 인형을 가지고 놀면서 소꿉놀이에 몰두하는 동안 남아들은 칼과 권총 등으로 전쟁놀이를 한다. 여아들은 소꿉놀이를 하면서 아이를 돌보거나 남을 보살펴주는 역할을 맡는 반면 남아들은 전쟁놀이에서 남을 공격하고 정복하는 역할을 맡는다. 이렇게 해서 유아기에 형성된 남성의 공격심과 경쟁심 그리고 정복욕 등이 유아기를 벗어난다고 사라지는 것이 아니라 여전히 남성적 기질의 뿌리에 남아있다고 보아야 한다. 따라서 남성의 기질은 유아기의 성장 경험과 분리하여 생각할 수 없다.

남아의 독특한 성장과정을 여아와 대비시켜 잘 설명하고 있는 이론이 정신분석이론이다. 정신분석학이론은 남아는 아버지와 동일시를 통해 자신을 만들어 가며 여아는 어머니와의 동일시를 통해 자신을 형성시켜 간다는 동성부모 동일시에 기초하여 자신들의 이론을 전개하므로 남아와 여아의 동일시 과정의 차이를 주목한다. 영유아기까지는 남아나 여아 모두 어머니의 양육을 받고 자라지만 아동기가 되면서 남아와 여아가 차이가 나타난다. 즉, 여아는 어머니와 지속적인 관계를 유지하면서 자신을 여성으로 만들어 가는 반면, 남아는 자신을 돌보아 주었던 어머니와는 어느 정도 거리를 두고 멀리 있는 아버지와의 동일시를 통해 자신을 남성으로 만들어간다. 이런 과정의 차이로 인해 남아는 여아와는 다른 독특한 인성을 갖게 된다는 것이다.

아동기 남아의 독특한 경험을 프로이드(1949)는 외디푸스 컴플렉스(Oedipus complex)라고 이름 붙인다. 이 시기에 남아는 어머니에게 이성으로서의 끌림과 애정을 느끼지만 동시에 아버지를 어머니와의 사이에 있는 경쟁자로 여겨 아버지를 적대시하게 된다. 그리고 아버지가 자기 자신을 해칠 것이라는, 더 구체적으로는 성기를 절단해버릴 것이라는 두려움을 갖게 된다[1]. 이러한 두려움과 공포에서 벗어나기 위한 수단으로서 남아는 어머니에 대한 애정을 철회할 수밖에 없고 그 결과 동일시의 대상을 어머니에서 아버지에로 전환시킨다. 따라서 남아의 아버지에 대한 동일시는 여아의 어머니에 대한 동일시처럼 친밀감에 바탕을 둔 '애정적 동일시'가 아니라 아버지에 대한 적개심을 내면적으로 가진 상태에서 자기를 방어하기 위한 '방어적 동일시'인 것이다. 따라서 남성은 타인과의 감정적으로 친밀한 관계를 쉽게 맺지 못하고 방어적이거나 경쟁적이 된다고 볼 수 있

---

1) 프로이드 시대의 전형적인 아버지은 엄격하고 냉정하였기 때문에 어머니와는 달리 아버지와는 자연스러운 친애 감정이 생기지 않는다고 보았다.

다.

쵸도로우(Chodorow, 1986:46)는 유아기의 부성부재가 남성 무표현성의 원인이라고 본다. 전형적 핵가족 상황에서 주부로서 살아가는 어머니는 여아와 많은 접촉 기회를 갖기 때문에 여아는 자신의 감정과 친밀감을 어머니와 나눌 수 있다. 그러나 아버지는 자주 접할 수 없는 존재이기 때문에 남아와 아버지 간의 대화는 양이 적을 뿐만 아니라 내용도 사무적이고 딱딱한 것으로 채워진다. 이런 유아기의 상이한 경험으로 인해, 남과의 친밀한 관계를 소중히 여기고 감정적이며 표현적인 인성을 지니는 여성과 달리 남아는 사무적이고, 냉정하며, 무표현적인 인성을 지니게 된다.

남아 성장과정의 또다른 독특한 점은 여아의 성장과정은 연속적이지만 남아의 성장과정은 불연속적이란 점이다. 즉, 여아는 계속해서 어머니와의 관계를 지속시키는 반면 남아는 어릴 때는 어머니와 애착을 형성했지만 자라면서는 아버지가 동일시의 대상이 된다. 남아는 이런 단절 경험으로 인해 어릴 때에 어머니에게 받아들여졌던 행동이 아버지로부터 받아들여지지 않음을 경험하게 된다. 이렇게 되면 스스로 행동의 기준을 찾지 못하게 되고 사회 규범을 내면화하는 데도 어려움을 겪게되어 좌절 및 불안 그리고 이와 관련된 정서 발달의 장애를 보일 수도 있다.[2] 따라서 유아기 남아의 사회화 과정이 여아의 사회화 과정보다 더 어려운 과정이다(바뎅테, 1993). 이런 단절의 문제는 남아들 중에서도 특히 어릴 때 어머니와의 동일시가 지나치게 강하거나 아버지와의 접촉이 거의 없는 경우에 심할 것이다. 베이컨과 그의 동료들(Bacon et al, 1963)은 위의 가설을 비교사회

---

2) 유아의 정신질환인 주의산만, 행동장애, 말더듬이, 자폐증 등은 여아보다는 남아에게 훨씬 많이 나타나는 것으로 알려져있다(Basow, 1986:183).

자료를 통해 검증하였는데, 남아가 어릴 때 성인 남성과의 접촉이 제한되어 있는 사회에서는 다른 사회에서보다도 범죄 발생율이 높다고 한다. 이것은 산업화, 도시화와 함께 범죄율이 증대되는 현상을 설명하는 데도 적용될 수 있다. 산업화, 도시화가 되면 가정과 일터의 분리 현상이 나타나므로 유아기에 아버지를 접할 수 있는 기회가 더욱 줄어들고 그 결과 남아들의 단절경험이 더 클 것이다.

경우에 따라서는 남아가 어머니로부터 자신을 분리하지 못하고 여전히 어머니와의 애착상태에 머물러 있는 수도 있다. 이런 남성들은 어머니의 보살핌과 챙겨줌에 익숙해져 있어 혼자서는 일을 처리하지 못하고 어머니에게 의존하는 마마보이가 된다. 이런 남성들도 성장하여 직장을 갖고 사회생활을 하지만 일상생활은 여전히 어머니의 도움 혹은 결혼 후에는 아내의 도움에 기댄다. 이런 현상은 남아선호사상으로 인해 남아를 지나치게 과잉보호하는 한국적 상황에서 더 두드러진다. 그리고 가족내에서 부부관계보다는 부자관계가 강조되는 맥락에서 남편과의 관계에서 애정적 욕구를 채우지 못한 어머니들이 자녀 특히 남아와의 관계를 통해 이를 보상하고자 할 경우에도 나타날 수 있다.

물론 같은 남아의 성장 과정이 언제나 부정적인 것만은 아니다. 프로이드는 남아가 외디푸스 컴플렉스라는 시련과 좌절을 극복함으로써 한단계 성장함을 강조한다. 즉 남성은 여성과는 달리 강인하고 도전적인 인성을 습득하게 된다. 린(Lynn, 1969)은 여아는 성역할을 어머니와의 직접 접촉을 통해서 배우는 반면, 남아는 아버지와의 접촉이 제한적이기 때문에 여러가지 통로(대중매체, 친구, 어머니를 통한 간접적 암시 등)를 통해서 배운다는 점을 주목한다. 이것이 남아의 남성 정체성 형성을 어렵게 만들기도 한다. 하지만 남아는 다양한 정보

제공자들이 제공하는 남성상을 추상해야 하므로 추상의 능력을 발달시킬 수도 있고 그 결과 남성은 상황의존적인 인성보다는 상황독립적인 인성을 갖기도 한다. 그 결과 남성 가운데는 리더쉽을 갖춘 뛰어난 인물이 배출된다. 이런 성장과정은 남학생의 수학능력의 발달에도 영향을 미치는 것 같다. 미국에서 조사된 자료에 의하면 중등학교까지는 남아의 수학점수가 여아보다 낮으나 한국의 수능고사와 유사한 SAT시험에서는 높은 점수를 받는다고 한다(Felson, Trudeau, 1991). 특히 엔트위슬(Entwisle), 알렉산더 올슨(Alexander, Olson, 1994)은 남아의 SAT점수가 높은 것은 남아들에게 자유롭게 활동할 수 있는 기회가 많이 주어져 창의력을 키울 수 있기 때문이라고 한다. 그러나 모든 남아들이 이런 기회를 잘 활용하는 것은 아닐 것이고 때로는 자유가 방종으로 끝날 수도 있다. 그래서 남성집단에는 지도자도 배출되는 반면 범죄자도 많다. 그리고 수학능력에서도 SAT점수가 아주 높은 남아가 많이 있는 반면 아주 낮은 남아도 많이 있어 여성집단보다는 편차가 크다고 한다(Entwisle, Alexander, Olson, 1994).

(2) 성인기의 경험

근대 산업사회에서의 성인 남성의 활동은 크게 두가지 면에서 전통 농경사회의 남성의 활동과 다르다. 첫째, 농경사회에서는 생산활동이 가정을 중심으로 이루어졌기 때문에 남편과 아내 모두가 경제활동에 참여할 수 있었지만 생산이 가정 밖에서 이루어지는 산업사회에서는 주로 남성이 경제활동을 담당하게 되고 남성＝생계부양자라는 등식이 성립되었다. 이는 남성에게 경제력을 제공하여 권력의 기반이 되기도 하지만 생계부양역할을 제대로 수행할 수 없는 저소득 혹은 실직 남성에게는 심각한 곤란을 초래한다. 둘째, 근대사회 남성의 생산활동은 농경사회의 생산활동과는 달리 타인과의 경쟁관계에 기초하고 있다. 농경사회에서는 생산활동이 자연에 의해 좌우되기 때문에 인간과 자연간의 갈등이 있었을 뿐이다. 하지만 근대 자본주의 사회에서는 생산활동이 타인과의 경쟁관계 속에서 이루어지므로 생산활동의 담당자인 남성들은 늘 경쟁적 생활에 놓이게 된다.

현대 남성의 경쟁적 생활을 직업활동에 한정되지 않고 유아기 때의 가지고 노는 장난감, 또래 집단과의 놀이, 남성들의 스포츠 활동(Messner, 1987), 심지어는 여가생활 등에까지 스며들어 있다. 이런 생활에서 남성은 언제나 남과의 경쟁에서 이겨야 한다는 과제를 안고 살아간다. 따라서 남성은 타인의 입장에 서보는 감정이입능력을 발달시키지 않으며 설령 이런 부분이 자기에게 있다 하더라고 타인과의 경쟁에서 지지 않기 위해서 그리고 남성답다는 소리를 듣기 위해 이런 부분을 억제하게 된다.

지나친 경쟁의식과 성공에의 압박이 때로는 남성 자신을 파멸로 이끌기도 하는데 그래서 남성의 성역할을 치사적인 역할(lethal role)이라고 부르기도 한다. 1985년부터 1994년 10년간 사고에 의한 사망사고를 분석한 결과(박경애, 1996:1-22)에 의하면 남성의 사고 사망율이 여성의 사고 사망율보다 3배 높게 나타났고, 특히 익사, 추락, 교통사고 순으로 남성 사망율/여성 사망율의 수치가 높았다. 남성들의 사고 사망율이 높은 것은 일차적으로 남성의 사회활동과 관련이 있겠지만 지나친 경쟁의식과 남성다움을 과시하려는 욕구도 남성의 높은 사고 사망율의 원인이라고 생각된다.

남성을 가해자(지배자) 그리고 여성을 피해자(피지배자)로만 간주하는 시각은 산업화로 인해 여성의 역할이 가정에 한정되어 남성의 여성에 대한 지배가 강화되었음에 기초한 것이다. 그러나 산업사회에서 모든 남성들이 경쟁에서 승리하여 생계부양역할을 제대로 잘 수행하고 있는 것은 아니다. 경쟁상황에서는 승자가 있으면 패자가 있게 마련이므로 남성의 반은 패자가 될 수밖에 없다. 베르나르드(Bernard, 1984) 역시 근대 산업사회 이후 남성들에게 생계 담당자 역할이 강조되었지만 이를 수행자지 못한 남성들이 많았음을 역사적 자료를 통해 보여주고 있다. 이런 현실임에도 불구하고 생계담당자 역할을 제대로 수행하지 못하는 남성은 실패한 남성이라는 부정적 낙인이 부여되어 그들의 설 곳이 상실되었고, 자신의 문제를 드러내고 상담할 수도 없었다. 그 결과 이들은 알콜중독자가 되기도 하고 남에게 자신의 실패한 모습을 보이기보다는 아예 남성역할을 포기하기도 하고 심지어 자살까지 한다.[3] 물론 현대사회에서는 여성들도 남성들처럼 경쟁적 활동에 참여한다. 하지만 여성은 자신의 실패를 여성에 대한 차별 탓으로 돌릴 수 있지만 남성은 자신의 무능력을 탓할 수밖에 없다. 그 결과 남성은 경쟁에서의 성공에 과도하게 집착하지 않을 수 없다.

위와 같은 경쟁적 사회생활로 인해 다음과 같은 특성을 지니는 남성을 흔하게 볼 수 있을 것이다. *남성은 자아중심적이다.* 많은 남성은 주어진 일을 스스로의 힘으로 수행할 수 있음을 타인에게 보여

---

3) 근대산업사회에서 남성의 역할이 생계부양자에 한정됨으로써 이 역할을 제대로 수행할 수 없는 남성들은 심각한 적응 장애에 놓이게 된다. 그래서 근대화의 결과 여성의 자살율보다 남성의 자살율이 더 많이 증대되었다는 지적(Krull, Trovato, 1994)도 있다. 현대사회에서는 특히 남자 노인들의 자살율이 여자 노인들의 자살율보다 높은데 이 역시 근대산업사회에서 남성의 역할이 생계부양자의 활동에 한정되는 것과 무관하지 않다. 남성의 역할이 생계부양자에 한정되기 때문에 남자노인들은 쓸모없는 인간으로 무력감과 소외감을 경험하게 되어 자살까지도 할 수 있는 것이다(Girard, 1993)

주는 것이 남성다움이라고 생각하고 이를 위해 노력한다. 따라서 쉽
게 타인에게 도움을 청하지 않으며, 청하지 않은 조언 특히 아내의
조언에 과민반응을 보이기도 한다. 때로는 자신의 능력을 입증하는
과정에서 자신의 노력만으로 부족한 경우 남성은 때로는 타인을 이
용하거나 지배해서라도 목적을 달성하고자 한다. 그 결과 남성은 자
아중심적이고 때로는 이기적이 될 수도 있다.

많은 남성은 상처를 안고 살아간다. 경쟁의 세계에 살고 있는 남
성에게는 승리의 기쁨만이 있는 것이 아니라 패배의 쓰라림도 있어
많은 남성들은 실패에 대한 불안감을 늘 갖고 있다. 그러나 이것보
다 남성을 더 힘들게 하는 것은 패배의 순간에도 남성은 강하고 굳
건해야 한다는 고정관념 때문에 자신의 아픔을 잘 드러내지도 못한
다는 점이다.

그래서 많은 *남성은 자기를 감춘다.* 자신의 약점을 감추고 언제나
강하고 능력있는 모습만 보여주어야 하기 때문에 자기를 쉽게 드러
내지 않고 타인과는 어느 정도 거리를 둔다. 이 과정에서 남성들은
자기를 과장하거나 허세를 부리기도 하는데 이것 역시 남성의 자기
감추기의 한 방식일 수 있다. 『화성에서 온 남성 금성에서 온 여자』
의 저자인 존 그레이 박사는 남성은 어려운 일이 있으면 이를 혼자
서 조용히 해결하려고 한다고 지적하면서 이를 남성의 동굴심리로
표현하는데, 이것 역시 남성의 자기 감추기의 한 방편이다.

남성은 문제해결 중심이다. 따뜻한 인간관계를 통한 만족을 즐길
줄 아는 여성과는 달리 많은 남성들은 목적달성 및 과제의 해결을
통한 성취감이 주는 만족밖에 모른다. 따라서 많은 남성들은 과제해
결적인 생활이 아닌 부부관계 및 여가생활과 같은 일상생활들도 자
신에게 주어진 과제로 생각하는 경향이 있다. 따라서 생활 그 자체

를 즐기지 못하며 과제 해결에 골몰하다가 이를 해결하지 못하게 되면 분노하게 된다.

남성은 영원이 미숙아라고 할 수 있다. 많은 남성은 끝없이 직업적·사회적·금전적 성공이라는 과제를 안고 살아간다. 그 결과 자신의 삶에 스스로 만족해 하는 성숙된 남성은 많지 않다. 이러한 자신에 대한 불만 혹은 열등감이 남성의 폭력성과 공격성 혹은 권위적 성격의 원인이 되기도 한다. 그래서 남성은 어느 정도 사회적 성공과 경제적 안정이 이루어진 후에야 주의를 돌아보고 배려할 수 있게 되지만 많은 남성들은 이런 여유를 심리적 여유를 누리지 못하고 생애를 마치기도 한다.

2) 남성의 일과 가정

남성과 여성 간의 관계를 권력관계로 보는 여성학적 관점에서는 남성의 가사활동 참여를 회의적으로 본다(Polatnick, 1975). 그 이유는 두 가지로 설명할 수 있다. 첫째는 남성이 가사활동에 적극 참여하게 되면 그만큼 경제활동에 보내는 시간과 수입이 감소되는데 이는 가정 내에서 권위의 상실을 초래할 수 있다. 따라서 이를 우려한 남성은 가사활동에 적극참여하지 않는다. 둘째는, 가사활동의 성격과 관련이 있다. 가사활동은 성격상 허드렛일이므로 이는 남성의 권위와 어울리지 않는다고 생각하는 남성들이 많다. 그러므로 권위적인 남성상을 유지하기 위해서 남성들은 가사참여에 소극적이 된다.

그러나 최근에는 남성들 스스로 가사활동의 소중함과 중요성을 인식하는 경향이 나타나고 있다. 그 결과 초기 산업사회에서는 생계

담당자(provider)로서의 남성만이 강조되었으나 최근에는 양육담당자(nurturer)로서의 남성 역할이 중요시되고 있다. 초기에는 여성들의 요구에 의해 비자발적으로 가사에 참여하는 남성들이 대부분이었으나 이제는 스스로 자발적으로 가사에 참여하는 남성들이 늘고 있다. 물론 이는 한국 상황과는 다소 거리가 있지만 이런 변화들을 스웨덴, 미국, 일본의 사례를 통해 살펴본다.

스웨덴에서는 1968년부터 남녀역할 구분 철폐 정책이 실시되었는데 이의 일환으로 특정직종에의 여성 진입을 금하는 법률 폐기, 맞벌이 부부의 세금 경감을 위한 개인 단위의 세금부과, 고용차별을 금하는 법률 등이 시행되었다. 그 결과 스웨덴은 다른 어느 나라보다 남성과 여성 간 성역할 구분이 미약한 사회이다. 스웨덴 남성들의 일에 대한 태도를 하쓰(Hass, 1993:246)의 자료를 통해 살펴보면, 남성들 중에도 부분근무를 선호하는 사람이 어느 정도 있는 것으로 나타났다. 그리고 남성만이 유일한 생계담당자라는 생각도 갖고 있지 않았다. 구체적인 수치를 살펴보면, 근무상태 선호에서 남성들의 75%가 풀타임(full-time)을, 24%는 파트타임(part-time), 그리고 나머지 1%는 가사를 선호하는 것으로 나타났다. 반면 여성들은 6%가 풀타임(full-time)을, 67%가 파트타임(part-time)을 그리고 나머지 27%는 가사활동을 원하는 것으로 나타났다. 그리고 '남자가 주된 생계 담당자여야 한다'는 질문에 남자의 9%는 '당연히 그렇다', 29%는 '경우에 따라서', 26%는 '잘 모르겠다', 13%는 '그렇지 않은 편이다', 그리고 나머지 23%는 '전혀 그렇지 않다'라고 응답하였다. 반면 여자의 경우에는 5%가 '당연히 그렇다', 24%는 '경우에 따라서', 3%는 '잘 모르겠다', 25%는 '그렇지 않은 편이다', 그리고 나머지 43%는 '전혀 그렇지 않다'라고 응답하였다. 물론 남자들이 여자들보다는 남성의 생계부양자 역할을 더 강조하는 경향이 있기는 하지만 남성들의 반 정도는 남성만이 유일한 생계부양자라고 생각하지 않음을 알 수 있 다.4)

스웨덴의 남성들은 가사일에도 상당히 참여하는데, 부부가 똑같이 하거나 남편이 더 많이 비율이 높은 일은 자녀와 놀아주기(58%), 아 이 목욕시키기(38%), 아이들이 아프거나 피곤할 때 달래기(36%), 아 이들에게 음식 먹이기(27%), 아이들 옷 빨기(12%), 아이들 옷 사기 (6%) 순으로 나타났다(Hass, 1993:248). 물론 남편이 아내보다 가사에 더 많이 참여하는 일의 종류가 많지는 않지만 남편들로 아내와 공동 으로 가사를 담당하고 있음을 알 수 있다.

그리고 스웨덴 아버지의 44%가 어떤 형태로든 부성휴가를 사용하 였다(Pleck, 1993:227). 그리고 평균 휴가 일수는 53일로 나타났다. 물론 스웨덴에서 부성휴가를 사용하는 아버지의 비율이 증대된 것은 부 성휴가의 유급화 때문이다. 만약 이것이 무급이라면 임금수준이 상 대적으로 낮은 여성들이 휴가를 받을 가능성이 여전히 높다.5)

미국 사회에서도 스웨덴만큼은 아니지만 부성에 대한 관심이 고조 되고 있다. 미국의 100명 이상 고용 사기업체 중 18%가 남성 전일제 근로자에게 무급 부성휴가를, 그리고 1%가 유급 부성휴가를 주고 있

---

4) 스웨덴에서는 남녀 모두가 생계부양과 양육을 담당하지만 남성은 여전히 생계 부양에 더 많은 에너지를 투여하고 있다. 1988년 25-54세 남성의 95%가 경제활 동에 참가하며 여성은 91%가 참여한다. 그러나 여성들의 43%는 부분 근무에 종사하며 남자들은 단지 7%만이 부분 근무에 종사하며 미취학 자녀를 둔 어머 니의 경우에는 부분 근무의 비율이 60%에 이른다(Hass, 1993:244).
5) 스웨덴에서는 소득의 90%가 지불되는 9개월간의 육아휴가가 주어지는데 이를 아내나 남편 중 한 쪽만이 이를 이용하거나, 혹은 남편과 아내가 이를 나누어 가질 수도 있다. 그리고 이 비용의 85%는 기업체가 그리고 15%는 중앙정부에 서 분담한다(Swerdlow and Vine, 1981:138).

다. 그러나 부성휴가를 사용할 수 있는 남성들 중에서 실제 부성휴가를 이용하는 남성은 1%정도로 아주 저조했지만 차츰 그 비율이 증가할 것이라고 한다. 그리고 하이드(Hyde), 엑쎄스(Essex), 호르톤(Horton)의 연구(1993: 627, 630)에 의하면 미국 남편들이 아내 출산시 평균 5일의 휴가를 가졌다고 한다. 이처럼 실제 부성휴가를 많이 이용하고 있지는 않지만 부성휴가에 대한 태도는 긍정적인데 응답자의 75%가 부성휴가가 필요하다고 응답하였다. 그리고 1년 휴가기간 동안 50%의 임금이 주어진다면 어떻게 하겠는가라는 질문에 2%는 '일년간 휴가를 갖는다', 49%는 '일부 기간 동안 휴가를 갖는다' 26%는 '부분 근무를 한다' 그리고 23%는 여전히 '전일 근무를 한다'로 나타났다.

미국 연방법원은 여교사에게만 1년간 무급 양육휴가를 주는 것은 차별적이라는 판결을 내렸다. 그리고 1990년 미국의 고용평등위원회(Equal Employment Opportunity Commission)는 자녀 양육 휴가는 아내와 남편 모두에게 동등히 주어져야 한다는 입장을 채택하였다(Pleck, 1993: 227).

일본에도 1992년 남녀를 불문하고 육아휴가를 얻을 수 있는 육아휴업법(育兒休業法)이 제정되었지만 아직 육아 휴가를 사용하는 남성은 거의 없으며 시행년도 이를 사용한 남성은 전국에서 14명에 불과하다(우에노치즈코, 1995:13). 하지만 일본에도 남성들의 육아참여를 주장하는 남성들이 늘고 있다. 육아연(育兒連)(남성과 여성 모두의 육아시간 쟁취를 위한 연락회)이란 단체가 있으며, 주부(主夫)(househusband)선언이 제창되었으며, 일의 노예 상태에서 벗어나서 일과 가정의 조화를 추구하는 '반쪽철학' 등이 나타나고 있다[6].

---

6) 물론 아직 일본사회에서는 이런 남성들을 2류시민, 남성답지 못한 남자, 혹은 칠칠치 못한 남자라고 혹평하는 시선이 없는 것은 아니다.

일본 사회의 이러 변화에는 여성의 목소리가 큰 역할을 했다고 한다. 일본의 주부들도 일벌레인 남성들을 더 이상 좋아하지 않는다. 일본 남성들은 장시간 근무시간은 일본의 과로사(過勞死)가 국제적 통용어가 될 정도로 유명하다. 그러나 일본남성의 장시간 근무 뒤에는 여성의 가사 노동이 있다. 일본 여성의 가사시간은 1일 3시간 52분이며 남성의 가사 시간은 24분에 불과하다. 그래서 경제활동시간과 가사시간을 합하면 남성의 경우 일주일 평균 61.7시간 그리고 여성의 경우에는 74.4시간이다(우에노치즈코:184). 이런 상황에서 처(妻)의 사추기(思秋期), 남편무용론(男便無用論), 정년이혼7) 등이 대두하고 있으며 부권회복(父權回復)이 아니라 부성(父性) 내지 부친회복(父親回復)이 강조되고 있다. 따라서 이런 상황에서 남성들도 스스로 가사활동을 중요성을 인식하지 않을 수 없을 것이다.

한국사회에도 부성의 중요성이 강조되고 있다. 그래서 '좋은 아버지가 되기 위한 시민의 모임' '아버지와 가정'이라는 월간지의 등장하고 있으며 부성에 대한 학문적 연구도 이루어지고 있다(한국여성개발원, 1995; 이숙현, 1995). 아버지가 자녀양육에 참여함으로써 자녀가 개방적이고 평등적인 성역할 태도를 갖게 되거나 자녀의 학업성취가 높아지는 이점이 있다. 전통적으로 직업성취나 학업성취는 남성의 영역이므로 이의 발달은 아버지에 의해 큰 영향을 받는데, 쿡스레이와 폰텔(Cooksley and Fondell, 1996)에 의하면 아버지가 자녀와 함께하는 시간의 양과 자녀의 학업성취간에는 관련이 있다고 한다. 또한, 아버지는 어머니가 제공할 수 없는 새로운 자극이나 환경을 제공할 수도 있다. 최경순(1992)의 연구에 의하면 아버지가 자녀양육에 많이

---

7) 남편이 가정일은 전혀 알지 못하고 오로지 자신과 일에만 몰두하는 경우, 남편이 정년퇴직을 하고 나면 아내가 이혼을 요구하는 사례를 의미한다.

참여할수록 아동의 사회성이 발달된다고 한다. 특히, 남아는 아버지와의 동일시를 통해서 남성으로서의 역할을 배우고 또한 사회규범도 배우기 때문에 아버지의 부재는 남아의 사회화에 큰 장애가 될 것이다.

따라서 아버지의 자녀양육 참여가 절실히 요구되며 어떤 조건에서 부성참여가 확대되는지에 그리고 이의 저해 요인이 무엇인지를 밝히는 연구가 필요하다. 우드워스(Woodworth), 벨스키(Belsky) 그리고 크르닉(Crnic)의 연구(1966)에 의하면 사회적 지위가 높고 직장생활 갈등이 적으며 이웃 친구 친척과의 유대망이 좋은 아버지, 그리고 낙천적이며 유쾌하고 불안감이나 적개심이 낮은 아버지들이 자녀양육에 깊이 참여한다고 한다. 또한, 이숙현(1995)의 연구에 의하면, 한국 사회의 직장 남성들이 직장일을 가정에서 아내와 상의하지 않는 것은 첫째, 아내가 직장상황을 잘 모른다고 생각하기 때문에, 둘째, 아내에게 근심거리를 제공하지 않기 위해서, 그리고 셋째, 남성의 권위를 세우기 위해서라고 한다.

위와 같은 연구들에 기초해서 부성확대를 위한 대책이 마련되어야 한다. 사회적 차원에서는 부성확대를 위해서는 근로시간 감축, 융통성 있는 근무시간, 가족지향적 회사 정책, 그리고 부모교육의 확대 등이 실시되어야 할 것이다. 그러나 융통성 근무시간과 변형근로시간제의 확대 실시가 가정내의 역할공유로 이어지지 않고 남편의 여가시간만을 늘인다는 비판도 있으나 점진적으로는 이런 정책을 통해 남편의 가사참여시간이 증대될 수 있을 것이다. 그러나 무엇보다 중요한 것은 남성들 스스로가 부성의 중요성을 인식하고 이를 요구하는 분위기가 필요하다.8)

---

8) 여성의 입장에서는 좋은 아버지 되기에는 남성들이 어느 정도 관심을 가지나

3) 남성과 성

남성의 성에 대한 두 가지 상반된 시각이 존재한다. 첫째는 남성의 성을 생리적 본능으로서 이해하는 시각으로 남성은 여성과는 달리 억제하기 어려운 성적 욕구를 갖고 있다는 주장이 있다. 많은 남성들은 이런 성인식을 갖고 있으며 따라서 매매춘을 필요악으로 본다. 이런 시각은 일본의 종군위안부 문제를 '공중변소'라는 표현으로 해석하는 일본남성들의 발언에서도 잘 드러난다. 둘째는 남성의 성을 사회적 산물로서 보는 시각이다. 남성의 성은 생물학적으로 주어진 것이 아니라 사회적으로 만들어진다. 군인들이 여성을 찾는 것은 단순히 생리적 욕구 때문이라기보다 전투에서 오는 긴장감을 해소하고 적군에 대한 공격 욕구를 대리 충족하기 위한 수단 때문이라고 할 수 있다. 또한, 남성은 성을 여성과의 관계에서 자신이 권력적 위치에 있음을 나타내기 위한 수단으로 사용하기도 하며 남성집단에서는 발기능력과 사정능력이 남성의 능력과 동일시되고 자랑거리가 된다. 이 과정에서 여성은 남성을 위해 성적 대상으로 왜곡되기도 하는 것이다.

여권론적 시각에서 이루어진 많은 성연구는 전자보다는 후자의 관점에 기초하고 있다. 남성의 성인식이 사회문화적으로 구조화된 것이기는 하지만 남성과 여성 간에 생물학적 차이가 전혀 없는 것은

좋은 남편되기에는 여전히 무관심하다고 지적될 수 있다. 여성들은 '신부수업' 등과 같은 통해 좋은 아내가 되기 위해 노력해왔으나 남성들은 여성들의 이런 노력에 상응한 노력이 없는 것이 사실이다. 따라서 남성들의 부성참여 못지 않게 좋은 '남편 되기'도 요구된다.

아니다. 따라서 남성 중심의 왜곡된 성문화를 지적함과 동시에 남성만의 독특한 성경험을 이해하는 것도 필요하다. 나아가 왜곡된 성문화가 여성에게만 피해를 주는 것이 아니라 남성에게도 억압이 되는 부분도 살펴볼 필요가 있다.

남성의 성을 제대로 이해하기 위해서는 남성의 성경험을 드러내는 차원에서 머물지 않고 이에 대한 남성들의 평가 혹은 남성들의 논쟁을 이끌어 내야 할 것이다. 남성들이 자신의 목소리로 자신의 성을 솔직히 이야기 할 때 성을 둘러싼 왜곡과 오해가 사라질 수 있다. 아울러 이와 함께 남성들의 고민도 함께 연구되어야 한다. 그래서 생리적 측면에서의 남성의 고민, 성을 경쟁과 자기과시를 위한 수단으로 여김으로 인해 나타나는 남성의 성에 내재된 욕구좌절, 그리고 성과 관련된 남성들의 무의식적 불안 등도 연구되어야 할 것이다. 가부장적 성윤리는 모든 남성의 특권과 권위를 보장하는 문화체계라기보다는 성인 남성의 특권과 권위만을 보장하는 문화 체계였다. 그 결과 사춘기 남성의 고통과 어려움이 간과되었는데 이에 대한 관심 역시 고조되어야 한다.[9]

4. 남성학의 과제와 전망

인간학이 아니고 왜 남성학인가? 여성이 여성 고유한 경험을 갖듯이 남성 역시 남성 고유의 경험을 갖고 있다. 그리고 한 개인은 인간이라는 정체감만으로는 살지 않으며 남성, 혹은 여성, 청년 혹은

---

9) 「남자가 말하는 남성의 성」에서 보다 더 상세하고 깊이 있게 다루고 있다.

노인, 독신 혹은 기혼, 그리고 학생 혹은 직장인 등과 같은 여러 차
원에서 다양한 정체감을 갖고 살아간다. 따라서 인간이라는 범주보
다는 남성이라는 범주에서 한 개인 남성의 삶과 고민을 조명하는 것
이 구체적이고 현실적이어서 더욱 유용할 것이다. 물론 남성과 여성
간의 구분이 현대사회에서는 인위적으로 조장되고 과장된 부분이
있기 때문에 이런 과장된 성 구분은 해소되어야 한다. 그러나 이런
인위적이고 과장된 부분이 사라진다 하더라도 여전히 남성과 여성
의 경험 속에서는 서로 다른 부분이 있을 수 있을 것이다.

특히, 현대사회에서는 많은 남성들이 가부장적 남성성이라는 눈에
보이지 않는 억압 속에 있다. 따라서 이 시점에서의 남성학은 무엇
보다도 강하고 공격적이고 지배적이어야 한다는 가부장적 남성성이
남성에게 가하는 억압성과 이의 허구성을 폭로하는 작업이 필요하
다. 이를 위해서는 여성운동이 초기에 강조했던 여성의 의식화와 유
사한 남성들의 의식화 과정이 요구된다. 한국사회에서 남성학은 특
히 가부장적 남성성으로부터의 해방에 대한 남성들의 태도, 바람직
한 남성상이란 무엇인가, 부성참여에 대한 남성들의 태도 및 이것이
삶에 미치는 영향, 실업에 대한 남성들의 적응과정, 사춘기 남성들의
성 고민, 남성들의 시각에서 본 남성들의 성생활 등과 같은 주제들
을 연구해야 할 것이다.

물론 남성학이 다른 집단의 이익과 관심을 도외시한 남성만을 위
한 학문 혹은 운동이 되어서는 안된다. 즉, 남성학의 게토(getto)화를
우려한다. 이는 여성학이 여성만을 위한 운동으로 전락하는 당파성
에 대한 우려와 같은 맥락인데 남성학 역시 인간의 보편적 관심을
도외시하고 남성만을 위한 당파적 학문이 되어서는 안될 것이다.

1) 남성학에서의 여성의 역할

남성의 입장은 남성들이 더 잘 알 수 있기 때문에 남성학은 남성들이 해야 한다는 주장이 가능하다. 그러나 남성학 내에서 여성이 차지할 역할이 없는 것은 아니며 오히려 여성이 남성보다 더 유리한 조건에서 남성학을 할 수도 있다. 남성들 간에는 권력 관계가 무의식적으로 내재되어 있기 때문에 남성 앞에서 자신의 드러내기를 꺼려하는 남성이 많다. 특히 남성 연구자의 교육수준과 사회적 지위가 연구대상자의 그것보다 높을 경우 이런 현상이 강하다. 그러나 이런 남성들도 여성들에게는 자신의 삶을 쉽게 드러낼 수 있는데 이런 경우 여성이 오히려 남성학를 잘 할 수 있다. 남성학 연구가 진전되면 남성에 의한 남성 연구가 자리 잡겠지만 초기에는 여성들의 활발한 활동이 요구된다.

2) 남성학과 여성학 간의 관계

남성학의 확산은 여성학을 위축시킬 것인가라는 물음에 두가지 서로 상반된 답이 가능하다. 여성학의 학문적 위상 향상, 학문세계에서 여성의 주도권 쟁취와 세력화라는 관점에서 보면 남성학의 등장은 여성학의 위축을 동반할 수 있다. 특히, 남성문제의 등장으로 여성문제가 희석될 수 있으며 나아가 남성학이 사회문제의 사전 예방 차원이라면 여성연구는 사회문제의 사후 수습책이라고 생각되어 연구비도 남성학에 더 많이 배당되기도 할 것이다. 그리고 남성학의 발달로 여성과 남성을 연구하는 성차연구(gender studies)가 활발히 이루어진다면 남성학과 여성학은 성차연구의 한 분과 영역이 될 수 있고 그만큼 여성학의 위상은 축소될 수 있다.

그러나 남성학의 등장으로 남성 자신들에 의해 가부장적 남성성이 공격되고 그 결과 성별 이원체계가 약화되어 남성과 여성간의 사회적 역할 구분이 약화된다면 자연스럽게 여성문제의 많은 부분은 해결될 수도 있다. 이렇게 된다면 남성학의 등장을 여성들이 우려해야 할 필요가 없다. 그리고 여성 연구자들도 연구 영역을 여성에 한정하지 않고 남성에게로 확산하여 여성학과 남성학을 넘나들 수 있을 것이다. 그리고 학문적 당위로만 본다면 성차연구 속에 남성연구와 여성연구가 포함되는 것이 필요하다.

그러나 과연 남성 자신에 의한 가부장적 남성성의 극복이 얼마나 여성의 이익과 관심을 배려할지는 미지수이다. 그리고 남성과 여성간의 권력관계가 완전히 사라질 것인가에도 의심의 여지가 있다. 따라서 남성학과 여성학간의 학문적 경쟁관계도 가능하다. 그리고 여성학이 남성학의 태동에 크게 기여했지만 앞으로는 남성학과 여성학이 대등한 위치에 있거나 아니면 남성학이 여성학을 주도할 가능성도 있을 것이다.

참고문헌

김정일 외. 1996. 「남편 기 살리기」 서울:베스트셀러.

뉴욕타임즈. 1995. 「여자에게 I」(이선희 역) 서울:홍익출판사

드워킨, 안드레아. 1996. 포르노그래피:여자를 소유하는 남자들(유혜련 역). 서울: 동문선.

미드, 마가렡(Mead, Margaret). 1988. 「세부족사회의 성과 기질」(조혜정 역) 서울: 이화여대출판부.

바뎅테, 엘리자베트. 1994. 「X Y 남성의 본질에 대하여」(최석 역) 서울: 민맥.

박경애. 1996. "한국인의 사고에 의한 사망." 통계청. 통계분석연구1(가을) :1-22.

볼린, 진 시노바. 1995. 「우리속에 있는 남신」(유승희 역) 서울: 또 하나의 문화.

양석일. 1995. 「남자의 성해방」 서울:인간과 예술사.

여성모임사랑. 1993. 「남성사랑」 서울:나라사랑.

여성한국사회연구회. 1997. 「남성과 한국사회」 서울:사회문화연구소.

윤현숙. 1989. "어머니 취업과 자녀양육에 관한 연구" 여성연구 7 (2): 108-128.

이숙현. 1995. "남성의 취업과 가족 상호작용." 한국사회학 29 여름호(271-289).

이토키미오. 1997. 「남성학 입문」(정채기역) 서울: 교육과학사

장필화, 조형. 1991. "한국의 성문화 -남성 성문화를 중심으로." 여성학 논집 8:127-170.

조정문. 1996. "사랑과 성." pp.127-141 「지역여성학강의」 부산:자유인공동체.

최경순. 1992. 아버지의 양육행동 및 참여도와 아동의 사회적 능력과의 관계 고려대학교 박사학위논문.

최광선. 1996. 「남성 그를 알면 사랑하지 않을 수 없다」 서울:지구촌

푸코, 미셸. 1990. 「성의 역사 2 쾌락의 활용」 서울:나남출판사.
　　　　　「성의 역사 3 자기에의 배려」 서울:나남출판사.

플랭클린 2세, 클라이드. 1996. 「남성학이란 무엇인가?」(정채기 역) 서울:삼선.

한국형사정책연구원. 1992. 「강간범죄의 실태에 관한 연구」

한국여성개발원. 1995. 「부성계발에 관한 연구」

우에노치즈코 上野千鶴子. 1995. 「男性學」 岩波書店.

Andersen, Margaret, L.　1988. *Thinking about Women : Sociological Perspectives on Sex and Gender.* N.Y.: Macmillan Publishing Co.

Arnold, Patrick M. 1991. *Wildmen, Warriors, and Kings: Masculine Spirituality and the Bible.* N. Y.:Crossroad.

Beneke, T. 1982. *Men on Rape.* New York: St. Martin's.

Bernard, Jessie. 1984. "The Good-Provider Role: Its Rise and Fall." Pp 43-60. Voydanoff, P.(ed) *Work and Family:Changing Roles of Men and Women.* Mayfield Pub. Com.

Bly, Robert. 1987. *The Pillow and the Key :Commentary on the Fairy Tale of Iron John, Part One.* St. Paul, Minn.: Ally Press.

Chodorow, Nancy.　1986.　"Family Structure and Feminine Personality." Pp 43-58 in L. Richardson and V. Taylor (eds.) *Feminist Frontiers II : Rethinking Sex, Gender, and Society.* N.Y. Random House.

Clatterbaugh, Kenneth. 1990. *Contemporary Perspectives on Masculinity.* Boulder, Westview Press.

Cooksey, Elizabeth C., Michelle M. Fondell. 1966. "Spending Time With His Kids: Effects of Family Structure on Fathers' and Children's Lives." *Journal of Marriage and the Family* 58(Aug):693-707.

Donnerstein, Edward, Daniel Linz. 1987 "Mass-Media Sexual Violence and Male Viewers: Current Theory and Research." Pp 198-216 Kimmel, M. S.(ed) *Changing Men: New Directions in Research on Men and Masculinity.* Newbury Park: Sage.

Entwisle, Doris R., Karl L. Alexander, Linda Steffel Olson, 1994. "The Gender Gap in Math: Its Possible Origins in Neighborhood Effects." *American Sociological Review* 59(Dec):822-838.

Eirik, Sten. 1998. "Battered Men: Inferiority in Males." *Journal of Gender Studies* 7(1):73-85.

Felson, Richard B. and Lisa Trudeau. 1991. "Gender Differences in Mathematics

Performance." *Social Psychological Quarterly* 54(2): 113-126.

Girard, Chris. 1993. "Age, Gender, and Suicide: A Cross-National Analysis." *American Sociological Review* 58(Aug):553-574.

Goldberg, S. 1974. *The Inevitability of Patriarchy.* New York:William Morrow.

Hass, Linda 1993. "Nurturing Fathers and Working Mothers:Changing Gender Roles in Sweden." Pp 238-261 Hood, J.C. (ed) Men, *Work, and Family.* Newbury Park: Sage.

Hyde, Janet Shibley, Marilyn J. Essex, Francine Horton. 1993. "Fathers and Parental Leave: Attitudes and Experiences." *Journal of Family Issues* 14(4):616-641

Jorgensen, Stephen R. 1986. *Marriage and the Family: Development and Change.* New York: Macmillan Publishing Company.

Kimmel, Michael S. 1987. *Changing Men: New Directions in Research on Men and Masculinity.* Newbury Park: Sage.

Krull, Catherine, Frank Trovato. 1994. "The Quiet Revolution and the Sex Differential in Quebec's Suicide Rates:1931-1986." *Social Forces* 72(4):1121-1147.

Linz, D., E. Donnerstein, S. Penrod. 1988. "Effects of Long-Term Exposure to Violent and Sexually Degrading Depictions of Women." *Journal of Personality and Social Psychology* 55:758 -768.

Lynn, D. B. 1969. *Parental and Sex-Role Identification.* Berkeley. Calif: McCutchan.

Masters, W. H., V. Johnson. 1966. *Human Sexual Response.* Boston:Little Brown.

McKeganey, N. 1994. "Why do Men Buy Sex and What are their Assessments of the HIV-Related Risks When They Do?" *AIDS Care.* 6(3):289-302

Messner, Michael. 1987. "The Life of a Man's Seasons: Male Identity in the Life Course of the Jock." Pp 53-67 Kimmel, M. S.(ed) *Changing Men: New Directions in Research on Men and Masculinity.* Newbury Park: Sage.

Polatnick, Margaret. 1975. "Why Men Don't Rear Children: A Power Analysis." In J. W. Petras(ed.), *Sex, Male and Gender:Masculine.* N.Y.:Alfred Publishing Co.

Pleck, Joseph H. 1993. "Are 'Family - Supportive' Employer Policies Relevant to

Men?" Pp 217-237 Hood, J.C. (ed) Men, *Work, and Family.* Newbury Park:Sage.

Price, Jammie and Michael G. Dalecki. 1998. "The Social Basis of Homophobia: An Empirical Illustration." *Sociological Spectrum.* 18(2):143-160.

Rohr, Richard and Joseph Martos. 1992. *The Wild Man's Journey: Reflections on Male Spirituality.* Cincinnati:St. Anthony Messenger.

Swerdlow, Amy, Renate Bridenthal, Joan Kelly, and Phyllis Vine. 1981. *Household and Kin.* New York:The McGraw-Hill Book Company.

Tiefer, Leonore. 1987. "In Pursuit of the Perfect Penis:The Medicalization of Male Sexuality." Pp 165-184 Kimmel, M. S.(ed) *Changing Men: New Directions in Research on Men and Masculinity.* Newbury Park: Sage.

Woodworth, Sharon, Jay Belsky, and Keith Crnic. 1996. "The Determinants of Fathering During the Child's Second and Third Years of Life:A Developmental Analysis." *Journal of Marriage and the Family* 58(Aug):679-692.

Zatz, Noah, D. 1997 "Sex Work/Sex Act: Law, Labor and Desire in Constructions of Prostitution." *Signs* 22(2):277-308

Zillman, D., J. Bryant. 1982. "Pornography, Sexual Callousness, and the Trivialization of Rape." *Journal of Communication* 32:10-21.

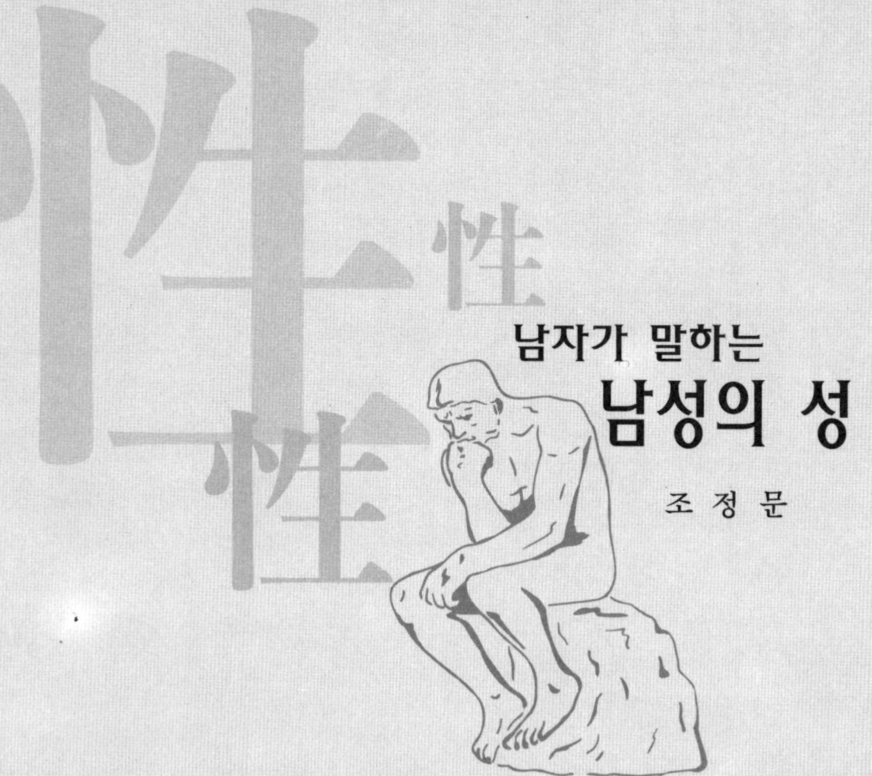

남자가 말하는
남성의 성

조정문

• 약력

매릴랜드 대학에서 사회학 박사학위를 받았다. 주요논문에는 『청소년의 자아존중감과 비행에 관한 연구』(석사논문), 『청소년의 성차이 의식과 청소년비행』, 『기혼 여성의 취업단절에 관한연구』, 『결혼생활의 공평성 인지와 결혼만족』, 『정보화 시대의 공동체-가족규범의 변화』외 다수가 있으며, 주요저서로는 『여성과 남성을 위한 여성학』(공저), 『새지역여성학 강의』(공저)외 다수가 있다. 현재 한국전산원 전략개발부에 근무하고 있다.

남자가 말하는 남성의 성

1. 문제제기

남자들은 성에 지나치게 몰두하고 사랑과 상대방에 대한 헌신 없이도 성관계를 가지며, 과거나 지금이나 성을 얻기 위해 필요 이상의 그리고 적절하지 않는 방식으로 과도하게 노력한다고 비난되고 있다. 그 결과 매매춘 및 성폭력과 같은 성문제가 사회문제로 등장하고 있다.

그러나 최근에는 남성들의 성적 관심을 불건전하게만 볼 필요는 없으며, 남성들의 강한 성적욕구와 관심을 건강한 에너지라고 볼 수 있다는 지적이 있다. 그리고 남성들이 성에 대하여 강한 호기심, 욕망, 그리고 열정을 가진다 하더라도 여성을 비하하거나 여성에게 추한 감정을 갖는 것은 아니라고 하면서 여성들이 남성들의 성적 욕구를 긍정적으로 이해해줄 필요가 있다는 주장이 대두되고 있다.

이런 입장을 대변하면서 베르니 질버겔드(Bernie Zilbergeld, 1992)는 "The New Male Sexuality"라는 책에서 남성의 성을 다음과 같이 요약하고 있다.

■남성에게 성은 그 자체만으로 충분한 가치를 갖는다.

남성과 여성 모두가 사랑하는 관계에서 성을 원하지만, 남성은 성을 그 자체로서 좋은 것으로 생각한다. 하지만 대부분의 여자에게 관계성이나 친밀한 감정이 결여된 성이 매력적이지는 않다. 미국의 여대생의 85%는 감정적 몰입이 언제나 혹은 대부분 성관계의 전제조건이라고 본 반면, 남자대학생 60%는 때때로 혹은 전혀 아니라고 응답하였다고 한다. 성관계를 거부한 이유에 대한 질문에서 여성들은 우리 관계에서 너무 이르다 혹은 충분히 사랑하거나 몰입해 있지 않았다고 응답했다. 그러나 남성은 46%가 성관계를 거부한 적이 없다고 응답했다.

"학교 캠퍼스에서 너를 줄곧 보아왔는데 아주 매력적이다"라고 말하고 다음과 같은 세가지 질문을 하는 실험을 했다고 한다. 1. 오늘 저녁 나를 만나줄 수 있겠느냐? 2. 오늘 저녁 나의 아파트로 올 수 있겠는가? 3. 나와 오늘 저녁 성관계를 갖겠는가?' 이런 질문에 남자와 여자의 50%는 데이트에 응하겠다고 했다. 그리고 몇 명의 여성만이 아파트에 간다고 했으며, 성관계를 갖겠다는 여성은 아무도 없었다. 반면, 남성의 70% 정도가 성관계를 갖는 데 동의했다.

여자는 남자에 의해 쓰여진 포르노 책자나 영화를 거의 보지 않는 반면, 남성은 여성에 의해 쓰여진 에로틱 연애소설은 거의 사보지 않는다. 남자들이 좋아하는 것은 스토리, 사건전개, 관계보다는 구멍, 성기관, 성교자세 등에 초점을 맞춘다.

남성은 가까워지기 위해서 혹은 사랑을 표현하기 위해서 성을 사용한다. 성만이 남성의 신체적 표현이며 이것이 사랑하고 있음과 가까이 그리고 깊이 다가가고 싶음을 표현하는 수단이다. 따라서 남성은 오랫동안 떨어진 간격을 매우기 위해서 성을 사용한다. 반면 여성은 이야기, 접촉, 느낌, 친밀감이 먼저 오고 그 다음이 성이다.

■남성은 모든 종류의 상황과 행위를 성화(sexualize)시킨다.

남성에게 성이 중요하기 때문에 도처에 성적 충동이 야기되며 이것 때문에 상대여성은 놀라거나 충격받는다. 여성들은 남성들이 모르는 사람, 친구, 심지어는 연인들의 우정어린 포옹, 노출적인 의상, 성적 농담, 그리고 데이트에 대한 동의 등을 성을 원한다는 표현으로 이해하는 것을 보고 놀란다. 남성에게는 유방 사이의 오목한 곳, 짧은 셔츠, 꽉 쬐는 스웨터, 셔츠 안의 약간의 흔들림 등에도 시선이 집중된다. 남자들은 쳐다보지 않을 수 없으며, 홍분되지 않을 수 없고, 많은 남성은 그 다음을 비약한다.

남성들은 자신에게 성적인 매력을 풍기며, 자신을 홍분시키고 도발적으로 말하거나 옷을 입고 다니는 여성들도 역시 성적 홍분상태에 있을 것이라고 생각한다. 따라서 여성은 자신의 의상과 행동과 말투가 남성에게 어떤 효과를 자아내는지를 알아야 한다. 그리고 남성은 자신에게 성적으로 보이는 여성의 의상과 행동이 여성 자신의 느낌과는 전혀 무관함을 알아야 한다.

남성의 성적 환상은 여성의 성적 환상보다 훨씬 시각적 내용으로 채워져 있으며 따라서 여성 외모의 세밀한 부분까지 상상한다. 남자들은 자신이 좋아하는 모습의 다리와 젖가슴을 보는 것만으로 충분하다. 그러나 여성은 다르다. 물론 여성도 잘생긴 남성을 보면 관심과 흥분이 유발되지만 그 흥미는 단순히 성적인 것은 아니다. 여성이 좋아하는 유형의 남성 신체가 있다. 그러나 신체 한 부분 그것 자체가 여성에게 성적 충동을 유발하는 경우는 없다. 여성은 남성처럼 이성(남성)의 벗은 몸에 의해 흥분되는 경우는 드물다. 플레이걸 혹은 비바잡지의 편집자는 여성 애독자들이 남성의 성기가 달려있는 남성의 벗은 모습에 큰 관심이 없는 것을 알고 있다. 최근에는 여자들도 남자 스트립쇼 구경을 간다. 그러나 성적으로 흥분되기 때문에 좋은 것이 아니라 그냥 즐겁고, 유쾌하며, 고함치는 재미 때문이다.

남성은 시각을 중시하므로 젊고 매력적인 여성을 선호하며 그래서 남성을 자극하는 성적 표현물에는 예외 없이 젊고 매력적인 여성이 등장한다. 그러나 여성은 나이와 외모에 집착하지 않으며 좋은 동반자, 부양자 역할(provider)이 더 중요한 조건이다.

■남성들이 여성들보다 더 주도적이다.

남성의 시도가 없다면 성의 빈도는 훨씬 줄어들 것이다. 그 예로 레즈비안커플의 성행위 빈도는 이성애 커플보다 적다. 물론 레즈비안들이 성을 적게 원하는 것은 아니지만(80%의 레즈비안들이 더 많은 성행위를 원한다.) 성을 주도하는 남성이 없기 때문에 성이 어렵다. 여성들은 자신들이 성을 원할 때 간접적으로 이를 표현한다.

남성들의 여성에 대한 화남과 분노는 자신이 참아야 할 때이며 특히 남성들은 자신이 구걸하는 거지 같은 느낌을 갖고 싶어하지 않는다. 또한 자신의 요구가 거절되는데 익숙해져 있음에도 불구하고 거절되면 짜증을 낸다. 특히, 남성들이 성을 유쾌하고 즐거운 것으로 생각하고 있을 경우 더욱 화를 낸다.

■ 남성은 성적 흥분을 질주하는 기차로 본다.

한 번 발동이 걸리면 목적지에 도달하기 전에는 중간에 멈출 수 없고 비껴갈 수 없다고 생각한다. 남성은 성적으로 흥분된 후에 정점에 도달할 수 있는 기회가 주어지지 않으면 짜증을 낸다. 남성은 '끝까지 놀고싶지 않으며 그런 행동이나 표정을 짓지 말라' '끝을 보고싶지 않으면 출발을 하지 말라'라고 말하는 반면, 여성은 남성처럼 그런 긴급함을 느끼지 않는다. 많은 여성들은 오르가슴이 동반하지 않는 성적 흥분에 익숙해져 있기 때문에 성은 도중에 어느 한쪽에 의해 중단될 수 있는 과정으로 생각한다. 즉, 남성은 발기되면 성행위를 할 수 있는 준비가 완료됐지만, 여성은 축축해진다고 해서 바로 성행위 준비가 된 것은 아니다.

■ 남성은 목표지향적이다.

여성은 성을 큰 맥락의 한 부분으로 보기 때문에 감정적 요소가 중요하며, 특히 접촉이 중요하다. 그래서 접촉을 통해서 배려, 지원, 사랑, 욕망과 같은 것들을 표현하며 신속하게 성기만 접촉하는 것을 싫어하며 따라서 여성은 서두르지 않는다. 특히, 여성들은 남성들이 모든 신체접촉을 성행위의 전 단계로만 생각하는 것에 불만을 느낀다.

남성은 접촉을 목적을 위한 수단으로 생각하여 가능한 빨리 성기와 오르가슴에 도달하고자 한다. 여성은 식전행사와 뒤풀이도 중시하지만 남성은 본행사 중심이다. 최근에는 여성들도 오르가슴을 중시하지만 여성은 이것이 전부가 아니며 이것 없이도 성을 즐길 수 있지만 남성들은 이것 없는 성은 짜증을 유발할 뿐이다. 그래서 남성들도 신체적 접촉의 중요성과 이를 즐길 줄 알아야 한다.

■남성은 오르가슴에 빨리 그리고 쉽게 도달한다.
남성이 성을 좋아하는 이유는 남성은 반드시 오르가슴을 느낄 수 있기 때문인 반면 여성은 오르가슴에 도달하지 못하는 것이 가장 큰 불만이다. 남성의 지나친 삽입 중심이 한 원인이다. 그래서 최근에는 입이나 손을 통한 자극이 많이 사용되고 있지만 여전히 남성의 오르가슴은 쉽게 빨리 도달한다.

남성들은 성 후에는 감정적 혹은 신체적 접촉의 필요성을 못 느낀다. 물론 최근에는 변하고 있지만 남성들은 성교과정에 대한 지침은 알고 있지만 성관계 후의 행동지침은 모른다. 남성은 사정 후에는 더 이상 신체적 접촉의 필요성을 못 느끼지만 여성은 성행위를 감정적 유대감의 한 부분으로 생각하기 때문에 성관계 후에도 유대감이 지속되어야 한다.

■남성은 행위능력에 관심을 가진다.
남성은 성을 행위능력으로 보기 때문에 적절히 했는가에 대한 불안감을 갖고 있다. 물론 여성도 불안이 없는 것은 아니다. 어떻게 하는 것이 잘 하는 것인지, 어떻게 자신을 윤활시키며, 오르가슴을 얻을 것인가를 고민할 수 있다. 그러나 여성은 안정장치 - 인위적 윤활제, 흥분되지 않아도 성관계를 가질 수 있으며, 가짜 오르가슴을 만들 수 있지만 남성은 이런 안전장치가 없다. 남성의 발기 불능과 조루는 분명히 드러나기 때문에 남성은 자신의 성적 행위능력 상실을 우려하고 때로는 이에 절망한다. 그러나 여성은 남성이 생각하는 것처럼 남성의 행위능력에 크게 주목하지 않으며 여성이 당황하는 것은 행위능력상실 그 자체보다는 남성들 스스로의 이에 대한 부정적인 반응(분노, 죄책감, 끊없는 사과, 위축)이다.

위와 같은 남성의 성문화를 어떻게 받아들여야 될 것인가에 대하여는 두 가지 상반된 시각이 존재한다. 남성의 성을 생리적 본능으로서 이해하는 시각과 남성의 성을 사회적 산물로서 보는 시각이 있다.

남성의 성을 생리적 본능으로서 이해하는 시각은 남성은 여성과는 달리 억제하기 어려운 성적 욕구를 갖고 있다는 것이다. 많은 남성들은 이런 성 인식을 갖고 있으며 따라서 매매춘을 필요악으로 본다. 이런 시각은 일본의 종군위안부 문제를 '공중변소'라는 표현으로 해석하는 일본 남성들의 발언에서도 잘 드러난다.

남성의 성을 사회문화적 산물로 이해하는 입장은 군인들이 여성을 찾는 것은 단순히 생리적인 욕구 때문이라기보다 전투에서 오는 긴장감을 해소하고 적군에 대한 공격욕구를 대리충족하기 위한 수단임을 주목한다. 또한, 남성은 여성과 성관계에서도 자신이 권력적 위치에 있음을 입증하고자 하고 심지어는 성행위를 남성능력의 과시 수단으로 생각하기도 한다. 따라서 남성은 필요 이상으로 성행위에 집착하게 되고 발기능력과 사정능력을 남성능력과 동일시하고 자랑거리로 여긴다. 이 과정에서 남성은 여성을 자신의 성적 능력을 과시하기 위한 수단으로 사용하게 된다.

이처럼 남성의 성문화가 사회문화적으로 구조화된 부분이 전혀 없는 것은 아니다. 하지만 남성과 여성간에 생물학적 차이 또한 무시할 수 없다. 따라서 남성중심의 왜곡된 성문화를 지적함과 동시에 남성만의 독특한 성경험을 이해하는 것도 필요하다. 나아가 왜곡된 성문화가 여성에게만 피해를 주는 것이 아니라 남성에게도 억압으로 작용한다는 것을 살펴볼 필요가 있다.

2. 남성의 성경험

유아기까지는 남성과 여성간의 성적 경험의 차이가 크지 않으나 사춘기가 되면서 현저한 차이가 나타난다. 여성은 사춘기가 되면 월경을 경험하는 반면 남성은 사정을 경험한다. 여성의 월경은 단순한 생리적 현상일 뿐 성활동이나 성적 쾌감은 아니다. 하지만 남성의 사정은 남성 성활동의 중요한 한 부분이며 동시에 쾌감을 수반한다. 따라서 남성은 사춘기가 되면서 자연스럽게 성을 알게 되고 성적 쾌감을 느끼게 된다. 하지만 현대사회에서 사춘기 남성들의 성적 욕구가 자연스럽게 충족되지는 않는다. 이성과의 자유로운 성생활이 허용되지 않을 뿐만 아니라 자위에 대하여도 좋지 않다는 생각이 지배적이다. 그러나 사회환경은 청소년들의 성적 욕구를 자극하는 것들로 가득하다. 따라서 많은 청소년들은 은밀히, 때로는 죄책감을 느끼면서 하지만 풍부한 성적 환상을 이용하여 성적 욕구를 채우게 된다. 이렇게 많은 청소년들은 이성에 대한 친밀감 혹은 사랑의 감정을 알기 이전에 상상을 통해서든 육체적 만남을 통해서든 여성과의 성경험을 하게 된다. 이로 인해 남성은 여성을 인격과 분리된 단순히 성적 존재로 생각하는 경향을 습득한다.

3. 남성의 성 고민

지금까지는 남성의 성은 주로 비난의 대상이 되었을 뿐 성을 둘러싼 남성들의 고민은 간과되고 있다. 특히, 남성의 생리현상인 사정은 성적 쾌감을 제공하지만 동시에 고민거리를 제공한다. 여성의 월경은 주기적 현상일 뿐만 아니라 공개되어 있고 이를 해결하기 위한 상품까지도 나와 있다. 하지만 미혼남성의 사정은 감추어져 있어 은밀히 이루어지기 때문에 죄책감을 느낄 뿐만 아니라 주기적이지 않기 때문에 어느 정도 해야하는지를 고민하게 된다.

동시에 남성의 성은 정액의 방출이라는 사정을 내포하고 있기 때문에 과도한 성활동에 대한 불안이 있다.[1] 그래서 남성들은 성에 대한 다음과 같은 잘못된 믿음을 갖기도 한다(Jorgensen. 1986:141). 즉, 남성들이 일생을 통해 생산할 수 있는 정액의 양이 정해져 있기 때문에 너무 빈번히 성활동을 하다보면 성활동이 조기에 끝날 수 있다고 생각하기도 한다. 그리고 운동 선수들은 시합을 앞두고 성활동을 억제해야 한다는 믿음도 있다. 물론 이러한 우려는 사실이 아니어서 남성이 일생동안 생성할 수 있는 정액의 양이 정해져 있는 것은 아니며, 성활동이 피로를 동반하는 것은 사정 그 자체보다는 성활동에

---

1) 마스터즈와 존슨(Masters and Johnson, 1966)의 연구에 의하면 남성은 사정을 통한 절정감(orgasm) 경험 후에 급속한 위축을 경험하는 반면 여성은 이런 추락의 느낌을 갖지 않는다고 한다. 그리고 남성은 새로운 절정감을 경험하기 위해서는 어느 정도의 시간이 지나야 하지만 여성은 곧 절정감을 다시 경험할 수 있다. 하지만 절정감의 정도에 있어서는 남성과 여성간 차이는 없다고 한다. 이러한 사실 역시 생리적 측면에서만 보면 남성들의 성활동이 여성의 그것보다 더 소모적인 것임을 알 수 있다.

수반된 음주, 수면부족이다. 하지만 지나친 성활동은 남성과 여성 모두의 건강에 유해한 것은 사실이지만 이에 대한 남성들의 우려가 큰 것 역시 현실이다.

　남성의 성적 홍분상태는 외부적으로 드러나기 때문에 자신의 성적 홍분 상태를 쉽게 감출 수가 없다. 성적으로 쉽게 홍분되는 청소년기의 남성들은 성적 홍분이 허용되지 않는 공공장소에서도 발기가 됨으로써 당혹해 하기도 한다. 그러나 역으로 성적 홍분이 요구되는 상황에서 성적 홍분이 되지 않았을 경우에도 이 사실을 숨길수도 없다. 그래서 남성은 성적 관심과 욕구가 강한 것처럼 보이지만 동시에 여성에게 보여지는 자신의 성적 능력에 대한 불안감을 갖고 있다. 따라서 남성은 성을 자신의 수행능력과 결부지어 보는 경향이 있으며 잘해야 한다는 압박감을 지니고 있다. 특히, 이런 불안은 발기능력이 감퇴되는 중년기 이후에 가중된다. 더욱이 전형적인 남성성에 집착하는 남성들일수록 자신의 발기능력 감퇴에 필요 이상으로 과민반응을 보일 것이다.[2] 심지어 에이릭(Eirik, 1998)은 남성의 이런 불안감은 아주 근원적인 것이어서 이런 불안감으로부터 자신을 방어하기 위한 수단으로써 여성에 대한 남성의 권위를 인정하는 가부장적 문화가 만들어 졌다고 주장하기도 한다.

　남성들의 성에 대한 불안은 고대철학에서도 잘 나타나는데, 이들은 성을 단순한 욕망 혹은 불안의 대상으로 이해하였다. 그래서 고

---

2) 발기가 남성 성 성생활의 한 요소이기는 하지만 반드시 발기가 있어야만 성생활이 가능한 것은 아니다. Tiefer(1987)는 남성의 발기 불능이 생리학적으로만 다루어지는데 문제를 제기하면서, 남성의 발기에 대한 강한 집착이 전형적인 남성성의 집착과 무관하지 않을 뿐만 아니라 남성의 발기 능력 상실이 지나치게 경쟁적이고 억압적인 남성의 사회생활의 산물이란 점을 지적한다. 따라서 발기에 지나치게 집착하지 않는 남성들의 성인식 정립이 필요할 것이다.

대 그리이스와 중국에서는 성을 격렬함, 에너지의 소모, 죽음(성을 통한 새로운 생명의 탄생은 개체의 죽음과 결부되어 있다)과 연결지어 생각하는 경향이 있었다. 따라서 성은 악은 아니라 하더라도 절제되어야 하는 것으로 생각되었다.[3]

이처럼 남성들이 성을 욕망과 절제라는 두가지 측면에서만 이해하는 것은 성을 단순한 성기의 접촉과 사정과 같은 육체적 관계로만 파악하기 때문이라는 비판이 가능하다. 그래서 비성기적인 신체접촉을 통한 성적 만족을 발달시키고, 교감·일체감·상호작용 혹은 의사소통과 같은 성 속에 내재된 감정교류의 의미를 발견하려는 남성들의 노력이 필요하다. 하지만 남성 성활동에는 생리적으로 여성과 다른 측면이 있기 때문에 남성들의 성에 대한 불안과 고민은 쉽게 사라지지 않을 것이다.

4. 남성과 강간, 매매춘 그리고 포르노

여성학적 입장에 바탕을 둔 연구들은 남성은 성생활에서 순수한 육체적 욕망만을 채우는 것이 아니라 남성다움의 과시 혹은 타인 특히 여성에 대한 정복과 지배 욕구까지도 채우고 있음을 강조한다. 그 결과 남성은 자신의 권력·지배·소유욕, 때로는 분노의 표현 그리고 스트레스의 해소 및 생리적 욕구 해소의 수단으로 여성과의 성 관계를 가짐이 지적되었다.[4] 남성은 성행위시에도 여성 앞에서 자신

---

3) 미셸 푸코, 성의 역사3-자기에의 배려(나남출판사, 1990)
4) 조정문, '사랑과 성', 지역여성학강의(자유인공동체, 1996).
   양석일, 남성의 성해방(인간과 예술, 1995).

의 권위나 능력을 과시하고자 하는 경향이 있으며 심지어 사춘기의 친구집단에서 발기능력과 사정능력이 남성의 능력과 동일시되고 친구들 사이의 자랑거리가 되기도 한다. 이런 남성의 왜곡된 성인식으로 인해 남성은 여성을 자신의 발기와 사정을 위한 대상으로까지 묘사한다. 따라서 여성학적 입장에 선 성연구는 남성의 이러한 왜곡된 성인식을 폭로하고 남성의 왜곡된 성인식의 산물인 강간, 매매춘, 그리고 포르노 그리고 이로 인한 여성 피해자들에 대한 연구를 진행시켰다. 매매춘과 포르노에서 여성은 남성의 사정에 의해 더럽혀지고 굴종적 자세를 취하며 남성의 욕구에 전적으로 순종하는 노예상태에 있음이 드워킨(1996)에 의해 잘 지적되었다. 매매춘과 포르노를 통해서 여성은 성적 대상으로 전락됨으로서 여성은 존엄성, 고결, 위엄, 권위 등으로부터 멀어져서 영원히 남성의 통제아래 놓이게 되는 것이다.[5]

그러나 이제는 남성의 입장에서 본 성행위, 매매춘, 포르노, 그리고 성폭력에 대한 남성들 자신의 성 경험과 이에 대한 남성들의 평가가 연구되어져야 한다.[6] 매매춘 여성을 찾는 남성고객은 주로 비정상 혹은 가해자, 성적으로 문란한 사람, 변태, 혹은 여성 매춘부를 학대하는 사람으로 인식되는 경향이 있다. 하지만 이러한 막연한 추

---

[5] 물론 여권론적 관점 가운데는 포르노와 매매춘 그 자체를 범죄시 해서는 안된다는 주장도 있다(Zatz, 1997). 이들은 매매춘을 비범죄화하고 이를 일로 인정해주는 자세를 가짐으로써 매매춘에 종사하는 여성들의 인권이 보호받을 수 있음을 강조한다. 그리고 매매춘여성도 스스로 주체적일 수 있기 때문에 성이라는 서어비스를 제공하는 서어비스 종사자가 될 수 있다고 본다. 그래서 이들은 매매춘을 하나의 평범한 일로 인정하여 세금도 부과하고 이에 종사하는 근로자들을 인권보호 차원에서 보호해줄 것을 요구한다.

[6] 한국형사정책연구원, 강간죄 실태에 관한 연구, 1992.
　장필화, 조형, '한국의 성문화 −남성 성문화를 중심으로', 여성학논집 8, 1991.

측보다는 매춘여성을 찾는 남성들의 특성, 동기, 내면적 심리 등에 대한 체계적 연구가 필요하다. 이들은 과연 매춘여성을 어떻게 생각하는가, 매춘여성을 인격을 가진 인간으로 간주하는가? 남성들이 매춘여성을 통해 여성에 대한 공격, 훼손, 지배, 소유의 욕구를 채우는가 아니면 단순한 성적 쾌락 혹은 유흥 차원에서 이용하는가. 그리고 매매춘을 찾음으로써 어떤 변화가 생겼는가, 결혼생활 혹은 이후의 여성관에 변화가 생겼는가 등을 연구할 필요가 있다. 맥케가네이(McKeganey, 1994)는 영국에서 매매춘 경험이 있는 70명의 남성을 전화 인터뷰했는데 그 결과 남성들이 매매춘을 찾는 이유는 구강성행위와 같은 독특한 성행위의 욕구, 여러 명의 여자와 관계하고 싶은 욕구, 간편하고 손쉽고 편리하게 성적 욕구의 충족을 위해서, 그리고 비밀스럽고 금지된 것을 해보고 싶은 욕구 등이라고 한다. 물론 이 연구는 영국에서 이루어진 것이기는 하지만 매매춘을 찾는 남성들의 욕구가 언제나 여성을 억압하고 비인격적으로 대하기 위한 것인 것만은 아님을 알 수 있다.

포르노 시청의 경우에도 이의 시청을 통해서 여성관에 어떤 변화에 있는가, 남성의 시각에서 본 포르노 즉 남성들이 포르노를 본 후의 느낌이 무엇인가를 살펴볼 필요가 있다. 포르노 시청이 남성에게 미치는 영향에 관한 연구 가운데는 포르노물의 시청 결과 여성비하의식과 강간범을 두둔하는 경향을 증대되었다는 연구(Zillmann and Bryant, 1984)도 있지만, 단순한 성적 표현물은 유해하지 않으며, 단지 공격적 성적 표현물이 여성에 대한 공격심을 유발하며, 여성을 비하하고 여성을 음란한 존재로 인식하게 만든다는 연구(Linz, Donnerstein, and Penrod, 1988)도 있다. 그러므로 도너쉬타인(Donnerstein)와 린즈(Linz, 1987)가 지적한 것처럼 모든 포르노를 하나로 묶어서 볼 것이 아니라 폭력적인 측면, 성기 노출과 같은 성애적 측면, 그리고 폭력이 수반되는 성행위라는 세가지 측면으로 나누어 그 효과를 살펴보아야 할 것이다. 물론 이것은 포르노 시청이 법적으로 자유로운 미국 상황에서 연구된 것이기는 하지만 한국에도 현실적으로 포르노가 공공연하게 배포되고 있기 때문에 위의 연구결과가 한국에도 적용될 수 있을 것이다.

5. 결 론

남성의 성문화는 성에 대한 절제, 엄격, 금욕을 강조하는 전통의 관점에서 본다면 무절제, 방탕, 충동적, 비생산적인 것이다. 그리고 여성들의 남성 성문화에 대한 비판도 상당수 성에 대한 이런 전통적 관점에 기초하고 있다. 그러나 남성뿐만 아니라 여성을 포함한 인간의 성적 욕망은 그 자체가 비난받아야 되는 것은 아니라고 생각되며, 중요한 점은 어떤 방식으로 성적 욕망을 표현하는가라고 생각된다. 그러나 남성이 자신의 성적 욕망을 표출하는 과정에는 타인 특히 여성에 대한 공격과 지배의 욕망이 뒤섞여 있다는 지적은 옳은 것이다. 따라서 남성의 성문화를 순수 성적 욕망의 부분과 타인에 대한 공격의 부분을 분리하여 남성의 성문화에서 여성에 대한 공격의 부분을 제거하는 작업이 필요하다고 생각된다.

'일본의 밤문화'라는 책에서 미국의 인류문화학자인 앤 앨리슨은 스스로 일본의 술집에서 근무하면서 거기서 남성손님과 여성종업원 간의 대화 및 상호관계를 분석한 내용이 소개되고 있다. 앨리슨이

근무한 술집은 고급술집으로 남성손님과 여성종업원 간의 성관계는
이루어지지 않는 장소였지만 성관계가 이루어지는 상황 이상으로
남성들의 여성에 대한 지배, 모욕, 억압 등이 이루어지고 있음을 지
적하고 있다. 이러한 사실은 매매춘을 통해 남성의 여성에 대한 소
유보다는 언어적 희롱을 통한 남성의 여성에 대한 억압 및 지배가
더 가혹할 수 있음을 시사한다. 따라서 여성이 이해할 수 없는 정도
의 남성의 성적 관심과 욕구의 표현 그것보다는 남성의 여성에 대한
지배 및 공격적 언어, 제스처, 태도 등에 대한 규제가 더 중요하다고
생각된다.

　*참고문헌은 「남성학 연구 관점 및 영역」과 동일함.

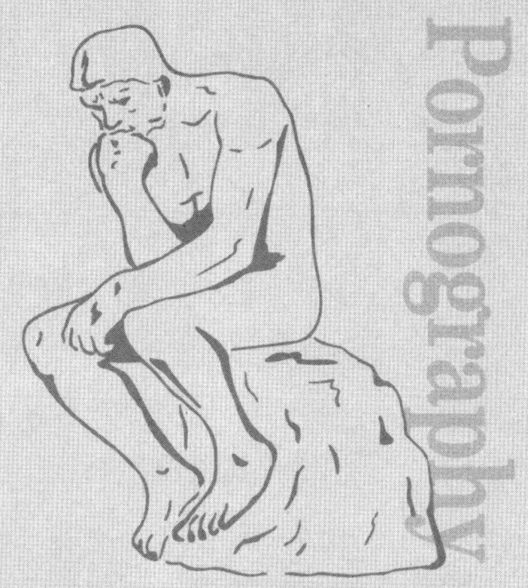

포르노그라피에 대한

남녀의
의식차

— 부산지역 남녀 대학생을 중심으로

이 연 화

●약력

계명대 여성학대학원 여성학과 졸업했다. 주요논문으로 『쓰레기 분리수거에 나타난 여성의 경험』, 『생활쓰레기 분리수거 정책과 여성』, 저서로는 『페미니즘과 우리시대의 성담론』(공저)가 있다. 현재 부경대학교에 출강하고 있다.

포르노그라피에 대한 남녀의 의식차
— 부산지역 남녀대학생을 중심으로

1. 포르노그라피란 ?

포르노그라피란 인간의 육체 또는 성행위를 노골적으로 묘사·서술한 것으로 성적인 자극과 만족을 위해 이용되는 모든 성표현물을 말한다[1]. 보통 포르노그라피를 구어체에서는 포르노라고 하는데 (essence 영한사전, 1989) 이 두 용어는 서로 같은 의미로 해석된다. 전달매체로 구분한다면 포르노그라피란 인간이 가진 성적 환상이나 욕망을 그림·사진·글·비디오로 표현한 총체적인 개념인 반면 포르노는 주로 비디오에 한정된 표현이다. 포르노그라피의 어원을 살

---

1) 1993년도에 한국형사정책연구원에서 출판한 『음란물의 법적규제 및 대책에 관한 연구』 참조.

펴보면 그리스어로 창녀를 의미하는 'pornoi'와 문서를 의미하는 'graphos'의 합성어이다. 즉, '창녀에 관한 문서'이다. 그 내용은 남성들과 창녀들간의 성(sex)에 관한 내용을 담고 있다.

가부장제사회의 성문화는 비공식적인 영역과 공식적인 영역으로 나뉜다.

비공식적인 영역이란 혼전/외 성관계, 매매춘, 강간, 포르노그라피 등으로 현실적으로 엄연히 존재하지만 법적으로 보호를 받지 못하는 영역이다. 여기서의 성관계는 쾌락을 위한 도구이다. 반면에 공식적인 영역이란 결혼 안에서 일부일처제를 유지하면서 자녀를 출산할 목적으로 한 성관계를 의미한다. 이렇게 성은 공식적인 영역과 비공식적인 영역으로 나누어지며 이것을 성의 이중체계[2]라고 한다.

이러한 성의 이중체계의 형성은 남성과 여성의 성욕을 다르게 해석하기 때문이다. 남성의 성은 성적인 공격성과 적극성을 생물학적으로 타고났다고 설명되어지고, 여성은 성적인 욕망이 없거나 있다 해도 억제할 수 있다고 규정되어진다. 이러한 성욕에 있어서의 서로 다른 성 차이에 대한 인식으로 남성은 공식적인 영역과 비공식적인 영역을 자유롭게 넘나들 수 있는 존재이지만 여성들은 반드시 둘 중의 한 영역에 존재해야 한다. 이것이 바로 성의 이중규범이다.

이러한 성의 이중규범은 공식영역에 존재하는 여성들은 순결하고 정숙하기 때문에 법적인 보호를 받아 마땅하지만 비공식영역에 있는 여성들은 정숙하고 순결하지 않은 나쁜 여성으로 보호해 줄 가치가 없는 것으로 취급한다. 그래서 매춘여성을 찾아가는 남성은 용서해도 매춘부는 용서할 수 없다는 논리의 근거가 되어왔다. 또 전쟁중에 공식적인 영역의 여성들을 보호하기 위해 매춘여성을 군주거

---

2) 『여성/몸/성』, 장필화, 1999, 또 하나의 문화.

지에 필연적으로 배치할 수밖에 없다는 주장도 성의 이중규범에 근거한다. 이러한 성의 이중규범은 생물학적인 성 차이를 강조하면서 남성들의 일탈을 자연스러운 현상으로 해석한다.

따라서 포르노그라피는 비공식적인 영역에 엄연히 존재하는 남성들이 주도해온 성차별 문화 가운데의 하나이다.

그런데 최근 비공식적 영역에서의 남성들의 성문화 가운데 하나였던 포르노그라피가 '영상매체'를 통해 이제는 '인간의 볼 권리'로 공식적인 영역에서 그 합법성을 획득하려는 움직임이 일어나고 있다. 예를 들어 영상물등급위원회로부터 "폭력·음란 등의 과도한 묘사로 미풍양속을 해지거나 사회질서를 문란하게 할 가능성이 있다"는 이유로 3개월 등급보류 판정을 받은 영화 「거짓말」이 '관객의 볼 권리'를 주장하며 이러한 제약행위를 거부했다. 그들은 "한국의 성인관객들은 어린가? 한국의 성인들은 인터넷을 통해 미국의 포르노 극장을 넘나들고 있다"고 지적하면서 이러한 보류판정은 소수의 문화엘리트가 다수관객의 볼 권리를 제약하는 행위라고 비난했다(국제신문, 1999. 8.20).

한국에서는 모든 포르노그라피는 금지의 대상이며 음란물 또한 검열의 대상이다. 그러나 「거짓말」 제작사의 항변처럼 포르노에 관련된 법 집행이 경찰과 검찰에서 다루어지고 있지만 이미 컴퓨터 오락이나 통신, 음란만화 등으로 성인에서부터 청소년들까지도 음성적으로 포르노그라피에 접하고 있는 것도 사실이다. 따라서 현행 포르노 관련정책의 비효율성을 꼬집는 것은 당연하며 따라서 포르노 관련정책의 변화를 요구하는 주장은 더욱 타당성이 있다.

문제는 현재 포르노 관련정책의 변화에 관한 요구가 두 가지로 나뉘어져 있다는 것이다. 하나는 포르노그라피를 법적으로 보장해서 성인에게만 허용하는 포르노 전용영화관을 만들자는 요구(포르노그라피 합법화 찬성)와 나머지 하나는 포르노그라피를 더 강력하게 규제해서 아예 제작·상영하지 못하게 하자는 주장이다(합법화 반대).

또 다른 문제는 포르노그라피에 관한 찬반논쟁이 현재 네티즌을 중심으로 사이버공간이라는 제한된 영역에서만 활발하게 진행되고 있다는 사실이다. 이러한 점은 현재의 포르노그라피의 찬반론 역시 사회전체구성원들간의 공개적이며 활발한 논의에서 진행되기보다는 앞서 우려했던 소수 문화엘리트들 사이의 논쟁으로만 그치는 한계를 또다시 드러내고 있다. 이러한 한계점을 극복하기 위해서는 사이버공간을 벗어나 포르노그라피에 관련된 다양한 계층의 의식조사가 진행되어야한다.

따라서 이 연구는 비효율적인 현행 포르노그라피 관련정책은 반드시 개선되어야함을 인식하고 그렇다면 여성과 남성의 성(sexuality) 해석을 다르게 하는 가부장제사회에서 건강한 성문화의 정착을 위해 포르노그라피를 합법화해야할 것인지 아니면 반대해야할 것인지를 살펴보려고 한다.

먼저 사이버 공간에서 네티즌을 중심으로 진행되고 있는 포르노그라피의 찬반논쟁을 통해 합법화와 반대화의 내용과 문제점은 무엇인지 분석할 것이다. 그리고 사이버 공간이 갖는 네티즌 중심의 논의의 한계점을 극복하기 위해 부산지역 남녀대학생을 중심으로 한 포르노그라피에 관한 남녀별 의식차이를 비교한 설문조사를 분석할 것이다.

2. 서구의 포르노그라피 찬반논쟁과 국내의 포르노그라피 찬반논쟁

먼저 포르노그라피가 무엇인지 자세히 살펴보자.

포르노그라피를 내용에 따라 분류하면, 하드코어 포르노그라피(금지영역의 성표현물)와 소프트코어 포르노그라피(관리영역의 성표현물)로 나눈다.[3]

하드코어 포르노그라피란 폭력적인 성표현물(살인실연포르노[4], 고문·강간포르노 등), 비폭력적이지만 인간의 지위를 저하시키거나 품위를 손상시키며 여성을 남성의 성적인 종속대상으로만 묘사하는 성표현물, 아동을 대상으로 한 아동 포르노그라피 그리고 성에 관한 일반인의 가치관과 직접적으로 배치되는 성표현물(동물과의 성행위 등)이다. 하드코어 포르노그라피는 모든 나라에서 금지하고 있다. 다만 여기에 속하는 성표현물을 어느 범위까지로 볼 것인가의 문제로 논쟁이 진행중이다. 그 범위는 각 나라의 성적 가치관에 놓여 있다. 예를 들어 영국의 경우는 비폭력적인 동성애포르노를 소프트코어 포르노그라피로 분류하지만 한국에서는 동성애가 일반인의 가치관과 직접적으로 배치되므로 하드코어 포르노그라피로 분류될 수 있다.

소프트코어 포르노그라피는 성행위 또는 성행위와 직접 또는 간접적으로 관련된 성기노출이 포함된 비폭력적 비품위손상적 성표현

---

3)『음란물의 법적규제 및 대책에 관한 연구』참고
4) 성적 행위를 실제로 하면서 절정의 순간 살인을 통해 성적 만족을 경험. 이 영화를 스스로 원해서 보는 소비자는 그것을 보면서 성적 경험을 갖는다(캐서린 A. 맥키넌, 1997)

물 그리고 나체의 성표현물을 말한다. 서구는 이러한 성표현물을 청
소년들이나 성표현물에 동의하지 않는 성인들을 제외한 성인들에게
만 제한적인 방법으로 공개하는 등 소위 전용 포르노극장을 설치해
서 상연한다.

앞서 우리의 경우는 모든 포르노그라피를 금지하고 있지만 이미
청소년들까지도 쉽게 포르노그라피에 접하고 있다. 문제는 하드코어
포르노그라피까지도 무분별하게 접촉하고 있다는 사실이다.

1993년 한국형사정책연구소에서는 『음란물의 법적규제 및 대책에
관한 연구』에서 "우리나라의 경우는 포르노의 개념을 명확하게 분류
하고 있지 않기 때문에 이 문제를 시급히 다루어야 한다."를 강조하
면서 특별법 등을 통해 모든 성표현물을 하드코어 포르노그라피와
소프트코어 포르노그라피로 분명히 나누어 관리하는 방안을 제시하
고 있다.

따라서 우리는 포르노그라피를 공식적 영역으로 받아들이기 이전
에 먼저 현행 포르노관련정책에서 적어도 어떤 포르노그라피를 하
드코어로 또는 소프트코어로 분류할 것인지의 심사기준이 미리 만
들어져야만 한다.

그러나 여전히 성을 공식적으로 이야기하는 것을 금기시하는 성
문화 그리고 성의 이중규범으로 여성들이 성에 대해 공식적으로 이
야기하는 것이 더욱 금기되어 있는 현실에서 포르노그라피와 관련
된 논쟁은 소수의 남성 엘리트들의 논쟁이 될 여지가 있음을 간과할
수 없다.

그래서 우선 우리보다는 공식적으로 성의 다양한 이야기를 인정
하는 그리고 여성의 성적인 자유를 인정하는 서구에서의 포르노그
라피 찬반논쟁을 통해 여성들의 의견들을 살펴볼 필요가 있다. 서구

의 경우는 1970년 이후로 본격적인 포르노그라피 찬반논쟁이 공식적
으로 이루어졌다5).

찬성을 주도했던 자유주의자들은 성에 대한 관심은 자연스러운
것이며 바람직한 것이기 때문에 사람들의 포르노에 대한 관심을 사
회규제대상으로 본다는 것은 개인의 성적 자기결정권을 침해한 행
위로 비판했다.

급진적—개혁적주의자들도 포르노를 전적으로 정당한 인간의 반
응일 뿐만 아니라 더 나아가 사회병리를 해독하는 기능까지도 있고
성은 억압되기보다는 찬양되어야 하며 건전한 도피처이며 편리한
대체적 성 경험을 제공한다고 주장했다.

진보적—개량주의자들은 포르노를 바람직한 현상으로 보지는 않
지만 또 전면으로 규제하려는 것에도 찬성하지 않으며 포르노가 개
인 및 사회에 가져오는 해악성이 검증되지 않는 한 금지될 수 없다
는 입장을 견지하면서 성인에 대해서는 포르노에 대한 모든 규제가
없어져야한다는 주장을 폈다.

그러나 포르노를 반대하는 보수주의자들은 포르노가 인간의 성행
위를 동물적인 행위로 환원시킴으로써 인간의 성행위를 비천한 것
으로 만들기 때문에 더욱 반대한다. 포르노는 성욕을 자극하여 강간
과 같은 반사회적인 형태로 표출되게 하며 성에 대한 일반인들의 태
도를 다른 것으로 바꾸게 하여 사회적으로 유해한 태도나 행동을 유
발시킨다고 주장한다.

여성주의자들의 입장은 포르노가 여성의 지위를 저하시키고 여성
의 품위를 손상하기 때문에 모든 포르노를 반대한다. 포르노의 여성
혐오 이미지와 폭력성 그리고 그와 관련된 성폭력문제를 캐서린 A.

---

5)『음란물의 법적규제 및 대책에 관한 연구』참고.

맥키넌은 『포르노에 도전한다』에서 "포르노에 나타난 여성혐오이미지와 폭력성 그와 관련된 성범죄가 성차별과 인종차별로 치밀하게 연결되어 나타난다"고 주장한다. 인터넷을 통해 아동을 상대로 한 포르노의 제작과 유포 그리고 제3세계 여성들의 열악한 경제적인 위치를 이용해서 가난한 여성들을 포르노배우로 만들고 있다는 것이다.

그러나 다른 한편의 여성집단에서는 여성의 성(sexuality)이 가부장제에 의해 성립되어 있다는 점은 인정하지만 여성이 갖고 있는 권리는 여성의 성해방을 위해 이용해야 한다고 주장한다. 그래서 어떤 유형의 검열도 반대한다(the feminist anti-censorship task force). 이들은 여성용 포르노의 가능성을 제시한다. 예를 들어 영화 「섹스, 에너벨 청 이야기」는 다큐멘터리 형식으로 만들어진 영화이다. 22살의 동양인 여자 포르노배우가 251명과 10시간 동안 섹스 한 장면을 담은 영화이다. 그녀는 소위 엘리트 출신으로 중산층 가정에서 성장했으며 현재 미국에서 인류학을 전공하고 있는 지식인이다. 그녀는 "성의 이중규범을 뒤집어 엎고 싶었다. 남자가 여러 명과 섹스를 하면 변강쇠이고 여자가 그러면 걸레로 치부하는 사회의 위선적 측면을 거부하고 싶었다"(http:// krnsi.net)고 항변한다. 그리고 그녀는 여성용 포르노가 여성의 성적인 욕망을 표현할 수 있는 충분한 도구가 될 수 있다고 주장한다.

현재 서구는 포르노그라피를 찬성하는 진보적—개량주의자들의 입장을 정책적으로 흡수하고 있다. 독일의 경우는 18세 미만자와 하드코어 포르노그라피만 철저하게 처벌한다. 미국의 경우는 낙태를 유도한다든지 또는 방화, 살인, 암살을 유발하는 내용, 음란물의 운송, 저속한 언어의 방송만 처벌한다. 영국의 경우는 전체적으로 어떤 구성물의 효과가 읽고, 보고, 듣는 사람을 부패하고 타락시키는 경향을 일으키는 것을 유통, 판매, 제공, 상연하는 것을 규제한다. 따라서 성표현물이 신체를 어느 정도까지 보여주는가 하는 규제보다는 그 내용을 중심으로 규제를 한다(한국형사정책연구원, 1993). 우리 나라와는 규제의 잣대가 다르다.

그러나 서구의 포르노그라피 찬반논쟁에는 두 가지의 문제점이 있다. 하나는 포르노를 찬성하는 쪽에서는 포르노를 통해 남녀 모두가 같은 성적인 만족을 얻는 것으로 인식하고 있다는 점이다.

나머지 하나는 포르노를 반대하는 쪽에서는 포르노의 피해자들을 모두 여성으로만 인식하고 있다는 점이다. 로라 슐레징어는『남자가 인생을 망치는 열 가지 방법』에서 남성 포르노중독자의 경우는 "비현실적인 환상 때문에 현실의 만족스런 성관계의 능력을 잃고 이제 섹스는 보기만 하는 즐거움이 되었다."며 포르노가 남성들의 현실적인 성관계에 만족을 주는 것이 아니라 더욱 현실에 적응하지 못하게 하고 인간관계를 단절시키는 부정적인 영향이 나타난다고 지적하고 있다. 다시 말해 남성들도 포르노의 피해자가 될 수 있다는 점이다.

서구의 찬반논쟁을 요약하면 포르노를 찬성하는 쪽에서의 주장은 포르노그라피는 인간의 성문화를 다양화시킬 수 있는 긍정적인 수단이 될 수 있고 더 나아가 포르노가 남성들의 전용이 아니라 여성들도 누릴 수 있는 수단으로도 사용될 수 있음을 주장한다.

그러나 여성주의자를 중심으로 반대하는 쪽에서는 포르노는 인간의 품위를 손상시키고 더욱 여성들의 품위를 손상시켜 더욱 성차별과 인종차별을 부추기는 수단이 된다고 주장한다. 한국의 경우를 살펴보면, 사이버공간에서 네티즌을 중심으로 포르노 찬반론이 벌어지고 있다. 포르노를 찬성하는 편에서는 서구의 찬성론자들이 주장하는 것처럼 개인의 자유보장의 차원에서 포르노의 '볼 권리'와 또 포르노 때문에 여성상위체위와 오랄섹스 등 여성의 성적 욕망이 인정되는 성문화가 생길 수 있었음을 지적하면서(여성신문, 1999.6.11) 아예 포르노를 성인문화의 하나로 인정하자고 주장하고 있다. 그래서 성인전용 영화관을 만들어 성인들에게만 자유롭게 포르노를 보여주자고 제안하고 있다.

그러나 포르노를 반대하는 편에서는 인권침해(여성과 어린이 강간)와 여성혐오문화를 은연중에 유포한다는 점에서 포르노의 제작 자체를 반대한다. 그렇기 때문에 효율성이 없는 현재의 포르노 관련정책을 어떻게 효율적으로 운영할 것인가에 더 관심이 집중되어 있다. 현재 사이버공간에서의 포르노유포를 금지하는 법률을 마련하고자 한다. 여성계에서도 포르노 피해자의 증언을 중심으로 반대의 목소리를 높이고 있다(http://krnsi.net/ news/victim.htm). 또 다른 한편의 여성들은 '여성용 포르노'가 존재할 수 있는가 라는 논쟁을 제기하면서 여성의 성적 욕망이 어떤 식으로 표현되어지고 있고 또 얼마나 왜곡되어 있는지 그래서 진정한 여성의 성적 욕구를 표현할 수 있는 여성용 포르노의 가능성을 언급하고 있다(여성신문, 1999.6.18).

현재 한국의 포르노 찬반논쟁은 서구의 찬반논쟁과 유사하다. 아니 그대로를 옮겨놓은 듯하다. 그러나 윤혜준이 『포르노에도 텍스트가 있는가』에서 지적하듯 한국사회는 '국산' 포르노가 존재하지 않는다. 그렇기 때문에 우리의 포르노 찬·반론은 서구의 찬·반론과 달라야 한다. 그러나 우리들의 찬반논쟁은 성에 대한 태도가 서구와 다름에도 불구하고 포르노를 찬성하는 쪽에서는 포르노를 통해 남녀 모두가 같은 성적인 만족을 얻는 것으로 인식하고 있고 또 포르노를 반대하는 쪽에서는 포르노의 피해자를 모두 여성으로만 본다.

따라서 서구의 포르노그라피 찬·반논쟁을 그대로 수용하기보다는 우리의 포르노그라피에 대한 의식조사와 실태에 관한 연구보고서를 통해 서구중심의 포르노그라피 찬·반 논쟁을 다시 검토해야 한다. 왜냐하면 한국의 여성과 남성의 성문화는 성의 이중규범으로 여성과 남성의 성적 욕망을 서로 다른 것으로 표현해왔고 남성에게만 성적인 주도권(성적 지식, 성적인 공격성, 성적 호기심 등)을 부여해 주었기 때문이다.

3. 부산지역 남녀대학생의 포르노그라피에 관한 의식조사

98년 10월 ㅂ대 학생 중에서 <여성학>을 수강하고 있는 여학생과 남학생 총 214명에게 포르노 비디오 2편을 10분 정도 보여주고 설문조사를 통해 남성과 여성들이 어떻게 포르노를 인식하고 있는지 알아보았다. 1편은 서구의 남성이 여성을 상대로 성관계를 주도하면서 성기 위주의 삽입, 노골적인 성행위를 표현한 포르노이고 이러한 장면이 반복되어 있다. 다른 한편은 일본 포르노이다. 여성 한 명과 남성 두 명이 함께 성행위를 하고 여성의 성기에 물건을 삽입하는 포르노이다. 포르노는 대체로 줄거리 없이 같은 내용이 반복되기 때문에 10분 동안 시청해도 충분히 포르노의 내용을 파악할 수 있다.

설문지는 총20 문항으로 구성되어 있고 설문에 응한 사람들은 남학생100명과 여학생100명이며 주로 20대 초반이다. 각 문항마다 답을 하지 않은 응답자들은 기타로 처리하였다.

총 20문항을 질문했다. 질문의 요지는 남녀별 포르노를 통한 성적인 만족에 차이가 있는지, 모방하고픈 욕구와 성충동에 성 차이가 있는지, 포르노를 보면서 무엇을 느끼고 학습하는지 남녀별로 어떻게 다른지, 그리고 포르노의 부정적인 면과 긍정적인 면이 무엇인지 남성들은 어떤 부담을 느끼는지 물어보았다.

1) 포르노에 나타난 여성성과 남성성

먼저 1번 문항은 "수업시간을 제외하고 외설적인 필름이나 잡지에 어느 정도 접했나"를 물었다.

	여학생(100%)	남학생(100%)
1	전혀 접하지 않았음(52%) 별로 접하지 않았음(46%) 접함(2%) 자주 접함(0%)	전혀 접하지 않았음(3%) 별로 접하지 않았음(49%) 접함(40%) 자주 접함(8%)

응답자중 여학생들 52%는 전혀 본 적이 없었으나 반대로 남학생들 중 전혀 본 적이 없는 사람은 아무도 없었다. 포르노를 보는 문화는 여학생보다는 남학생들이 주로 보는 문화임을 알 수 있다. 이들의 나이를 고려해 볼 때 남학생들은 청소년기부터 포르노를 보고 있었고 청소년기는 성적인 가치관이 형성되는 시기이기 때문에 포르노에서 보여주는 남성성과 여성성은 성적인 고정관념에 깊은 영

향을 미친다.

2번 문항은 "당신이 여성(남성)이라면 포르노에 표현된 남성(여성)의 성행위에서 받은 느낌은 어떠한가"에서 포르노를 보고 난 이후 서로 상대방에 대해서 어떤 편견이 형성되는지를 알아보았다.

	여학생(100%)	남학생(100)
2	매우 좋다(0%) 좋다(0%) 좋지 않다(15%) 혐오스럽다(80%) 기타(5%)	매우 좋다(5%) 좋다(11%) 좋지 않다(47%) 혐오스럽다(22%) 기타(15%)

여학생의 80%는 포르노에 재현된 남성성이 오히려 자신들이 가지고 있던 남성의 이미지를 '혐오감'으로 바꾸는 부정적인 이미지를 형성시켰다고 응답했다. 남학생의 47%는 포르노에서 재현된 여성성은 '좋지 않은 이미지'로, 22%는 '혐오스러운 이미지'로 인식된다고 답변했다. 남녀 모두 상대방 성에 대해 포르노를 보기 전보다 보고 난 이후 이미지가 좋지 않은 방향으로 바뀌게 되었다.

3번 문항은 같은 여성(남성)으로서 포르노에 나타난 같은 여성(남성)의 성행동을 어떻게 생각하는가를 물었을 때,

3	여학생(100%)	남학생(100%)
	매우 좋다(0%) 좋다(0%) 과장이 심하다(30%) 혐오스럽다(68%) 기타(2%)	매우 좋다(2%) 좋다(9%) 과장이 심하다(67%) 혐오스럽다(16%) 기타(6%)

여학생 68%가 같은 여성에 대해 '혐오스럽다'고 대답한 반면 남학생 67%는 같은 남성에 대해 '과장이 심하다'고 답변했다. 여학생들은 포르노에서 재현된 여성성에 대해 혐오감을 느낀 반면 남학생들은 포르노에서 재현된 남성성에 대해 혐오감이 아니라 과장되었다고 답변함으로서 2번과 3번을 통해 여성들은 포르노에 재현된 남성성과 여성성 모두에 대해 혐오감을 느끼고 있고 남성들은 여성성에는 혐오감을 남성성에는 과장됨을 느끼고 있어 포르노에 재현된 여성성은 남녀 모두에게 혐오감을 전달하고 있다.

12번 문항은 포르노에 나타난 여성과 남성의 이미지이다.(모두 선택 우선 순위를 적으세요)

12	여학생	남학생
	인간의 지위를 손상시켰다(1순위:70%) 여성을 비하시켰다(2순위:55%), 남성이 혐오스럽다(3순위:35%) 여성이 혐오스럽다(4순위:28%) 여성과 남성을 동등하게 표현(4%) 남성과 여성이 존중된다(1%)	인간의 지위를 손상시켰다(1순위:48%) 여성을 비하시켰다(2순위:46%) 여성이 혐오스럽다(13%) 남성이 혐오스럽다(7%) 여성과 남성을 동등하게 표현(5%) 남성과 여성이 존중된다(4%) 기타(6%)

여학생 70%는 인간의 지위를 하락시키고, 55%는 여성을 비하시키며, 35%는 남성혐오를 불러일으키고, 28%는 여성혐오를 불러일으킨다고 지적했다. 남학생들은 48%가 인간의 지위를 하락시키고, 46%가 여성을 비하시킨다고 했다. 여학생들은 남학생과 달리 포르노를 통해 자신들을 더욱 혐오스럽게 인식했다. 남학생들은 남성에 대한 혐오를 언급하지 않고 여성의 비하를 지적했다. 포르노를 볼수록 여학생은 자신을 혐오할 것이고 남학생들은 여성을 더욱 비하할 것이다. 이것은 여성주의자들이 주장하듯이 포르노를 보면 볼수록 남녀 모두 여성의 왜곡된 이미지를 갖게 된다는 주장을 뒷받침해 준다.

1번, 2번, 3번 그리고 12번 문항들을 통해 포르노를 반대하는 보수주의자와 여성주의자들의 주장처럼 포르노는 여성과 남성에게 모두 잘못된 여성성과 남성성을 전달하고 인간의 성을 왜곡시키고 있었다.

2) 남녀별 성적 충동과 모방욕구의 차이

4번 문항은 포르노를 보면서 성적인 충동을 느끼는가에서

	여학생(100%)	남학생(100%)
4	예(6%) 아니오(86%) 기타(8%)	예(56%) 아니오(33%) 기타(11%)

여학생의 86%는 아니라고 답했고, 오히려 성행위가 동물관계처럼 혐오스럽다고 답했다. 남학생의 경우 56%는 성적인 충동을 느낀다고 했으며, 33%은 아니라고 답했다. 여학생들과 소수의 남학생들은 포르노를 통해 성적 대리만족을 느끼지 못하고 있다. 이것은 서구 자유주의자들이 주장한 것처럼 모든 인간이 포르노를 통해 성의 해방을 누릴 수도 있다는 가능성이 일부 남성들에게만 적용된 주장임을 알 수 있다. 포르노를 통한 성적인 자극은 남녀별 그리고 개별적인 차이가 있다.

5번 문항은 포르노를 본 후 배우들처럼 모방하고 싶은 생각이 드는가 이며, 6번 문항은 자신의 여자(남자)친구가 포르노배우처럼 성행위를 한다면 이다.

	여학생(100%)	남학생(100%)
5	예(0%) 아니오(98%) 기타(2%)	예(43%) 아니오(48%) 기타(9%)
6	매우 좋다(0%) 좋다(0%) 좋지 않다(19%) 매우 싫다(75%) 기타(6%)	매우 좋다(2%) 좋다(11%) 좋지 않다(53%) 매우 싫다(32%) 기타(2%)

5번 문항에서 여학생 98%는 따라 하고 싶지 않다고 말했으며, 자신의 남자친구가 포르노배우처럼 행동한다면 75%는 매우 싫다고 답했다. 남학생의 43%는 따라하고 싶다고 말함으로 포르노를 통해 남학생들은 포르노에서 재현한 방법들을 성 지식으로 습득하고 있었

다. 누구에게 모방하고 싶은가에 대해서 43% 중 26%는 배우자나 친구를 통해 11%는 모르는 사람과 1%는 매춘부와 하고 싶어했다.

이러한 남성과 여성의 모방욕구의 차이는 특히 한국의 경우는 결혼을 통한 성관계를 허용하고 있기 때문에 반드시 배우자와의 성적인 갈등을 유발한다. 왜냐하면 포르노 피해자들 중에는 그들의 부인들이 많다는 제보를 통해 알 수 있다(http://kmsi.net/news/victim.htm).

6번 문항에서 여학생 75%는 자신의 남자친구가 포르노배우처럼 행동하는 것이 매우 싫다고 답했다. 포르노의 피해자가 주로 여성일 수밖에 없는 이유가 여기에 있다. 남학생들 중에서도 자신의 여자친구가 포르노배우처럼 성행위를 한다면 85%가 싫을 것이라고 답했다. 이러한 답변은 두 가지로 해석할 수 있다. 하나는 성의 이중규범으로 남학생들은 상대여성이 포르노배우처럼 성에 적극성을 띠는 것이 여성답지 못하며 또 성의 주도권은 남성이 가져야 한다는 생각에서 전통적인 여성의 성 규범을 원할 수도 있다. 또 다른 하나는 5번에서 남학생의 48%가 남성포르노배우를 모방하고 싶지 않다고 말한 것처럼 3번의 대답에서 나타난 남자배우의 과장된 성행위가 남성에게는 심리적인 부담을 줄 수도 있다. 가부장제사회에서 남성의 성욕은 과장되게 묘사되어 그렇지 않은 남성들을 억압하는데 포르노여배우들처럼 상대여성을 성적으로 만족시켜 주어야 한다는 현실이 부담으로 다가올 수도 있기 때문이다.

4번, 5번 그리고 6번 문항을 통해 찬성을 주도했던 급진적—개혁적주의자들의 주장처럼 포르노가 편리한 대체적 성 경험을 제공한다는 점에 다수의 남학생들은 포르노를 통해 성적인 대리만족을 느끼며 모방의 욕구도 갖게 된다고 털어놓았다. 그리고 일부 남학생들은 자신이 포르노배우처럼 행동하지는 않을 것이라고 답변함으로서 남성의 성욕이 과장되게 묘사되어 있는 포르노는 오히려 남성이 상대여성을 성적으로 만족시켜 주어야 한다는 현실을 부담으로 인지하고 있었다. 따라서 포르노는 남성들에게도 부정적인 영향을 미칠 수 있다.

여학생들은 모방하고픈 욕구, 성 충동, 성적인 만족을 느끼지 못한다고 답변했다. 급진적—개혁적주의자들의 주장은 여학생들에게는 적용되지 않았다.

앞서 연구자가 지적했듯이 서구의 포르노 찬반논쟁의 두 가지의 문제점이 이·문항들을 통해 검증될 수 있다. 하나는 포르노를 찬성하는 쪽에서는 포르노를 통해 남녀 모두가 같은 성적인 만족을 얻는 것으로 인식하고 있다는 점이며 나머지 하나는 포르노를 반대하는 쪽에서는 포르노의 피해자들을 모두 여성으로만 인식하고 있다는 점이다.

3) 남성과 여성이 보는 포르노의 긍정과 부정

9번 문항은 자유주의자들이 주장한 것처럼 포르노의 긍정적인 면은 있는가를 물었다.

	여학생(100%)	남학생(100%)
9	성교의 기술(15%) 성욕해소(14%) 성적욕구가 생긴다(6%) 없다(57%) 기타(8%)	성교의 기술(24%) 성욕해소(29%) 성적욕구가 생긴다(12%) 없다(32%) 기타(3%)

여학생 57%는 없다라고 답했고 남학생 53%는 성교의 기술과 성욕해소의 장점이 있다고 말했다. 24%의 남학생들은 포르노를 성교육의 자료로 활용하고 있음을 알 수 있다. 또 한국의 성문화는 서구와는 달리 남녀의 연애가 자연스러운 성행위로 연결되는 것을 공식적으로 금기시하고 있기 때문에 29%의 남학생들은 성에 대한 호기심과 욕구 해소를 보다 쉬운 포르노를 통해 해소하고 있다. 이 점들이 남학생들로 하여금 계속 포르노를 보게 하는 요인으로 작용하고 있고 더 나아가 남학생들을 포르노중독자로 만드는 역할을 한다. 따라서 한국도 공식적인 영역에서 실질적인 성관계와 관련된 성교육 과정이 개설되어야만 포르노를 성교육의 자료와 성에 대한 호기심을 풀기 위한 자료로 사용하는 사례가 줄어들 것이다.

10번 문항은 보수주의자와 여성주의자들이 주장하는 것처럼 포르노의 부정적인 면이 있는가를 물었다.(답을 두 개표시한 것도 포함해 넣었다.)

	여학생(100%)	남학생(100%)
10	인간의 성행위를 동물처럼 보이게 한다(62%) 성충동을 부추긴다(9%) 일탈행위를 부추긴다(44%) 기타(9%)	인간의 성행위를 동물처럼 보이게 한다(36%) 성충동을 부추긴다(20%) 일탈행위를 부추긴다(52%) 없다(2%), 기타(9%)

여학생들 100명중 62%는 포르노가 인간의 성관계를 동물처럼 왜곡시킨다고 답했다. 100명중 44%는 일탈행위를 부추긴다고 지적했

다. 남학생들은 100명중 52%가 일탈행위를 부추긴다고 지적했다. 100명중 36%는 성관계를 왜곡시키고 100명중 20%는 성충동을 부추김으로써 포르노를 통한 잠재적인 성범죄의 가능성을 언급했다. 1985년 FBI가 미국의 연쇄살인범들 36명과 인터뷰한 결과 이들 중 81%가 포르노 중독경험을 시인했으며 우리 나라의 경우도 1992년 한국형사정책연구원에서 발표한 「강간범죄의 실태에 관한 연구」 보고서에도 189명의 강간범들 중 "성욕이 별로 강하지 않은 편이라고 응답한 경우"에는 외설필름·잡지에 별로 접하지 않았다고 응답했지만(58.7%). 반면 "성욕이 약간 강한 편이라고 응답한 경우"에는 외설필름·잡지를 자주 접한 편이라고 응답했다(57.1%). 이와 같은 통계를 통해 포르노가 남성들의 성욕을 자극하는 요인으로 작용하고 있음을 알 수 있다.

13번 문항은 포르노의 성행위는 비정상적이라 생각하는가이다.

13	여학생(100%)	남학생(100%)
	예(88%), 아니오(5%) 기타(7%)	예(66%), 아니오(20%) 기타(14%)

여학생 88%은 그렇다고 대답했고 남학생도 66%가 답했다. 포르노는 오히려 성욕 해소의 다양성을 제시하는 것이 아니라 정상과 비정상이라는 이분법을 더욱 강화시키고 있다.

14번 문항은 포르노와 성폭력의 상관관계에 대해 어떻게 생각하는가? 15번 문항은 강간, 아동, 동물관련 포르노가 있다면 보고싶은

가 이다.

	여학생(100%)	남학생(100%)
14	매우 관련 있다(55%) 조금 관련 있다(42%) 관련 없다(2%) 기타(1%)	조금 관련 있다(45%) 매우 관련 있다(40%) 관련 없다(8%), 기타(7%)
	여학생(100%)	남학생(100%)
15	예(11%), 아니오(87%) 기타(6%)	예(46%), 아니오(44%) 기타(10%)

남녀 모두 85%와 96%가 상관관계가 있다고 답했다. 포르노가 사회문제를 유발할 것이라고 남녀 모두 인지했다. 그러나 15번 문항에서처럼 하드코어 포르노그라피를 볼 것인가에 대해서 여학생들은 87%가 보지 않겠다고 답했지만 남학생의 46%는 보겠다고 대답했다. 이러한 남성들 때문에 포르노제작자는 계속 하드코어 포르노그라피를 만들 것이다. 남성들은 성의 이중규범에 의해 비공식영역의 포르노그라피를 소비하는 것에 죄의식을 느끼지 못한다. 여성주의자들이 모든 포르노의 제작을 반대하는 의도는 여기에 있다.

16문항은 포르노의 중독성의 효과가 있는지 물었다. 17번 문항은 자신의 성 윤리에 긍정적 영향을 미치는지 물어 보았다.

	여학생(100%)	남학생(100%)
16	아니오(69%), 예(25%) 기타(6%)	예(47%), 아니오(41%) 기타(12%)
17	성관계가 더럽게 느껴진다(51%), 동물처럼 비인간화된 느낌이다(49%), 성이 아름답다(0%), 성관계가 즐겁다(0%)	동물처럼 비인간화된 느낌이다(42%), 성관계가 더럽게 느껴진다(25%), 성이 아름답다(2%), 성관계가 즐겁다(8%), 기타(23%)

　여학생의 69%는 자신들이 중독되지 않았다고 답변했고, 남학생 47%는 중독성이 있다고 답했다. 로라 슐레징어는 "포르노는 남자들이 자기 마음 속에서, 그리고 가짜 파트너의 가짜 행위에서 성적인 만족을 받기만 하는 비현실적인 환상 때문에 현실의 만족스런 성관계의 능력을 잃고 섹스는 보기만 하는 즐거움"이 되었다며 포르노 중독의 위험성을 경고하고 있다. 급진적—개혁적주의자들이 주장하는 것처럼 포르노가 건전한 도피처이며 편리한 대체적 성 경험을 제공한다는 주장은 실제로 포르노 중독자에게는 적용되지 않는다. 즉 포르노 중독자에게는 성관계가 남녀의 상호애정 교환이 아니라 혼자 시청함으로서 상상하는 행위라는 것이다. 1번과 14번처럼 특히 남성들이 포르노를 계속 즐겨보기 때문에 포르노 중독자의 문제는 또 다른 남성의 피해사례를 낳고 여성과의 원만한 성관계를 형성하기 위해서 본 포르노그라피 때문에 역으로 남성들은 실제로 성관계의 능력을 잃고 마는 것이다. 결국 포르노는 남성들의 현실적인 성관계에 만족을 주는 것이 아니라 더욱 현실에 적응하지 못하게 하는 인간관계를 단절시키는 부정적인 결과를 초래할 수 있다. 특히, 포르노 중독의 문제는 한국의 남성들에게 더욱 심각할 수 있다. 왜냐하

면 우리의 성문화는 남녀의 연애가 자연스러운 성행위로 연결되는 것을 금기시하고 있기 때문에 9번에서 29%의 남학생들이 성에 대한 호기심과 욕구 해소를 위해 포르노를 본다고 답한 것처럼 서구보다 더 쉽게 포르노를 통해 성욕을 해소하려고 할 것이기 때문이다.

17번 문항에서 여학생과 남학생 모두 성관계가 더럽고 비인간적으로 느껴진다고 말함으로 인해 포르노는 자유주의자들의 주장과는 반대로 남녀간의 성관계를 황폐하게 만들고 있다.

9번, 10번, 13번, 14번, 15번, 16번 그리고 17번 문항을 통해 포르노를 반대하는 보수주의자들의 주장처럼 포르노가 인간의 성행위를 동물적인 행위로 환원시킴으로써 인간의 성행위를 비천한 것으로 만들 가능성이 있음을 알 수 있었다. 그렇기 때문에 포르노와 성폭력의 상관관계가 있음을 또한 인정했다. 이점은 포르노가 일탈을 부추긴다는 포르노의 반대자들의 주장을 어느 정도 뒷받침해 준다. 그러나 남학생들이 포르노의 긍정적인 면으로 지적한 다양한 성적 기술을 배울 수 있어서 포르노를 계속 볼 것이라는 답변은 포르노를 반대하는 편에서 이후 이들의 성관계에 관한 호기심을 풀어줄 실질적인 정책대안을 제시하지 않는다면 아무리 포르노의 유해성을 소리 높인다 하더라도 남성들은 포르노를 계속 보게될 것이다.

4) 남녀별 성규범의 차이

7번 문항은 당신이 여성(남성)이라면 포르노배우처럼 행동했을 때 상대의 반응은 어떠할까를 통해 신세대들의 성규범은 얼마나 변했는지를 알고 싶었다.

7	여자(100%)	남자(100%)
	매우 좋아할 것이다(2%) 좋아할 것이다(8%) 싫어할 것이다(71%) 기타(9%)	매우 좋아할 것이다(2%) 좋아할 것이다(13%) 싫어할 것이다(60%) 기타(25%)

　여학생들은 상대 남성이 싫어할 것이라고 71%가 답했다. 한국의 네티즌을 중심으로 한 포르노를 찬성하는 편에서의 주장처럼 포르노 때문에 여성상위체위와 오랄섹스 등 여성의 성적 욕망이 인정되는 성문화가 생길 수 있다는 지적과는 달리 오히려 여성들은 자신의 성적 자유를 제한하고 있었고, 포르노를 통한 성의 해방은 가부장제 사회에서 현실적으로 여성들에게는 적용되지 않고 있었다.

　남학생의 경우도 60% 정도가 싫어할 것으로 인식하고 있었다. 이것은 서구와는 다른 우리 사회의 성규범의 영향 때문으로 생각된다. 남학생들은 여성이 성에 무지하기 때문에 자신들이 성행위를 주도해야 한다고 인식하고 있지만 지나치게 포르노배우처럼 행동한다면 보수적인 성문화에 의해 여성들이 자신들의 성 행동을 변태행위 또는 이상한 남자로 의심받을 수도 있기 때문이다. 그러나 이 점 때문에 포르노배우처럼 모방하고픈 욕구가 강한 남성들의 경우는 자신들의 배우자에게 할 수는 없고, 모르는 여성에게 성행위를 강요할 수 있다. 5번 문항에서 모방하고 싶은 대상에 대해 11%은 모르는 사람과 1%은 매춘부와 하고 싶어했다고 답변한 것을 근거로 한국의 보수적 성문화가 더욱 성폭력과 매매춘 문제를 유발할 수도 있다고 해석된다.

8번 문항은 평소 성적인 욕구를 어떻게 해소하는가에서 같은 보기에 대한 여학생들과 남학생들의 답을 비교해 보았다.

	여학생(100%)	남학생(100%)
8	음란서적(7%), 포르노(1%) 성관계(1%), 음란통신(1%) 음담패설(14%), 기타(58%)	음란서적(12%),포르노(9%) 성관계(9%),음란통신(9%), 음담패설(12%),기타(41%)

기타의 58%의 여학생은 주로 영화와 비디오로, 41%의 남학생은 자위행위와 운동, 술, 담배, 취미활동으로 해소한다고 응답했다. 음란서적의 경우는 여학생 7%, 남학생 12%이고, 포르노비디오는 여학생 1%이며 남학생은 9%이다. 성 관계는 여학생1%이고 남학생은 7%이다. 음란통신은 여학생은 1%이고, 남학생은 9%, 음담패설은 여학생이 14%, 남학생은 12%이다. 포르노비디오, 음란통신, 성관계는 남성들이 여성들보다 더 자주 사용하는 방법이다. 그리고 음란서적·포르노비디오·음란통신·음담패설을 통틀어 포르노그라피라고 할 수 있다. 여학생들은 23%가 포르노그라피를 통해 성 욕구를 해소하고 있고 남학생들은 42%이다. 포르노 제작자들에게 남성은 주요고객이며 따라서 고객의 시선에 맞는 포르노를 제작할 것이다. 이것은 여전히 남성의 성욕구만 채우는 성편견과 성차별을 재생산하게 된다. 따라서 포르노 전용관을 만들기에 앞서 포르노 관련정책의 변화를 통해 포르노의 유해성을 판

단하는 심사기준을 먼저 세워 하드코어 포르노의 유입을 막고 성기 중심적인 성문화를 조장하는 모든 포르노그라피에 대한 대책이 시급하다.

11번 문항은 성에 대한 지식은 주로 무엇을 통해 알게 됩니까?(음란서적, 음란비디오, 학교에서의 성교육, 친구의 이야기, 군대에서, 기타 등으로 모두 선택. 우산순위를 적으세요. - 남학생들만.)

100명의 남학생들은 모두 성에 대한 지식을 주로 친구들로부터 배운다고 응답했다(61%). 그 다음이 음란비디오(57%) · 서적(45%) · 학교교육(43%) · 군대(39%)을 통해 배운다고 응답했다. 남학생들이 포르노를 접하는 이유의 하나로 성에 대한 지식을 배우기 위해서라는 답변은 의미가 있다. 이러한 점이 포르노를 계속 보게 하는 요인으로 작용하고 있다.

18번 문항은 성 경험 여부와 언제, 누구와 어디서를 물었다.

그런데 거의 답변을 하지 않았다. 8번 문항에서 성관계로 성욕을 해소한다고 답변한 남학생과 여학생이 있었지만 결혼을 하지 않은 상태에서의 성관계는 우리 사회에서는 일탈로 규정하기 때문에 밝히기를 꺼려하고 있었다.

19번 문항은 다른 사람과 비교하여 성적 욕구가 어느 정도인가를 비교했다.

	여학생(100%)	남학생(100%)
19	강하지 않다(56%), 전혀 강하지 않다(24%), 강하다(12%), 대단히 강하다(0%) 기타(8%)	강하지 않다(48%), 강하다(29%), 대단히 강하다(3%)전혀 강하지 않다(7%) 기타(13%)

여학생의 80%는 강하지 않다고 말했고 남학생의 48%는 강하지 않다와 32%는 강하다고 답했다. 이는 1번 문항에서 자주 접하는 정도와의 유사성을 나타내고 있다. 여학생들은 포르노를 보지 않고 있고, 또 성의 이중규범으로 성욕도 강하지 않다고 믿고 있다. 남학생들은 포르노를 자주 보고 성욕도 강하다고 인식한다. 가부장제 사회에서 포르노는 남성에게 성욕을 부추기지만 여성에게는 아무런 영향을 주지 않는다. 따라서 여성용 포르노가 만들어진다고 해도 성의 이중규범이 존재하는 상황에서 여성들에게 진정한 쾌락을 제공한다는 것은 의문이다.

20번 문항은 포르노에 나타난 남성성(여성성)에서 느끼는 콤플렉스(부담감, 억압)는 무엇인가?

여학생들은 주로 남성우월과 여성비하를 지적했고, 100명의 남학생들은 중 25명은 변강쇠 콤플렉스와 성기 크기의 과장을 언급했다. 이것은 포르노가 여성과 남성에게 모두 왜곡된 성 이미지를 전달하고 있으며, 특히 성기 중심적인 성문화는 남성들에게 성기의 힘과 크기를 남성성의 상징으로 부추김으로 인해 부담감을 주었다. 윤혜준은 『포르노에도 텍스트가 있는가』에서 진정한 성의 해방은 남근 중심적인 포르노와 포르노의 남근주의에서 벗어날 때 이루어질 것이라고 전망했다.

7번, 8번, 11번, 18번, 19번, 그리고 20번 문항을 통해 남학생들은 포르노에 재현된 남성성으로 성기의 크기와 힘에 있어서 과장을 지적했고 여학생들 포르노에 재현된 여성성에 대해 혐오감을 느낀다고 언급했다. 또 포르노를 보면서 남학생들은 어느 정도 성적인 만족을 느끼지만 여학생들은 거의 느끼지 못했다. 포르노를 찬성하는 편에서는 포르노 때문에 여성상위체위와 오랄섹스 등 여성의 성적 욕망이 인정되는 성문화가 생길 수 있었음을 지적하지만 성의 이중 규범으로 여성에게는 아무런 영향을 주지 않았다. 이러한 현실 속에서는 여성용 포르노가 만들어진다고 해도 여성들은 자신의 쾌락을 재현하지도 제공받지도 못할 것이다.

4. 포르노그라피에 나타난 여성성과 남성성 그리고 혐오·과장 그러나 계속 본다.

연구자는 부산지역 ㅂ대를 중심으로 실제로 포르노를 본 남학생과 여학생들이 포르노가 재현하는 여성성과 남성성을 어떻게 인식하고 있는지 그리고 남녀 모두가 포르노를 통해 성적인 만족을 얻는지 살펴보았다. 그리고 서구의 포르노에 대한 자유주의자들의 주장, 보수주의자들의 주장, 여성주의자들의 주장과 더불어 진정한 여성용 포르노의 가능성이 존재할 수 있을지를 분석했다. 더 나아가 서구 포르노그라피의 찬반론의 문제점을 지적하면서 포르노를 통한 남녀의 성적인 욕망해소에는 차이가 있고 남성들도 포르노의 피해자가 될 수 있음을 제시했다. 그리고 서구와 달리 한국의 남학생들은 포르노를 성교육의 자료로 활용하고 있는 현실을 지적했다.

설문조사결과를 요약해보면, 남학생들은 대학을 들어오기 이전부터 포르노를 보아왔고 다수의 남학생들은 포르노를 통해 성적인 대리만족을 느끼며 모방의 욕구도 갖게 된다. 그렇기 때문에 포르노와 성폭력의 상관관계가 있음을 인정했다. 포르노에 재현된 남성성은 성기의 크기와 힘에 있어서 과장되어 있고 여성성은 혐오감을 주지만 포르노를 계속 보는 이유는 성적인 다양한 기술을 습득할 수 있기 때문이라고 지적했다. 그래서 일부 남학생들은 배우자·친구와 모방하고 싶지만 자신이 포르노배우처럼 행동하지는 않을 것이라고 답변했다. 그리고 인간의 성관계가 동물처럼 비하되어 인간의 지위를 손상시킨 것은 인정하지만 포르노의 긍정적인 면으로 다양한 성적 기술을 배울 수 있다는 것을 지적했고 하드코어 포르노그라피라도 계속해서 포르노를 볼 것임을 언급했다. 부정적인 면으로는 과장이 심하며 성폭력과 같은 일탈을 부추길 수 있다고 언급했다.

반면에 여학생들 대다수는 포르노그라피를 본 적이 없었고, 또한 모방하고픈 욕구, 성 충동, 성적인 만족을 느끼지 못한다고 답변했다. 또한, 포르노그라피를 통해 성교의 다양한 기술을 배우는 것이 아니라 인간의 성행위에 대한 혐오감과 포르노 여배우에 대한 혐오감을 느꼈다고 답변했다. 여학생들은 포르노에는 긍정적인 면이 없기 때문에 그리고 하드코어 포르노그라피는 보지 않을 것이라고 답했다. 포르노의 부정적인 면은 성폭력 등 사회적인 문제를 일으킨다고 지적했다. 포르노에 재현된 여성성·남성성 모두에 대해 여성들은 혐오감을 느꼈다.

분석결과 포르노를 보면서 느끼는 성적인 만족에 성 차이는 존재했으며, 포르노를 보는 남성과 여성의 성적 욕망의 해소에도 차이가 있었다. 따라서 남성의 성적 욕망과 여성의 성적 욕망을 같이 취급하는 현재 사이버공간에서의 포르노그라피 논쟁은 여성의 경험이 반영되어 있지 않다. 따라서 여성의 경험을 반영한 포르노 찬반논쟁이 다시 제기되어야 한다.

또 현실에서 포르노는 여성과 남성 모두에게 잘못된 여성성과 남성성을 전달하고 인간의 성을 왜곡시키고 있었다. 그리고 한국의 가부장제 성문화는 남성들이 포르노를 계속 볼 수밖에 없는 주요동기로 작용하고 있고, 이것이 이후 남성들을 포르노 중독에 빠지는 피해자로 그리고 남성들의 일탈행위를 부추기는 원인으로 작용할 수 있음을 보여주었다. 여성들의 순결을 중요시하는 성의 이중규범은 여성용 포르노가 만들어진다고 해도 여성이 자신의 쾌락을 재현하지도 제공받지도 못하게 하는 이유가 되었다. 따라서 서구의 포르노 찬반논쟁은 포르노를 보는 것이 개인의 성적자기결정권을 확보하는 의미로 확대될 수 있지만 한국에서는 성의 이중규범으로 포르노를 보는 권리는 남성들만의 성적자기결정권 확보로 축소된다.

그렇기 때문에 포르노찬반논쟁에 앞서 포르노를 보는 것이 개인의 볼 권리로 확대되기 위해서는 먼저 남성의 성과 여성의 성을 달리 해석하는 가부장제사회의 성의 이중규범에 대한 해체부터 공식적으로 논의되어야 함을 제안한다.

덧붙여 『성과 사회』에서 한국의 포르노에 대한 규제는 다른 나라에 비해 엄격하지만 성 범죄율은 선진국에 비해 매우 높다고 지적한 이은영[6]의 지적처럼 현행 포르노 관련정책은 반드시 변화되어야 한

---

6) 『性과 사회』, 오생근 · 윤혜준 공편, 나남출판, 1998.

다. 또 방향은 포르노의 허용이냐 아니면 금지인가에 앞서 포르노그
라피의 심사기준을 '성기의 노출여부'가 아니라 포르노가 담고 있는
'성적입장의 표명'을 통해 폭력적 성행위, 잔혹한 성행위, 성을 인간
지배의 도구로 삼는 성행위 등을 규제하는 등 포르노의 내용을 관리
할 필요가 있다. 그리고 남성들이 성교육의 도구로 포르노그라피를
활용하지 않도록 대체 성교육 자료들이 공식적 영역에서 만들어져
야한다.

이러한 작업이 함께 병행될 때에만 포르노그라피 찬·반 논쟁은
남성들의 표현의 자유에 대한 논쟁에서부터 헌법에서 보장된 인간
의 표현의 자유에 대한 논의로 확대될 수 있다.

동아대학교에서 박사학위를 취득했다. 주요논문으로 『정지용과 조지훈 시의 전통지향성연구』, 『자연회귀와 향토의식』, 『윤곤강 시의식의 변모양상』, 『서정주 시에 나타난 안티 페미니즘적 경향』, 『박재삼 시의 설화 수용 양상』 등이 있다. 현재 신라대학교 국문학과교수로 재직하고 있다.

현대시에 나타난
남성의식

양 혜 경

• 약력

현대시에 나타난 남성 의식

1. 머리말

현대문화는 다양한 가속도의 연속이면서 변화하는 시간 속의 문화라고 할 수 있다. 사회 상황의 다양한 전개 속에서 문학이 차지하는 비중 또한 약화되는 경지에 이르고 있다. 이러한 다변화의 디지털 시대 속에서 남성이 지니고 있는 의식은 어떠한 형태로 현대시에 반영되고 있는지를 살펴보고자 한다.

정치·경제·사회의 전 영역에 걸쳐 주도권을 영위해 왔던 남성 문화, 제1세계 문화가 이제는 새로운 변화를 겪을 뿐만 아니라 그로 인해 주변에 밀려나 있던 여성문화, 제3세계의 문화에 대한 관심이 새로운 시각으로 정립되면서 중심부로 향하여 부상하고 있다.

제3세계에 대한 제1세계의 지배와, 여성에 대한 남성의 지배는 그 구조가 동일하다고 한다.

배척과 지배 위에서만 세력을 형성할 수 있었던 남성중심주의나 서구 문화는 여성 문화, 제3세계 문화의 다양성과 다중성에 의해 위협받기 시작했으며, 이러한 새로운 흐름들은 상호 영향을 주고받으며 동시적으로 이루어지고 있다.[1] 이러한 새로운 흐름을 근간으로 하여 페미니스트의 사유체계 또한 남성중심사회를 전복하고 여성사회로 이를 대치하자는 관점에서 벗어나고 있다. 다중성이 인정되는 사회가 그들의 지향점이며 따라서 그들은 부정과 거부를 중시하면서 굳어진 가치체계를 변화시켜 움직임을 주는 데에 주력한다. 이는 푸코의 이론을 근간으로 하고 있다. 푸코 이론의 전개과정을 살펴보면, 기존의 사회 구조가 내세우는 권위에 대해 거부하는 방향을 제시할 뿐 대처 방안을 원치 않으며 부정하는 그 자체를 중시한다.

사회를 지배하는 전반적인 구조는 가부장적 이데올로기가 만든 이항 대립, 즉 능동성/수동성, 문화/자연, 낮/밤, 아버지/어머니, 지성/감성, 로고스/파토스와 같은 이항대립의 이면에는 남성/여성이라는 대립구조가 깊게 깔려 있다.[2]

그러나 본고에서는 여성과 남성이라는 영역의 구분을 통한 고찰이 아니라 상호 보완적인 기능을 수행하고 있다는 관점에 착안하여 남성의 내부에 존재하는, 특히 현대시에 나타난 남성의식은 어떠한 과정으로 변화하고 있는지를 알아보고자 한다. 이러한 고찰을 통해 한국의 현대 남성과 여성들은 모두 '평균적인 남성'의 시각에서 상황을 진단해온 그 동안의 시각을 교정해야 할 필요성이 있다. 다시 말해 상대방의 입장에서 먼저 생각을 해보는 상대주의적 태도와 의사 소통의 기술을 익히도록 해야 한다. 이는 특히 권위와 권력을 가

---

1) 박진임, '이상시의 페미니즘적 연구', (서울대석사논문, 1991), 25면 참조.
2) 이희경, '페미니즘 관점에서 본 노천명 시', (전북대박사논문, 1999), 70면 참조.

진 사람들이 유의해야 할 부분이다.[3] 아울러 현대를 살아가는 인간 모두에게 필요한 관점이다.

지금까지 지속되어져 온 시각은 사회의 많은 부분에서 변화를 필요로 하고 있다. 정치나 사회 문학 전반에 걸쳐 대립적인 구조로서의 고찰이 아니라, 상호보완적인 입장에서의 고찰이 절실히 필요한 시점이다. 여성의 권익을 보호해야 한다는 구호만이 공허하게 들리는 현실이 아니라, 실생활에 반영되어 여성을 존중하는 사회의 전반적인 기반 마련이 필요하다.

근대의 창조성 개념에 따르면 진정한 예술가란 자웅동주의 특성을 가진 사람이다. 즉 남성적인 요소와 여성적 요소를 동시에 가진 예술가는 스스로부터 새로운 세계를 탄생시킬 수 있다.[4] 그러므로 남성의식 속에 내재된 특성을 살펴보고, 이를 통해 여성의 문제를 새롭게 평가하고 접근하는 시점이 현재로서는 필요한 시기이다. 이러한 관점은 여성을 새롭게 평가하는 것이 아닌, 남성 속에 있는 '여성적인 것'의 주체를 밝히고자 하는 의도에서 출발한다. 이를 바탕으로 하여 현대시에 나타나 있는 남성의 의식은 어떠한 형태로 변화하고 있는지를 고찰하고자 한다.

2. 사회적 환경과 인식

사회 여기저기에 복지라는 단어가 만연해 있지만, 한국 사회를 완전한 복지사회라고 보기 힘들며 개별 가족들의 역할이 많은 부분을

---

3) 조혜정, '성찰적 근대성과 페미니즘', 또 하나의 문화, 1998, 155면 참조.
4) 레나린트호프, 이란표역, '페미니즘문학이론', (인간사랑, 1998), 70면 참조.

전담하고 있다. 또한, 가족체계는 회사나 일반 사회와는 상당히 유리된 '사적 공간'이기 때문에 가능한 한 전반적인 사회 변화와 무관한 채 남아있어야 한다는 이데올로기가 지배적이다. 특히 남성의 의식에 자리잡고 있는 여성의 이미지는 변화의 주체로서라기보다는 전해져 내려오는 고전적인 여성의 정체성을 지닌 동시에 슈퍼우먼의 역량을 요구하는 분위기가 현재의 전반적인 흐름이다.

현재에 지속되고 있는 가부장제는 사회·문화적 환경과 여성의 육체적 체험의 차이로 인하여 여성 삶을 기다림으로 양식화된다고 보았다. 가부장제도에서의 가치관은 남성과 여성의 삶을 일과 사랑으로 양분했다. '정치·사회적 영역/공적 세계/일의 세계'로 규정되는 '남성의 세계'로부터 분리된 '가정의 영역/사적 영역/사랑의 영역'에 여성 삶을 자리한다[5]고 보았다. 그러나 사회적 환경이 변화함에 따라 이러한 인식체계 또한 달라지고 잇는 실정이다.

1) 이중적인 성 윤리

인식 체계의 변화 과정에서 두드러진 것 중의 하나가 성에 관한 인식이다. 성의 질서라고 하는 것은 인간이 지닌 상상적인 것에 의해 완전히 지배되고 있다. 라캉에 따르면, 남자와 여자 사이의 사랑 관계에 있어 단지 하나의 주체만이 존재한다고 보았다. 즉, 그러한 주체라고 하는 것은 남성적인 주체이다. 여기에서 여성은 남성의 자아 없는 거울로서 가능한 것이다.[6] 이러한 성에 관한 인식을 근간으로 하여 남성은 이중적인 성 윤리를 소유하고 있다. 즉, 남성은 언제

---

5) 이희경, 앞의 논문, 13면 참조.
6) 레나린트호프, 이란표역, 앞의 책, 99면 참조.

나 주체자적인 입장에 서 있으며 이와는 반대로 여성은 부수적인 존재로서 받아들여지고 있다. 이러한 특성이 현대시에는 어떠한 형태로 드러나 있는지를 보면,

> 그날 밤도 나는 늘 하던 식으로 한 금발머리 계집을 위협하여 센트럴 파크의 어슥한 벤치로 납치했었지. 그녀는 겁을 잔뜩 먹은 채 였었지만 순순히 따라와, 고분고분 나의 말을 들었었어. 그녀와의 강제정사가 끝나고 나서, 무릎까지만 내렸던 나의 바지를 주워 올렸었었지. 그리고 하반신이 벌거벗긴 채로, 벤치에 일어나 앉은 그녀에게 이렇게 말했었었지. 너는 내가 먹은 여자 가운데 가장 못난 애야. 그때 나는 그녀의 심히 일그러지는 표정을 보았었지.

> ―장정일 「미국 고전」에서

위에 인용한 시에 드러나 있듯이 남성은 성행위에 있어 주체적인 입장에 있다. 그와 상반되는 입장의 여성 인물을 살펴보면, 강제정사에도 어쩔 수 없이 순순히 받아들이면서 아무런 반응도 일으키지 않는 인물로 표현되어 있다. '너는 내가 먹은 여자 가운데 가장 못난 애야'라는 시행을 통해 여성의 감정이나 느낌이 중심적인 입장에 놓이는 것이 아니라, 남성의 주체적이고 능동적인 견해만이 나타나 있다. 그러면서도 다른 한편으로 여성의 일그러지는 표정을 보면서 그에 대한 아픔의 감정이 내면에 자리하고 있다.

이 시의 전반적인 구조의 내면에는 현실에 널려 있는 미국 사회에 대한 풍자로도 볼 수 있다. 그러나 이러한 불평등한 사회의 모습을 통해 남녀관계의 불균등을 함께 피력하고자 하였다. 아울러 남녀관계의 불균등이 야기하는 많은 문제들과 마찬가지로 미국이 한국

에 대해 가지고 있는 의식 또한 변화를 촉구하는 의도가 내면에 깔려 있다. 하지만 이러한 의식 구조 또한 성적 이데올로기에 근거한 남성들의 변화를 요구하는 입장을 보여 준다고 할 수 있다. 이는 예전의 한국 남성이 지녔던 가부장적 이데올로기가 강하게 지배되던 모습에서 벗어나 조금은 유연한 입장을 피력한다. 이러한 의식은 남성의 의식에 무게가 실리던 관점에서 벗어나 여성의 문제에 중심을 두는 태도로의 변화이다.

나는 본다. 수돗가에서 발을 씻는 여자를.
그녀 가슴 또한 얼마나 외로움이 사무친 것일까.
나, 실크 커튼이 보기에 그녀는, 저 골방 속에서
한 남자가 나, 실크 커튼을 통하여 비치는 자신의
각선을 훔쳐보며 수음에 열중하고 있는 것을
알고 있는 듯이 보인다. 나, 실크 커튼이 보기에
그녀는 그 남자가 골방 속에서 뛰쳐나와
그녀를 비누 묻은 채 거칠게 수돗가에서 쓰러뜨리기를
원하고 있는 듯이 보인다. 그러니까 그녀는
그의 욕정을 유발시키고 있는 중이고, 강간당하기를
바라는 것이며, 실크 커튼이 보기에
처녀들의 결벽증은 그녀들의 욕망과 비례하는 듯이
보인다.

—장정일 「나, 실크커튼」에서

「나, 실크커튼」에서는 시적 화자가 '실크 커튼'으로 설정되어 있다. '실크'는 여성 이미지를 강하게 지닌 매개체로서 여성이 지닌 부드러움과 유연함을 상징하고 있다. 그럼에도 불구하고 여기에 나타나 있는 실크 커튼의 이미지는 여성과 밀접한 관련이 있을 뿐만 아니라, 안을 들여다 볼 수 있는 자아 성찰의 의미를 동시에 지니고 있다. 즉, 자신의 내면을 드러내 보이는 거울의 기능을 가지고 있으면서, 객관화된 여성의 입장을 설명하기 위한 하나의 환경으로 설정되어 있다. 이러한 실크커튼이라는 매개체를 통해 여성과 남성은 각자의 내면에 존재하는 대립적인 의식의 형태를 보여준다. 강간당하기를 바라는 여성의 적극성이 가미된 내면의식과 단순하게 바라다보기만 하는 소극적인 남성의 태도가 실크커튼을 중간매개체로 하여 적절히 나타나 있다. 이러한 의식구조를 구체적으로 살펴보면,

여성 (적극적인 의식 구조) → 실크커튼(중간매개체) ← 남성(소
극적인 의식구조)

이는 내면에 잠재된 이중적인 의식구조의 표출로 볼 수 있다. 실크커튼이라는 매개체가 여기에서는 거울과 같은 역할을 수행하고 있으며, 이를 통해 남성과 여성의 의식을 동시에 수용할 뿐만 아니라 소극적인 남성의 의식을 직접적으로 표출하고 있다.

「미국고전」과 「나, 실크커튼」에 나타나 있는 남성의 인식은 남성에게 내재된 이중적인 성 윤리를 여실히 피력하고 있다. 남성이 성행위에 있어 주도적인 능력을 갖고 있어야 한다는 특성과 더불어 현대의 남성이 지닌 그러한 욕망들을 억제할 수밖에 없는 사회적인 변화 상황이 동시에 드러나 있다. 남성이 주체적인 입장에 있어야 한다는 의식의 변화는 현대화의 여러 요인으로 인해 이중적인 성격을 표출하고 있다. 이는 사회구조의 변화에 기인한 남성이 지닌 여성에 대한 의식의 변화에 따른 것이다.

2) 가치 체계의 변화

 남성과 여성은 두 개의 서로 다른 세계에서 발전하게 되고, 자손을 출산하기 위한 순간이 아니고서는 결코 만나는 일이 없다. 출산능력의 덕택으로 여성은 가정에서 주인으로 군림하고, 아이들의 교육을 주재하며, 훌륭한 품행을 결정하는 정신적 규율의 굳건한 역할을 담당한다. 그 나머지가 남성의 몫이다. 생산과 창조 그리고 정치의 영역은 남성에게 맡겨진다. 결국 대외적인 영역이 그들의 자연스러운 영역이 된다.[7] 예전에는 이러한 가치 체계가 사회를 이끌어나가는 중심원리로 구축되어 전해졌다. 그리하여 남성은 능동적인 사고와 힘을 자랑한 반면에 여성은 소극적이고 수동적인 자세를 지향하게 되는 가치를 지니게 된다. 그러나 이러한 인식의 구조 또한 현대화의 과정을 겪으면서 많은 변화를 초래했다.

 남성과 여성은 별개의 독립된 개체로서의 인식이 아니라 상호보완적인 역할이 요구될 뿐만 아니라 여성과 남성의 역할이 전도된 형태로도 나타나고 있는 실정이다. 이로 인해 지속되어져 내려오던 가치체계 또한 변화의 과정을 보이고 있다. 일반적으로 생각해왔던 남성과 여성의 가치체계의 영역이 많은 부분에서 변화의 필요성을 절감하고 있는 상황이다.

> 떠돌이 사랑이라고 순정이 없나
> 골라골라 골라골라, 자, 골라잡아

---

7) 엘리자베트 바텡테, 최석역, 'x y 남성의 본질에 대하여', (민맥, 1993), 25면 참
　조.

이내 몸은 스물 아홉 노총각 신세
엉덩이 펑퍼짐한 감자바위 아가씨
청바지만 말고 이내 몸도 사가요
마음만 맞으면 거저도 줘.

       —송기원「골라잡아」에서

격변하는 사회 변화의 흐름 속에서 사랑의 가치 체계 또한 다양성을 보인다. 종래에는 일반적으로 남성이 사랑에 대해 적극적인 태도로 일관해 왔던 반면에 여성은 소극적인 태도를 유지하는 입장이 주류를 이루었다. 그러나「골라잡아」에서는 이러한 인식이 변화되어져서 나타나 있다. 첫째로 인물의 묘사에 있어 여성의 외모를 '엉덩이 펑퍼짐한 감자바위 아가씨'로 표현하고 있다. 일반적으로 바위가 무뚝뚝한 남성을 상징하는 매개체였다면 여기에서는 여성의 모습을 바위에 비유하고 있다. 이는 후반부에 전개될 여성과 남성의 역할 전도를 나타내기 위한 하나의 방편으로 도입되어 있다.

둘째로 사랑에 대한 인식체계 또한 바뀌어져 나타나 있다. 남성은 적극적인 의미를 지니고 있는 반면에 여성은 수동적이면서 기다림의 소극적인 자세로 일관되어져 온 것이 예전의 관점이다. 그러나 여기에서의 남성 화자는 가만히 순응하는 수동적인 태도로 나타나 있는 반면에 여성은 몸과 마음만 맞으면 골라잡아 가질 수 있는 선택권이 부여된 적극적인 인물로 설정되어 있다. 이는 일반적인 가치 체계의 커다란 변화라고 할 수 있다. 남성은 떠나감의 주체적인 입장에서 서 있는 반면에 여성은 소극적인 자세로 기다림의 태도로 일관되어져 있었다. 그러나 여기에서는 남성의 무의식 속에 내재된 의식의 변화가 작품에 구체적으로 드러나 있다.

셋째로 '청바지만 말고 이내 몸도 사가요'에서는 물질을 통한 거래의 관계설정보다 정신적인 교류마저도 어떤 거래의 관계설정을 통해 성립될 수 있다는 근거를 보여주고 있다. 이는 여성의 능동적인 의식의 개념 영역이 확대된 형태를 바탕으로 하여 더욱 변화된 과정으로 나타나 있음을 알 수 있다.

여기에서는 남성과 여성의 사랑에 대한 가치체계가 변화하고 있음을 표출하고 있다. 남성은 능동적으로 사랑을 선택하고 마음대로 떠나 갈 수 있는 존재였던 것이 「골라잡아」에서는 여성의 능동적인 태도에 의해 남성이 선택될 수 있다는 의식을 보여주고 있다. 이러한 특성은 남성의식의 가치체계에 따른 변화의 요인에 기인한다.

아이를 낳지 말아야겠다고 마음먹는 순간
성욕이 끊어졌다
섹스에는 먹히는 자의 공포와 황홀이 있다
나는 신문에서 동반 자살의 기사를 읽을 때마다
한없이 꼴린다
그래서 모든 살인은 아름답다
무엇보다도 스스로
죽음에 무한히 접근해 가는 生은 더 아름답다

—함성호 「죽임」에서

「죽임」이라는 제목을 통해 피동적인 의미가 시의 전반적인 흐름을 주도하고 있음을 암시하고 있다. 이는 전체적인 내용의 흐름과 경향이 피동적이고 소극적인 자세로 일관되어짐을 뒷받침할 뿐만 아니라 시적 화자의 시각 또한 전도된 모습으로 나타나 있다.

자세히 살펴보면, '섹스에는 먹히는 자의 공포와 황홀이 있다'라고 말함으로써 섹스가 지닌 공포와 황홀의 이중성이 드러나 있다. 남성의 능동적인 시각에서 본다면 섹스에는 황홀의 분량이 많은 영역을 차지하고 있음과 동시에 먹히는 자의 공포가 함께 수반됨으로써 인해 표현의 다양성이 나타나 있다. 아울러 섹스 과정에 있어서의 남성의 역할 또한 무력해져 가고 있음을 동시에 표출하고 있다. 일반적인 관념의 체계로 살펴본다면, 남성은 섹스의 과정을 통해 폭력적이면서도 지배적인 입장을 피력하고 이를 통해 황홀감의 영역으로 변화한다고 볼 수 있다. 그러나 여기에서는 공포와 황홀의 분량이 함께 존재함으로 인해 이율배반적인 가치체계가 드러나 있다.

'그래서 모든 살인은 아름답다 무엇보다도 스스로 죽음에 무한히 접근해 가는 生은 더 아름답다' 에서도 살인에 대한 일반화된 가치체계가 변화하고 있다. 일반적인 상식으로 이해하면 살인은 죄악이다. 그러나 여기에서는 살인을 아름답다고 보는 동시에 살인을 통해 죽음에 무한히 접근할 수 있다는 견해를 피력하고 있다. 살인이라고 하면 타인에 의한 죽음의 실체에 대한 접근과정이지만, 위에 인용한 시에서는 살인이라는 매개체를 통해 죽음이라는 가치체계에 접근할 수 있는 기회가 부여된다는 의미에 더 많은 비중을 두고 있다. 이 또한 사회에서 일반적으로 여겨왔던 가치체계와는 다른 의식의 변화라 할 수 있다.

> 우리들은 첫 눈에 반하기를, 너무 잘 하는 세대. 남자들은 길거리에서 아무 여자나 잡아 강간을 하고 여자들은 잘난 사내를 애태우며, 그 완강한 근육 속으로 천천히 잡혀들기를 원한다. 그리하여 우리들은 혼음으로 젊음을 다 떠보낸다.

> —장정일 「약속 없는 세대」에서

현대에 처해 있는 세대를 장정일은 약속 없는 세대라고 규정하고 있다. 여기에서 말하는 약속에는 우리가 생각하는 사전적 의미의 약속이 아니라, 가치가 혼재된 현재의 젊은 세대의 남성과 여성을 지칭한다고 본다. 약속이라고 하는 것은 일차적인 의미에서 인간과 인간 사이에서 행해지는 것이다. 하지만 위에 인용한 시에서는 남성과 여성의 가치 체계가 부재한 혹은 전도된 상황을 나타낸다. 깊이를 동반한 인간의 실체를 보는 것이 아니라 겉으로 드러나 있는 순간적인 모습에 반하는 인식의 깊이가 결여된 세대들일 뿐만 아니라, 남성은 여성을 사랑한다는 의미로서가 아니라 단순한 욕구의 충동으로 강간한다.

이와 대립되는 입장에서의 여성은 남성을 애태우는 동시에 그들의 육체 속으로 끌려들기를 원하는 이중성을 지닌다. 남성을 애태우는 의식은 여성의 자각적인 정신 영역의 발로에 기인한다고 볼 수 있는 반면에 남성에게 끌려들기를 바라는 태도는 소극적인 정신 영역의 표현으로 볼 수 있다. 여기에서는 현대의 변화된 상황에서 능동적이지도 수동적이지도 못한 이중적인 여성의 심리가 표현되어 있다.

「약속 없는 세대」에서는 가치관이 상실된 현대의 젊은이들의 의식을 보여주고 있다. 남성과 여성의 차별화된 영역의 표상을 통해 모두에게서 사라진 가치체계와 역할의 전도 그리고 그것이 초래한 세대의 변화된 모습을 통해 대등한 입장으로서의 여성과 남성의식의 변화를 촉구하고자 하는 것으로 보인다. 어느 한쪽의 편중된 시각이 아니라 청춘 남녀의 전도된 의식을 통해 바뀌어진 가치 체계의 단점과 그러한 단점을 함께 극복해나가야 하는 현 세대의 문제점을 함께 표출하였다. 이는 남성과 여성의 역할과 가치체계의 구분이 아니라, 동시적인 관점에서 수용하고 받아들이면서 상호보완적인 입장으로의 적극적인 문제점 모색이 필요하다는 시각이다.

3. 변화된 남성 이미지

1) 여성화된 남성

현대에 접어들면서 옛날부터 내려오던 '남자다운 남자'는 일부 여성으로부터 경시되기 시작했다. 그로 인해 1980년대 이후 여성의 시각에 매료되어 결국 여성의 관심을 끌고 싶다는 요인에 의해 남성들의 중성적인 패턴이 등장하기 시작한다. 이러한 중성적인 패턴의 등장은 2000년대에 들어서면서 더욱더 가속화되고 있는 실정이다. 남성의 여성화뿐만이 아니라 여성의 남성화 경향 또한 하나의 주류를 형성하고 있다. 일례로 여성들이 군복을 패션으로 도입하는가 하면 남성이 귀걸이를 착용하는 경우를 종종 볼 수 있다. 이러한 겉으로 표출된 중성적인 특성이 의식의 한 흐름으로 도입되면서 유연한 남성 즉 부드러운 남성 이미지가 TV광고에서도 강조되고 있는 실정이다. 이러한 시대적인 흐름이 시에도 반영되어 부드러운 혹은 여성화된 남성의 모습으로 나타나고 있다.

> 그러나, 소파!
> '소파'하면 나는 '비누' 생각이 났다가도 쓸데없이
> '부드러움'이라는 형용사가 떠오르다가 '거품-의자'가 보인다.

의자같이 생긴, 젖통이 무지무지하게 큰 舊石器時代의
이 多産性 여인상은 사실은 비닐로 된 가짜 가죽을 뒤집어쓰고
있는데
"오우 소파, 나의 어머니!" 나는 속으로 이렇게
영어식으로 말하면서, 그리고 양놈들이 하듯 어깨를 으슥해 보
이면서
소파에 앉았던 거디었다.

—황지우 「살찐 소파에 대한 日記」에서

　무생물인 소파를 황지우는 多産性의 속성을 지닌 여인상에 비유하고 있다. 소파가 상징하는 부드러움은 여성이 지닌 대표적인 속성 가운데 하나이지만, 그러한 여성의 속성에 포함되고자 하는 남성의 여성화된 의식이 여기에서는 여실히 드러나 있다. 소파의 모습이 다산성을 상징하는 여인상인 동시에 그러한 다산성을 소유한 여성의 품으로 돌아가고자 하는 남성의 의식은 어머니 품처럼 포근한 고향으로 돌아가고자 하는 귀소본능을 내포하고 있다. 그러한 소파의 품에 안기고자 하는 시적 화자는 여성의 상징인 부드러움뿐만이 아니라, 여성에게 포함되고자 하는 수동적인 의미를 지니고 있다.
　일반적으로 남성의 역할은 강인하고 튼튼함을 나타내는 강건함이 사회의 지배적인 중심 원리로 이해되어져 왔던 것이, 여기에서는 여성에게 안겨 함께 동화되어짐으로 인해 부드러운 남성으로의 역할의 변화를 드러내 보여준다. 이는 강인하고 튼튼한 힘을 상징하는 남성이 예전에 내려오던 일반적인 남성의 이미지였다면, 현대에 접어들면서 가속화되고 있는 여성의 변화와 함께 동화된 부드러움과 포근함을 구비한 중성적인 남성의식의 변화된 모습으로 볼 수 있다.

나는 내가 여성과 남성의 생식기를 동시에 갖고
있을지도 모른다는 희망을
은밀히 상상한 적이 있다
꿈 없는 깊은 잠 속에서의 나는 쾌락자이고
태양이 나의 빛나는 눈이었을 때
나는 모든 여성의 아들이다
모든 여성이 나를 설레게 한다

—함성호 「REBIS」에서

여기에서의 시적 화자는 남성이다. 그럼에도 불구하고, 시적 화자는 여성과 남성의 생식기를 동시에 갖고 있을지도 모른다는 상상을 한다. 남성의 생식기와 여성의 생식기는 각자의 역할을 지니고서 존재한다는 것이 일반적인 도덕에 근거한 인식이다. 그러나 「REBIS」에서는 전통적으로 내려오던 고정 관념에서 벗어나 동시에 두 개의 생식기가 지닌 특성을 동시에 갖기를 희망하는 동경의 의식을 볼 수 있다. 또 다른 한편으로 본다면 여성화된 남성의 이미지를 갈망하는 의도가 내재되어 있다고 할 수 있다. 이는 남성의 내면 의식에 잠재된 여성화의 경향이 여실히 표출된 상황이다.

아울러 시적 화자인 남성은 여성의 아들인 동시에 모든 여성이 나를 설레게 하는 존재이다. 여기에서는 여성에게 종속된 아들의 상황과 더불어 설레게 하는 정신의 영역은 여성의 속성을 내포하고 있다. 이는 여성의 의식 세계를 대변해 주었던 설레임이 남성의 영역으로 변화되고 있음을 보여준다고 할 수 있다. 현대에 들어서면서 여성이 지닌 많은 속성이 남성화되고 남성 또한 여성화된 속성을 함께 공유하는 사회 환경의 변화를 볼 수 있다. 「REBIS」를 함성호는 하나가 된 둘일 뿐만 아니라 모든 것은 하나에, 하나는 모든 것에 있다고 보았다. 즉 이는 인간이라는 하나의 존재에서 여성과 남성의 영역이 생겨났을 뿐만 아니라, 결국에는 하나로 합쳐진다고 보는 관점이다. 독립적이고 강건한 남성의 역할보다는 여성과 함께 존재하는 예전에 비해 훨씬 여성화된 남성의 이미지를 나타낸다고 할 수 있다. 이러한 현상은 현대시에서만 국한되는 것이 아니라, 사회 전반적인 분야에 걸쳐 나타나고 있다. 이는 문학이라고 하는 영역이 사회 현상의 변화와 무관하지 않음을 여실히 반영해 주는 대목이라 할 수 있다.

2) 무력한 아버지

급속한 사회의 변모 과정 속에서 오늘날 아버지를 비롯한 남자들이 당황하기 시작했다. 그 이유는 남자들이 지녔던 가치체계에 있어 '남자가 돈을 벌어 오는 사람이고 여자는 집을 지킨다'라고 하는 당연함이 붕괴되기 시작한 사회 현상과 무관하지 않음을 알 수 있기 때문이다. 그에 따라 가족의 형태도 크게 변화하고 있다. 이로 인해 지금까지 존재하고 있는 가족기능의 변용에 의한 남자의 생활방식, 특히 아버지로서의 생활 방식이 새삼스레 문제시되는 것이다.[8]

21세기에 접어들면서 가정에서의 아버지의 임무는 점점 더 줄어들고, 오히려 아버지는 마치 어머니가 딸이건 아들이건 자식들을 키우는 데 필요한 모든 자격을 천부적으로 부여받기나 한 것처럼 행동한다.[9] 그로 인해 아버지의 능력 상당 부분이 점차 감소되는 사회

---

8) 이토키미오, 정채기역, '남성학 입문', (교육과학사, 1997), 295면 참조.
9) 엘리자베트바텡테, 최석역, 앞의 책, 144면 참조.

환경이 발생하고 있다. 이러한 현상이 발생한 배경에는 사회적인 상황도 하나의 요인으로 작용한다. 이와 더불어 거기에 적응해 나가고자 하는 남성의식이 지닌 중압감 또한 하나의 요인으로 작용하고 있다. 이러한 여러 가지 요인으로 인해 남성이 지닌 영역은 축소되고 이로 인해 아버지의 부재라는 문제가 발생함과 동시에 무력한 남성의 모습이 나타나기 시작한다.

아버지의 부재는 내적 구조의 결여로 특징 지워지는 부정적인 부성콤플렉스를 낳게 된다. 아울러 무기력한 남성은 혼란스러운 사고를 지니게 된다. 또한 목표를 세우거나 선택을 하거나 자신에게 무엇이 좋은지를 깨닫거나 자신의 고유한 욕구들을 판단하는 데 있어서 대단한 어려움을 겪는다. 그 속에서 모든 것은 서로 뒤섞인다. 즉 사랑은 이성과, 성욕은 단순한 애정의 욕구와 뒤섞이게 된다.[10] 이러한 여러 가지 사회 상황과 요인들로 인해 아버지는 현대에 접어들면서 무기력하고 나약한 이미지로 등장하고 있다.

> 오늘 저녁에도 어머니는 잊지 않고 햄버거를 사 오실까
> 그는 어머니가 계시는 아케이드로 전화를 한다
> …엄마……나야……많이 팔았어?………집에 들어
> 올 때
> 햄버거 사 와……그래 집엔 아무 일 없어……
> 전화세가 나왔어……기본요금이야……그는
> 발밑으로 기어들어오는 집게벌레를 신문으로 덮어
> 눌러 죽인 다음 쓰레기통에 넣는다
>
> —장정일 「햄버거 먹는 남자」에서

---

10) 엘리자베트 바텡테, 최석역, 앞의 책, 145면 참조.

위에 인용한 시에서는 정확한 아버지의 모습은 나타나 있지 않다. 그러나 전도된 역할을 상징하는 남성의 이미지가 나타나 있다. 이러한 표현의 기저에는 여성과 남성의 전도된 역할을 보여주고자 하는 의도가 포함되어져 있다. 일반적으로 남성은 사회에 나가 돈을 벌고 경제적인 측면을 담당한다고 볼 수 있는데, 여기에서는 여성과의 역할이 전도된 현상으로 일어나고 있다. 시적 화자는 남성이면서 어머니에게 햄버거를 사 오라고 부탁하는 무능력한 남성의 모습이다. 이러한 무능력한 남성의 모습이 아버지의 부재로 인한 여성에게 전도된 남성의 역할 변화라고 볼 수 있다. 그리고 그러한 모습을 통해 사회 현상에 가속화되고 있는 남성의 무력한 의식 문제를 지적하고자 하였다. 이러한 역할의 변화는 남성의 무기력을 가속화하는 하나의 촉매제로서 역할을 한다.

이러한 의식의 전개 과정을 나타내 보여주는 대표적인 상징물로서 햄버거를 들 수 있다. 햄버거는 서양의 대표적인 음식으로서 모든 것이 한꺼번에 합쳐져서 만들어진 음식이다. 한국에 존재하는 고유한 사상이나 윤리 도덕 그 이외의 많은 것이 혼재된 사회 현상과 무관하지 않을 뿐만 아니라, 그러한 역할의 혼재된 현상을 햄버거는 압축적으로 나타내 보이고 있다. 그러한 햄버거를 먹는 남성의 시각은 어떠한 현실적인 대처 방안을 통해 현재의 상황을 변화하고자 하는 의도가 아니라, 혼재된 현상을 먹어치우고자 하는 의식만이 나타나 있다. 무력한 남성의 영역을 해결하여 새로운 방안을 모색하고자 하는 의도가 아니라, 무기력하게 대처하는 태도로 보여진다.

방이 두 개면
아버지와 아들은 각자의

방문을 굳게 잠그고
서로 오래 만나지 못하고
서로 오래 대화하지 못하고
각자의 이부자리에 누워
담배를 피우거나
담배를 끄고

─장정일 「방」에서

　아버지와 아들이라는 남성의 영역 구분을 통해 대립적인 이미지를 제시하고 있다. 아버지와 아들의 관계라고 하면 과거에는 가부장적 이데올로기가 지배하는 수직적인 의미를 지닌 가족의 구조로서 성립된다. 이러한 수직적인 관계 설정이 과거의 한국 사회의 일반적인 가족 체계였던 반면에 여기에서는 그러한 모습이 수평적인 구조로 나타나 있다. 이러한 문제가 발생하게 된 요인으로는 산업화로 인한 가족 구조의 변화와 붕괴가 하나의 큰 요인으로 작용하고 있다. 또한 이를 통해 가족 사이에서 발생하는 단절된 소외감을 피력하고 있다. 산업화된 현상이 가족 체계의 붕괴를 가속화하면서 아버지와 아들이라는 남성 영역조차도 단절되어져 버린 현상이 일어나고 있는 것이다.

　또한 단절감을 가속화하는 요인의 하나로서 방이라는 공간이 등장한다. 방이라는 폐쇄된 공간의 설정을 통해 두 인물은 각자의 자리에서 더 나아가지 못하는 무능력한 모습을 보인다. 서로에게 있어 애정을 지니고서 존재하는 가족 관계가 아니라, 담담한 개인적인 관계 속에서 나아가고 있다. 방문을 굳게 잠그므로 인해 폐쇄된 공간의 설정을 가속화시키면서 거기에서 발생하는 단절감과 소외감의 폭을 증폭시키고 있다. 여기에 나타나 있는 아버지의 모습은 동질적인 성을 지닌 아들에게조차도 소외된 인물로서 드러나 있다. 현대화라는 하나의 틀 속에서 인간이 얼마나 많은 단절과 소외감을 느껴야 하는지를 여실히 보여준다고 할 수 있다.

사회의 변화가 다양하게 전개되면서 많은 변화의 요인이 등장하고 있다. 다양한 변화 속에서도 가족 구조의 변화는 사회 여러 방면에 걸쳐 많은 문제점을 드러내고 있다는 견해가 일반적인 주류를 이루고 있다. 아들은 아버지의 모습과 행동을 지침으로 삼아 많은 것을 배우고 익힌다. 남성의 의식이 남성다워지기 위해서는 강인한 남성의 모습을 통해 무의식적으로 배우고 이를 전수하고 익힌다고 보는 것이 남성학을 전공하는 학자들의 일반적인 견해이다. 그러기 위해서는 가부장적인 모습의 아버지가 아니라, 친구와 같은 따스함과 동시에 강인함을 지닌 굳건한 아버지의 모습이 새삼 시급하게 요청되는 것이 현실적인 사안이다. 아버지가 아버지로서의 의무와 책임을 다하면서 존재할 때 올바른 사회의 가치체계가 정립된다고 본다.

4. 텍스트에 나타난 남성성

1) 입문의식 구조

오늘날 스포츠의 선호도가 사내아이들의 교육에 더 이상 예전의 그와 똑 같은 영향력을 행사하지는 못하지만, 그럼에도 불구하고 그것은 여전히 영향력을 발휘하고 남성성이나 성공의 대명사처럼 사용된다. 보드로와 에스타블레는 스포츠를 현대 경쟁문화의 한 구성 인자라고 확신한다. 스포츠는 사회 각층의 남성들을 결합시키는 반면에 여성들은 스포츠가 경쟁의 차원을 벗어날 때만 그것을 즐긴다. 이로 인해 그들은 시합보다는 훈련을 더 좋아한다.

격렬한 스포츠에 의한 오늘날의 이 입문과정의 시련은, 그런 시련의 훈련에 의해서 생기는 남성성은 시대에 뒤떨어진 케케묵은 가부장 제도의 모델일 뿐이라고 생각하는 사람들에 의해 반박된다. 하지만 오늘날 많은 남성들은 남성적 시련이 자신들의 정체성을 견고히 해주었던 예전의 입문의식에 대한 향수를 토로한다.[11]

예전에 지녔던 남성의 이러한 입문의식 구조는 스포츠의 형태가 아닌 다른 경우로도 나타나고 있다. 현대시에 나타나 있는 입문의식 구조는 정형화된 하나의 틀로서 제시되는 것이 아니다. 입문의식을 추구하는 강도는 예전에 비해 많이 약화되었지만, 그래도 여전히 나름대로의 변형화된 형태를 통해 지속적으로 유지되고 있다. 형식이나 추구하는 양식의 변화는 발생했지만, 그것에 대한 지속적인 보존의 욕구는 통용되고 있는 실정이다.

> 뜨거운 숯불에 다 태워진 찻물처럼
> 황금으로 태어나는 돌의 불 속으로
> 나중 몰락의 길을 노정한 한 사내가 들어왔지요
> 독 없는 뱀이라구요?
> 나는 불의 구덩이였대요
> 여성인 것 속에 숨은 파괴
> 때로는 불의 모습으로
> 때로는 꽃의 모습으로

---

11) 엘리자베트 바텡테, 최석역, 앞의 책, 155면 참조.

불은 왜 꽃의 모습을 하고 있을까요?

불 속으로 뛰어드는 남성의 모습은 청년에서 어른으로의 입문의 식과정으로 볼 수 있다. 특히 여성과의 결합을 통한 입문의식은 지속적으로 현대에 이어져 내려오고 있는 경향 중의 하나이다. 예전에 남성들이 지녔던 강렬한 힘의 과시나 욕망은 아니지만, 다양하게 변형된 모습으로 나타나고 있다.

「처용 아내가 부르는 황금빛의 노래」에서는 직접적인 성관계가 나타나 있지는 않다. 그러나 의미 층위의 구조에서 자세히 살펴보면, 여러 가지 정황을 통해 남성과 여성의 결합이 나타나 있다. 프로이드는 꽃이나 화초가 여성 성기, 특히 처녀성을 상징하는 것으로 해석한다. 그 반면에 불은 남성을 상징한다고 볼 수 있다. 이러한 상징적인 의미를 지닌 꽃과 불의 결합은 남성과 여성의 성적인 결합을 의미한다. 그러한 합침의 과정을 통해 하나의 객체를 표상함과 동시에 성인으로서의 입문과정에 진입하고자 하는 의식을 보여준다.

그러나 불이 상징하는 강력한 남성의 이미지가 일관되게 나타나 있는 것이 아니다. '불은 왜 꽃의 모습을 하고 있을까요'라는 시행에서 남성의 강력한 힘의 이미지인 불의 모습을 통해 그 속에 나타나 있는 여성의 이미지를 함께 볼 수 있다. 여성과 남성의 결합관계에서 능동적인 역할을 유지해 왔던 남성의 모습이 아니라, 여성의 유연한 모습과 함께 합쳐진 유연성을 나타내고 있다. 이는 그 이전에 있어왔던 입문의식에 있어서의 강력한 남성성의 피력이 저하될 뿐만 아니라 유연한 의미를 지닌 남성성이 나타나 있다.

지나간 어린 시절에
한번씩은 장난삼아 뱀을 잡아 죽일 때에도
무서워 진저리치던 내가 그렇게 잔인하게
하나의 생명을 살해한 걸 보면
꼭 뱀을 죽여야만 성년이 된다는 강박 비슷한 것이
너, 나 할 것 없는 모든 남자의 뇌집을
무겁게 짓누르고 있는지도 모를 일

—장정일 「처음 뱀을 죽이다」에서

유연함을 소유한 남성의식의 기저에는 오랜 세월을 통해 지속적으로 전해져 내려오는 입문의식이 유지되고 있다. 「처음 뱀을 죽이다」에서도 이러한 의식의 한 단면을 볼 수 있다. 여기에 나타나 있는 뱀을 죽이는 행위의 기저에는 복합적인 의미가 수반되어 있다. 뱀은 일반적으로 대지에 밀착된 동물로서 여성을 상징함과 동시에 악을 상징하는 의미를 함께 지니고 있다.

뱀을 죽이는 행위를 통해 어린이에서 성년으로 진입하는 입문의식의 과정을 보여준다. 이러한 입문의식의 과정을 통해 첫째는 악을 물리칠 수 있다는 정신적인 담력을 나타낸다고 볼 수 있다. 그러한 담력의 표면화를 통해 남성이 지닌 속성 중의 하나인 강건함이 가시화된다. 둘째로는 여성과의 성적인 결합의 과정을 보여준다. 뱀은 일반적으로 여성을 상징한다. 뱀을 죽인다는 행위의 기저에는 여성을 짓누르고자 하는 의도가 결합되어 있을 뿐만 아니라, 성의 결합 과정에 있어서의 남성의 능동성을 과시하고자 하는 의도가 내면에 자리하고 있다. 그러나 텍스트의 후반부에서 '너, 나 할 것 없는 모든 남자의 뇌집을 무겁게 짓누르고 있는지도 모를 일'이라고 표현함으로 인해 어떤 명확한 판단에 도달하지 않는다. 남성의 내부에 존재하는 정신 세계의 변화가 텍스트 상에 나타나 있는 증거로 볼 수 있다. 이는 남성의 의식 또한 현대화의 급속한 변화에 직면하여 남성적인 강렬한 힘의 원천을 자랑하는 것이 아니라, 중성적인 의미로의 전환이 일어나고 있는 상황을 보여주는 단적인 예라 할 수 있다. 현대에 접어들면서 남성의 의식에 존재하는 입문의식의 구조가 많이 약화되었을 뿐만 아니라, 힘의 상징으로서의 남성의 강인한 모습은 변화하고 있다.

2) 정서 표현의 억제

전통적인 한국 사회에 있어서의 남성은 무조건적인 강인함을 요구한다. 이러한 사회의 전반적인 분위기로 인해 남성은 어떠한 상황에 직면하더라도 울어서는 안 되는 불문율 아닌 불문율이 지속되고 있다. 어릴 적의 교육 환경 또한 이를 철저하게 보존하는 방향으로 유지되어 왔었다. 이는 은밀한 의미에 있어 정서 표현을 억제하는 커다란 요인 중의 하나로 볼 수 있다. 여성과 남성은 동등하게 느끼고 말할 기회가 주어져 있을 뿐만 아니라, 정서의 적절한 표현을 통해 의식의 변화 또한 초래할 수 있다고 본다. 그럼에도 불구하고 무조건적인 억제기저를 통한 남성의 강인함을 과시하는 사회의 현상 또한 이제는 변화를 수용해야 할 시점에 있다. 또한 이러한 현상이 문학 텍스트에도 종종 나타나고 있다.

문학 텍스트의 무의식적 의미 층위는 특정한 역동적 구조 및 구조화를 형성한다고 라캉은 보았다. 즉, 이것은 서술자 자신의 동일성과 세계를 구조화시키는 것을 목표로 삼고 있는, '상징적 질서'의 토

대 위에서 이루어지는 욕망의 운동인 것이다.[12] 이러한 문학 텍스트
의 표면적인 변화가 남성들의 무의식 층위의 구조에도 많은 영향을
미치고 있다.

        여자에게 버림받고
        살얼음 낀 선운사 도랑물을
        맨발로 건너며
        이 악물고
        그까짓 사랑 때문에
        그까짓 여자 때문에
        다시는 울지 말자
        다시는 울지 말자
        눈물을 감추다가
        동백꽃 붉게 터지는
        선운사 뒤안에 가서
        엉엉 울었다.

—김용택 「선운사 동백꽃」 전문

　　남성의 직접적인 감정 표현을 동반한 우는 모습을 사람들 앞에
서 보이지 말아야 한다는 고정된 관념이 사회의 지배적인 상황이
었다. 그러한 연유로 인해 한국은 남성들은 우는 모습보다는 웃는
모습을 더욱 확대해 보이려고 한다. 이는 전통적으로 전해져 내려
오는 가치체계가 여전히 지속되어져 오고 있음을 보여주는 단적인
예로 볼 수 있다. 이러한 인식 구조의 근거에는 한국 사회에 팽배
해 있는 남성의식에 기인한다. 남성은 언제나 강인함을 나타내는
인물인 동시에 힘을 상징하는 요인으로 작용하고 있다. 이 같은 사

---

12) 레나린트호프, 이란표역, 앞의 책, 163면 참조.

유체계를 근간으로 하여 남성은 언제나 강한 이미지만을 제시한다.

그러나 「선운사 동백꽃」에서는 남성의 강인한 이미지보다는 이별에 의해 울 수 있는 남성의 모습을 보여준다. 일반적으로 남성의 역할은 여성과의 헤어짐에 있어서도 능동적인 위치에서 선택을 할 수 있는 입장에 있는 것이 일반적인 관점이다. 이에 비해 여기에서는 여성에게 버림받은 인물은 남성이다. 그 까짓 여자 때문에 울지 말아야 된다고 보았지만 나중에는 울게 되는 남성의 약한 모습이 드러나 있다. 좀더 적극성이 가미된 감정의 표현으로 발전하지 못하고, 뒤안에 가서 우는 모습은 변화되고 있는 남성의식의 한 단점으로 볼 수 있다.

현대화되면서 남성이 지닌 의식 또한 다양한 변화 과정을 겪고 있다. 그러나 여전히 지속된다고 볼 수 있는 것은 여성과 남성에게서 오는 차이점에 기인한 차별화된 의식의 구조이다. 지구의 반을 구성하는 여성과 남성은 상호 대립적인 과정으로서가 아니라, 상호 지속적인 보완의 기능과 역할을 담당하므로 인해 더욱 발전해 나갈 수 있다. 남성이 지닌 의식의 구조가 과거와는 달리 변화하고 있는 실정이지만, 좀 더 체계적이면서 구체적인 관점에서 여성을 인식하는 측면으로의 올바른 발전을 기대함과 더불어 문학 텍스트에도 그러한 의식이 반영되어 나타나야 한다.

5. 맺음말

사회적 환경과 인식에 나타나 있는 남성의 인식은 남성에게 내재된 이중적인 성 윤리를 여실히 피력하고 있다. 남성이 성행위에 있어 주도적인 능력을 갖고 있어야 한다는 특성과 더불어 현대의 남성이 지닌 그러한 욕망들을 억제할 수밖에 없는 사회적인 변화 상황이 동시에 드러나 있다. 남성이 주체적인 입장에 있어야 한다는 의식의 변화는 현대화의 여러 요인으로 인해 이중적인 성격을 표출하고 있다. 이는 사회구조의 변화에 기인한 남성이 지닌 여성에 대한 의식의 변화에 따른 것이다.

또한 가치관이 상실된 현대의 남성과 여성의 차별화된 영역의 표상을 통해 모두에게서 사라진 가치체계와 역할의 전도 그리고 그것이 초래한 세대의 변화된 모습을 통해 대등한 입장으로서의 여성과 남성의식의 변화를 촉구하고 있다. 어느 한쪽으로의 남성과 여성의 역할과 가치체계의 구분이 아니라, 동시적인 관점에서 수용하고 받아들이면서 상호보완적인 입장으로의 적극적인 수용이 현 시점에서는 필요하다.

남성의 정신 영역은 여성의 속성을 내포하고 있다. 이는 여성의 의식 세계를 대변해 주었던 특성들이 남성의 영역으로 변화되고 있음을 보여준다고 할 수 있다. 현대에 들어서면서 여성이 지닌 많은 속성이 남성화되고 남성 또한 여성화된 속성을 함께 공유하는 사회환경의 변화를 볼 수 있다. 이는 인간이라는 하나의 존재에서 여성과 남성의 영역이 생겨났을 뿐만 아니라, 결국에는 하나로 합쳐진다고 보고 있다. 독립적이고 강건한 남성의 역할보다는 여성과 함께 존재하는 예전에 비해 훨씬 여성화된 남성의 이미지를 나타낸다고 할 수 있다. 이러한 현상은 현대시에서만 국한되는 것이 아니라, 사회 전반적인 분야에 걸쳐 나타나고 있다.

사회의 변화가 다양하게 전개되면서 많은 변화의 요인이 등장하고 있다. 다양한 변화 속에서도 가족 구조의 변화는 사회 여러 방면에 걸쳐 많은 문제점을 드러내고 있다. 남성의 의식이 남성다워지기 위해서는 강인한 남성의 모습을 통해 무의식적으로 배우고 이를 전수하고 익혀야 한다. 그러기 위해서는 가부장적인 모습의 아버지가 아니라, 친구와 같은 따스함과 동시에 강인함을 지닌 아버지의 모습이 새삼 시급하게 요청된다.

남성의 내부에 존재하는 정신 세계의 변화가 텍스트 상에서는 남성적인 강렬한 힘의 원천을 자랑하는 것이 아니라, 중성적인 의미로의 전환이 일어나고 있다. 현대에 접어들면서 남성의 의식에 존재하는 입문의식의 구조가 많이 약화되었을 뿐만 아니라 힘의 상징으로서의 남성의 강인한 모습은 변화하고 있다.

전통적인 한국 사회에 있어서의 남성은 무조건적인 강인함을 요구받는다. 이러한 사회의 전반적인 분위기로 인해 남성은 정서의 직접적인 표현을 억제한다. 어릴 적의 교육 환경 또한 이를 철저하게 보존하는 방향으로 유지되어 왔었다. 이는 은밀한 의미에 있어 정서 표현을 억제하는 커다란 요인 중의 하나로 볼 수 있다. 여성과 남성은 동등하게 느끼고 말할 기회가 주어져 있을 뿐만 아니라, 정서의 적절한 표현을 통해 의식의 변화 또한 초래할 수 있다고 본다. 그럼에도 불구하고 무조건적인 억제기제를 통한 남성의 강인함을 과시하는 사회의 현상이 이제는 변화를 수용해야 할 시점에 있다.

현대화되면서 남성이 지닌 의식 또한 다양한 변화 과정을 겪고 있다. 그러나 여전히 지속된다고 볼 수 있는 것은 여성과 남성에게서 오는 차이점에 기인한 차별화된 의식의 구조이다. 그러나 남성과 여성은 상호 대립적인 과정으로서가 아니라 상호 지속적인 보완의 기능과 역할을 담당함으로써 더욱 발전해 나갈 수 있다.

참고문헌

김용택, '그 여자네 집', 창작과 비평사, 1998.

박진임, '이상시의 페미니즘적 연구', 서울대석사논문, 1991.

송기원, '마음속 붉은 꽃잎', 창작과 비평사, 1996.

이희경, '페미니즘 관점에서 본 노천명 시', 전북대박사논문, 1999.

장정일, '길안에서의 택시잡기', 민음사, 1996.

조혜정, '성찰적 근대성과 페미니즘', 또 하나의 문화, 1998.

함성호, '성타즈마할', 문학과 지성사, 1998.

황지우, '어느 날 나는 흐린 주점에 앉아 있을 거다', 문학과 지성사, 1998.

레나린트호프, 이란표역, '페미니즘문학이론', 인간사랑, 1998.

엘리자베트 바텡테, 최석역, '남성의 본질에 대하여', 민맥, 1993.

이토키미오, 정채기역, '남성학 입문', 교육과학사, 1997.

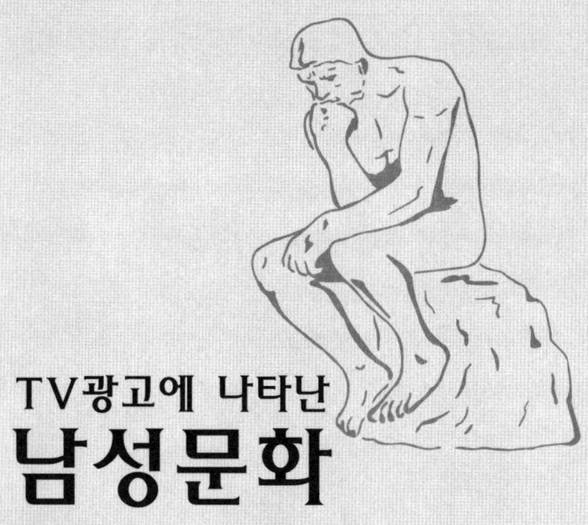

TV광고에 나타난
남성문화

김 무 숙

• 약력

동아대학교에서 문학박사학위를 받았다. 주요논문에는 『이광수의 『원효대사』연구』, 『한국불교소설의 『화엄경』수용 양상연구』, 등이 있다. 현재 부경대학교에 출강하고 있다.

TV광고에 나타난 남성문화

　　현대 산업사회를 형성하고 발전시키는 데 있어 광고는 중요한 기능을 수행하는 사회 제도중의 하나이다. 긍정적인 의미로서 광고를 일컬어 '자본주의의 꽃', '대중문화의 마지막 형식', '숨은 신화'라고 일컫기도 하는 반면에 '인가받은 포르노' 라는 혹평을 하기도 한다. 이와 같이 광고에 따라 붙는 수식어는 현대 산업 사회에 있어서 광고의 위상을 단적으로 드러내는 표현들이다.

　　이처럼 광고는 하나의 사회제도인 동시에 영향력이 큰 문화양식이라고 할 수 있다. 그러므로 본고에서는 TV광고[1]에 나타난 남성문

---

[1] 텔레비전은 시각과 청각에다 동화상을 수용자에게 제공하는 완벽한 매체로 20세기에 각광받고 있다. TV광고 또한 마찬가지이다. TV수상기는 전국 거의 모든 가정에 보급되어 있으며, 모든 연령층을 커버할 수 있는 장점이 있다. 시장 선택에 유용성이 있고, 한 사람당 TV접촉 시간이 대단히 길며, 어느 시간대에도 많은 시청자가 있다. 매체의 성격상 다이나믹한 광고 제작이 가능하며 제품 데몬스트레이션이 쉽다. TV프로그램의 특성을 잘 이용하면 특정계층을 대상으

화를 중심으로 분석해 보고자 한다. 우선 매체를 TV매체로 한정한 이유는 다음과 같다. 첫 번째는 접촉 가능성이 높다는 것이다. 부연해서 설명하자면 타매체와 비교해서 시청율이 높다는 것이다. 두 번째 이유는 강한 충격효과 때문이다. 신문이나 잡지는 시각에만 의존하고 라디오는 청각에만 호소하는 매체지만 TV는 시·청각 양자에 걸쳐 호소하는 미디어이기 때문에 그만큼 충격이 강하다고 하겠다. 이러한 연유에서 TV매체로 한정했고 다음으로 TV광고 속에 나타난 남성문화를 고찰하기 위해서 아래와 같은 네가지의 과정을 살펴보고자 한다. 우선 현대사회에서의 광고의 역할은 무엇인가. 또 이러한 광고 속에서 남성의 문화는 어떠한 형태로 나타나는가와 이와 동시에 어떻게 변화되었는가 그리고 앞으로 나아갈 광고의 바람직한 방향은 무엇인가를 모색하고자 하는 것이 본고의 목적이다.

1. 광고의 사회적 기능

'광고는 대체 무엇인가' 광고에 대한 정의를 보면 아래와 같다.

> 광고란 수용자(소비자)에게 영향을 미치거나 설득하기 위해 명시된 스폰서가 매스미디어를 이용하여 행하는 유료적이며, 비개인적(대중적)커뮤니케이션 행위인 것이다.

로 한 선별적 광고노출도 가능하다.
TV광고의 화려함에도 불구하고 수용자의 낮은 관여도 때문에 많은 노출이 필요하다고 여겨지고 있으며, 이성적 소구보다 감성적 소구 위주의 광고가 적합하다고 평가된다. CF제작비가 비싸며 광고단가가 비싼 것이 흠이다. 강승구, '모던 애드버타이징', (참미디어, 1998)

여기서 우리가 알 수 있는 것은 광고의 대상, 즉 소비자가 있다는 것이며 광고의 목적은 영향이나 설득에 있다는 것이다. 그리고 반드시 매스미디어를 이용해야 하며, 또 스폰서가 명시되어야 한다는 것이다. 이렇게 총체적으로 볼 때 매스미디어 이용 때문에 광고 행위를 대중적(비개인적)커뮤니케이션 행위라고 결론지을 수 있다.[2]

이를 요약해서 정리하면 아래와 같다.

    광고의 대상 – 소비자
    광고의 목적 – 소비자를 설득하거나 영향력 행사
    광고의 방법 – 매스미디어를 이용함
    광고의 주체 – 스폰서
    광고의 성격 – 유료적, 대중적 커뮤니케이션 행위

다음으로 광고(advertising)라는 말의 어원은 라틴어의 adverter에서 나온 것으로 '돌아보게 하다', '주의를 끌다' 라는 뜻과 '부르짖는다'라는 뜻도 내포하고 있다. 요즘 광고계에선 'advertising'이라는 말을 줄여서 'ad'라고 쓰고 있다. 이와 같은 뜻을 지닌 광고가 사회에서 어떠한 기능을 담당하고 있는가를 살펴보겠다.

현대 사회에서 광고가 수행하는 역할은 크게 세 가지로 구분지을 수 있다. 첫째 광고는 소비자에게 정보를 제공한다. 셀 수 없이 많은 신제품이 쏟아져 나오는 현대 사회에서 소비자들은 광고를 통해 신제품에 관한 정보를 얻고 그 사용법을 배우게 된다. 이런 신상품들은 광고를 통하지 않고는 소비자들에게 그 존재를 알리기가 어렵고, 결국 광고가 제품의 존재 여부를 결정짓는 중요한 기능을 담당하게

---

2) 강승구, '모던 애드버타이징', (참미디어, 1998).

된다. 소비자들은 신상품이나 혹은 기능이 개선된 제품들의 사용법이나 필요성을 잘 모를 수 있으므로 광고는 소비자를 교육시키는 역할도 한다. 둘째 광고는 소비자들이 여러 제품을 비교할 기회를 주며 이런 비교를 통해 현명한 판단을 내릴 수 있도록 도와준다. 수많은 같은 종류의 제품 속에서 소비자들은 광고에서 제공하는 제품의 기능이나 디자인 등을 보고 경쟁 제품을 비교 분석할 기회를 가진다. 따라서 광고는 소비자들이 현명한 구매 결정(informed decision)을 내리는 데 일조를 한다. 셋째, 광고는 시대상을 반영하고 소비자의 미적 감각 형성에 공헌한다. 광고가 유행을 창조하는 것인지 혹은 유행을 반영하는 것인지에 대해서는 논란이 있으나 어떤 경우이든 광고는 그 시대의 유행과 패션을 반영하는 거울이며 이러한 작용을 통해 소비자들이 미적 감각을 형성하는 데 도움을 주게 된다. 이외에 비판 이론에서 제기된 지배 이데올로기를 강화하는 등의 역할도 있으나 소비자들이 직접적으로 느끼는 광고의 역할은 위에 든 세 가지가 주류를 이룬다.[3]

2. 광고 속에 나타난 남성문화

광고 속에 나타난 남성문화는 주로 공적인 생활체계에 몰입하는 이성문화, 남성적인 기득권에 안주하는 보수성과 그 보상에 대한 예찬, 그리고 사회적 성공과 명예를 위한 경쟁, 도전, 끈기를 내면화시키는 문화적 성향에 치중되는 경향이 있다. 이것은 기존의 남성문화

---

3) 전영우, '현대 광고학', (참미디어, 1999).

를 미화하고 강화하는 이데올로기적 기능을 하여, 남성으로 하여금 더욱 남성적이어야 한다는 일종의 강박관념으로 작용하고 있다는 것을 보여주는 것이다.

TV매체에 나타나는 남성의 이미지는 여성과 비교했을 때 아래와 같이 나타나고 있는 것이다.

여성	남성
감정적	이성적
자연적	문명적
무계획적	계획적
종속적	주도적
수동적	능동적
보호를 원하는	보호하는
보이려는	보는

위 도표에서 보듯이 가부장적인 전통사회에서 형성되어 온 기존의 지배문화로서의 남성문화는 이성적(이지적, 냉정한), 문명적(자연을 개척하는), 계획적(기획자 같은), 주도적(의사 같은), 능동적(다스리는), 보호하는(어깨를 빌려주는), 보는(살펴 보는) 것 등으로 나타나고 있다. 그렇다면 이와 같은 남성문화가 TV광고에서는 어떠한 형태로 나타나고 있는지를 분석해 보겠다.

1) 부계혈통 중심의 남성상

부계혈통주의란 가부장제 이데올로기 하에서 아버지의 혈통을 중심으로 집안의 대를 이어가는 것을 말한다.[4] 이러한 것이 TV광고에서도 나타나고 있는데 구체적으로는 부자중심의 남자 모델을 등장시켜 상품을 광고하고 있는 것과 형·아우의 형제를 등장시켜 광고하고 있는 것에 부계혈통주의가 드러나고 있다. 부자 중심의 대표적인 광고는 <진미식품>의 광고에 나타나 있다. <진미식품> 광고에서 실제로 제1세대 창업주가 등장하여 자기의 대를 이어 사장이 된 아들과 함께 출연하여 부자 중심의 가족 경영의 모습을 보여주고 있다. 고추장을 찍어 먹어 본 아버지가 아들에게서 맛의 전수를 확인하고는 흡족해 하는 표정을 짓고 있다. 그 이외에도 부자 중심의 광고로는 <컨디션 음료>, <로얄 누크>의 화장품 광고 등이 있다.

다음으로 형제 중심의 광고로는 <농심라면>광고가 있다. 농심의 형님소고기 라면 광고 「주용만과 조형기」편은 1977년에 제작된 농심라면 광고 「구봉서와 곽규석」편을 패러디한 것이다. 1997년에 <형님 먼저드세요>, <아우 먼저 들게나>하는 「주용만과 조형기」편은 형제가 나누는 양보의 미덕과 우애가 엿보이는 광고이다.

---

4) 김자혜, '텔레비전 광고에 나타난 남성상', (사회문화연구소, 1997).

위의 <형님 먼저, 아우 먼저>의 라면 광고는 다정한 형제애를 보여주었기 때문에 오랫동안 시청자들의 기억 속에 남아 있는 광고이다. 그러나 권력 관계로 설명하자면 형제간의 유산 상속 등과 같은 경쟁관계로도 설명할 수 있는 것이다. 하지만 그 경쟁관계가 살벌한 모습이 아닌 <라면 한 사발>을 놓고 벌이는 경쟁이기에 슬며시 웃으며 넘어갈 수 있는 것이다.

2) 강력한 남성상

대부분의 기업광고는 등장 모델도 남성이고, 기업의 이미지를 나타내는 언어 또한 강력한 것을 사용하고 있다. 기업광고는 기업인과 전문가를 등장시켜 제품의 신뢰도를 높이고 책임감 있는 메시지를 전달하면서 강력한 남성의 역할을 보여 주고 있다. 남자들의 공적인 영역에서의 성공, 성취, 명예, 자부심, 승리와 같은 모습은 기업 광고

에서 기업인이나 전문가를 등장시킨다.[5]

기업광고에 등장하는 남성상은 힘이 있고 강렬하며 준수한 외모에다 지적인 면까지 가미해야 하는 것이다. 먼저 강력한 남성상을 제시하고 있는 광고를 살펴보면 <프로스펙스>의 경우를 들 수 있다.

<프로스펙스> 광고의 경우, 전체 15초의 광고에서 등장인물은 모두 남성으로만 구성되어 있다. 여기서의 남성은 광고의 전체 스토리를 이끌어 가고 있는 중요한 존재이다.

등장인물의 의상에서는 운동복 차림을 한 남성들에게서 냉정한 승부의 세계와 남성의 강한 힘을 과시하고 있다. 더욱이 음향효과에서도 웅장한 음악과 북소리, 징소리, 함성 등을 통해 힘차고 역동적인 이미지를 구사하고 있다. 그리고 남성 나레이터의 힘찬 목소리는 경쟁을 독려하고 승리를 강조함으로써 강인하고 승리를 중시하는 남성상을 강화하고 있다.

이 광고는 광개토대왕의 비문과 농구공, 농구골대 등의 상징을 통해 정복과 경쟁, 승부욕 등의 감정을 남성 모델에게 이입시켜 제품을 상품화하고 있다.

3) 준수한 외모의 남성상

흔히 외모에 대한 관심은 여성의 전유물이라고 생각해 왔으며 남성의 외모는 별 상관이 없는 것으로 여겨지기 쉽다. 그러나 여성의 성과 외모가 상품화되는 것과 마찬가지로 현대 소비사회에서는 남

---

5) 김자혜, 앞의 책.

성의 성과 외모 역시 상품화되는 것이 현실이다. 남성의 외모는 여성의 외모가 성적으로 규정되는 것과는 달리 기능적으로 규정된다. 즉 사회적 지위나 우월성 등을 상징하는 이미지가 더욱 중시되기 때문에 남성의 외모는 잘 생긴 얼굴뿐만 아니라 인상 좋은 얼굴, 큰 키와 넓은 어깨, 자신감 있는 태도 등으로 나타난다.[6]

과거에는 남성의 외모는 중요한 것이 아니었으며 열등한 외모는 다른 측면(능력, 재력)으로 보상될 수 있었다. 하지만 오늘날의 남성에게 외모는 또 하나의 능력을 타나내는 조건이 되었다. 이른바 영상매체 시대인 요즘엔 대중매체 광고, 특히 텔레비전 광고를 통해서 남성다움의 중요한 요소로 외모가 부각되고 있다. 이러한 광고의 영향으로 남성의 외모 가꾸기는 더욱 부추겨질 것이다. 더우기 남성 외모가 부각됨으로써 현대사회에서 외모가 갖는 의미나 비중이 커지자 남성들도 열등한 외모에 대한 컴플렉스를 갖게 되었고, 또한 멋있는 외모를 가져야 한다는 부담을 지게 되었다.[7]

준수한 남성의 이미지를 광고를 통하여 상품화하고 있는 것으로 한불 화장품의 <오버클래스 아이디>가 있다. 여기서는 외국 남성 모델인 브래드 피트를 등장시키고 있는데 최근의 미적 기준의 서구화 경향을 반영하기도 한다.

---

6) 여성을 위한 모임, 일곱가지 남성콤프렉스, (현암사, 1994).
7) 여성을 위한 모임, 일곱가지 남성콤플렉스.

　<오버클래스 아이디> 광고 「길들여지지 않는 남자」편에서는 영화 「가을의 전설」과 「세븐」에서 남자의 야성미와 섬세한 감정을 동시에 표현한 브래드 피트가 등장하고 있다. 인터뷰 형식이 도입된 이 광고는 주인공의 길들여지지 않은 야성미를 광고에 반영시켜 한 불 화장품이 <여자가 남자에게 선물하고 싶은 화장품>이라는 메시지를 전달하고 있다. 어둡게 처리된 화면 속에서 유난히 빛나는 브래드 피트의 눈빛. 시청자들은 그의 눈빛을 보는 순간 그의 준수한 외모에 깊이 빠져드는 것이다.

　이처럼 광고 속의 남성은 매력적이고 준수한 외모를 갖추고 있어야만 여성들의 흠모를 받을 수 있다. 그러나 현실적으로 볼 때 수려한 외모를 지니고 있는 남성은 극소수에 불과할 뿐이고 자본의 형태가 남성의 외모를 상품화한 전략이라고 하겠다.

4) 성적으로 강한 남성상

우리나라에서 성은 가능한 한 덮어두어야 할 비밀스런 것으로 여겨져 왔으며, 왜곡된 성문화도 합리적인 논의의 대상이 되지 못하고 은폐되어 왔다. 남성과 여성에게 부과된 남성다움과 여성다움의 특성은 성관계에서도 그대로 적용되어 남성의 성은 적극적이고 능동적이지만, 여성의 성은 소극적이고 방어적이므로 남성이 성행위의 주도권을 가져야 한다고 여긴다.8) 이와 같이 성에 대한 왜곡된 인식은 은밀한 문제라는 이유 때문에 제대로 분석되지 못하고 있다.

남성이 갖는 성에 대한 신화는 성욕은 반드시 풀어야 하며, 성관계의 주도자는 남성이며, 성욕과 정욕이 강해서 여성에게 남성의 권위를 과시할 수 있어야 한다는 것이다.9) 남성이 독점하는 성문화는 남성을 여성에 대한 가해자로 만들뿐만 아니라 남성 스스로가 강한 정력을 가져야 한다는 성 컴플렉스에서 벗어나지 못하게 한다. 그리고 오늘날의 광고는 여성과 남성의 성 상품화를 통하여 성적으로 강력한 남성의 이미지를 더욱 강화시키는 요소로 작용하고 있다.

그 대표적인 예로서 <좋은 사람들>의 보디가드 광고「대결」편은 지나치게 단순한 구성으로 이루어진 속옷 광고이다. 대결이 이루어지는 장소는 목욕탕의 탈의실이다. 광고가 시작되는 순간 험상궂은 모델이 무슨 큰일이라도 낼 듯한 표정을 지으며 거칠게 문을 박차고 들어온다. 잘 생겼으나 외소한 체격의 미남 모델과 거친 모습의 덩치 큰 모델과의 눈 겨루기 싸움이 시작된다. 마주 보는 서로의 눈에

---

8) 여성을 위한 모임, 일곱가지 남성콤플렉스.
9) 위의 책.

서 불꽃이 튀는 것도 잠시, 상대방이 보디가드를 입고 있음을 확인한 괴한은 깜짝 놀라며 <보디 가드!>하면서 뒤로 나자빠진다는 내용이다.

이 광고는 얼핏 보기에는 <보디 가드>라는 상표의 위력을 나타내는 듯이 보이지만 그 이면에는 남성들의 강력한 힘을 과시하고 있는 것이다. 그 대표적인 장소로서 목욕탕이 설정되어 있다는 것은 전라의 상태로 성적으로 강한 남성 이미지를 서로 겨루는 곳이며 <보디 가드>라는 속옷 뒤에 감추어져 있는 남성 페니스를 강조하고 있는 것이라 하겠다. 결국 이 광고를 통해 나타내고 있는 것은 남성은 성적으로 강해야 하며 남성 상징물의 크기에 따라서 우열이 결정된다는 도식화된 사고이다.

앞서 보았듯이 TV영상 매체에 나타난 남성의 문화는 남성으로 하여금 더욱 남성적이어야 한다는 일종의 강박관념으로 작용하고 있음을 알 수 있다. 남성은 강력한 능력을 소유한 존재이며, 준수한 외모를 갖추고 있어야 하며 그리고 성적 능력이 강해야 한다는 것이다.

이상과 같은 왜곡된 성문화가 남성사회를 지배하고 있는 것이다. 현실적으로 볼 때 이 모든 능력을 갖추고 있는 남성은 이 사회에서 극소수에 불과할 뿐이다. 남성을 상품화환 TV광고는 대부분의 남성들에서는 열등감만 안겨줄 뿐이다. 이제 우리 나라의 남성문화도 달라져야 한다. 이러한 변화의 움직임이 TV매체를 통해 드러나고 있는데 다음 장에서는 변화되고 있는 남성의 이미지에 대해서 고찰해 보고자 한다.

3. 전형적 남성다움에서 벗어난 남성상

남자다움의 굴레에 의해 스스로 자신의 목을 조르고 있는 경우 남자다움이란 무엇인가에 대한 질문을 받으면 대다수의 사람들이 <강한 것>, <책임감이 있는 것>, <믿음직스러운 것>, <늠름한 것>, <능력이 있는 것> 등의 강함에 관계되는 말들을 연상한다. 그러나 이 강한 것이 남자에게 있어서 어떤 의미를 갖고 있는 것일까? 아마도 그것은 남자들에게 플러스의 요인과 함께 무거운 짐으로서의 의미도 내포하고 있을 것이다. 그러면 이 강한 남성에서 벗어난 자유로운 남성의 이미지는 어떤 것일까 그것은 부드러운 남성의 이미지일 것이다. 요사이 광고에 등장하는 남성들의 모습이 변하고 있다. 광고 속에서 터프 가이들은 서서히 짐을 꾸리고 있다. 그들 자리를 대신하는 것이 부드러운 남자들이다. 항상 눈에 힘을 주고 강해 보이려 무던히도 애쓰던 최민수, 머리카락을 늘어뜨린 채 우수에 차 있지만 강단있게 보이려는 정우성, 미숙한 연기력을 감추려는 것인지 말없이 잔뜩 몸에 힘이 들어가 있는 이정재 등등 터프 가이들의 모습은 사라지고 있다. 부드러운 남성의 모습을 보여 주는 광고는 가전제품에서 나타나고 있는데 그 중에서도 세탁기 광고가 많은 편이다. 예전에는 남성들은 공적인 영역에 종사하는 자들로서 권위적인 면을 띠고 있었다. 지금에 와서는 여성들도 공적인 영역에 투입됨으로써 이 영역의 획일화는 파괴되고 있다. 예를 들면 <대우 세탁기> 광고에서는 남편들이 직접 세탁기를 돌리고 빨래를 손수 펴서 말리는 진솔한 면을 보여주고 있다. 남성이 가사 영역밖에 있는 것이 아니라 아내와 함께 직접 가사노동에 참여하는 탈권위적인 남편의 모습을 보이고 있다.

또 동서식품의 <커피 프리마> 광고에서도 부드럽고 자상한 남성의 모습을 보여주고 있다. 아내들은 따뜻한 남편, 서로 눈을 마주보면서 편안한 대화를 나눌 수 있는 자상한 남성을 원하는 것이다. 항상 회사일에 지쳐 가족간의 대화도 나누지 못하는 기계적인 남편은 이제 설 자리가 없어지고 있다.

다음으로 <한국 야쿠르트> 광고에서도 따뜻하고 자상한 남성의 모습을 그려내고 있다. 과거의 남존여비사상에 길들여져 오로지 '남자는 하늘이다'라는 식에 사로 잡혀 있는 남성들에게 새로운 모습을 제시하고 있다. 필요할 땐 아내 곁에 앉아서 아내의 발도 씻겨줄 수 있는 편안하고 가정적인 남성의 이미지가 광고를 통하여 드러나고 있는 것이다. 이제 남성들도 그들의 목을 조르는 전형적인 남성다움에서 벗어나 인간으로서 자유로운 삶을 살 권리가 있는 것이다.

4. 바람직한 광고의 방향

소득이 높아지고 소비자의 의식수준이 높아짐에 따라 수동적으로 광고를 받아들이는 소극적인 태도에서 벗어나 광고의 표현방식에 적극적으로 영향력을 행사하려는 여러 소비자 단체가 늘어나는 것은 바람직한 현상이다. 결국 광고란 제품의 판매에 목적을 두는 것이고, 제품을 구매하는 소비자의 의견에 귀를 기울일 수밖에 없기 때문이다.[10]

최근에 광고에 등장하는 남성의 모습이 변하고 있다. 부드러운 남성을 원하는 여성의 의식에 맞추어 부드러워지고 싶어하는 남성의 모습이 광고에 담겨져 있다. 여성용품에 등장하는 부드러운 남성 모델을 보면서 여성이 바라는 바람직한 남성상이 바뀌고 있음을 짐작할 수 있다. 남성용품마저도 대부분 여성이 주고객이란 점에서 여성이 원하는 남성상을 중심으로 광고를 만들어 갈 수밖에 없다. 주 구매자인 여성이 새로운 남성상을 원하는데, 광고가 무신경하게 지나칠 리 없다. 그러면 왜 부드러운 남성을 원하는 것일까?

부드러운 남성을 드러내는 광고들은 남성과 여성이 병치하고 있다. 남성-직장, 여성-가정으로 일관되던 공간 배치에서 벗어나기 시작한 것이다. 남성 정장 광고만 하더라도 직장에서의 성공 보장과

---

10) 전영우, 현대 광고학.

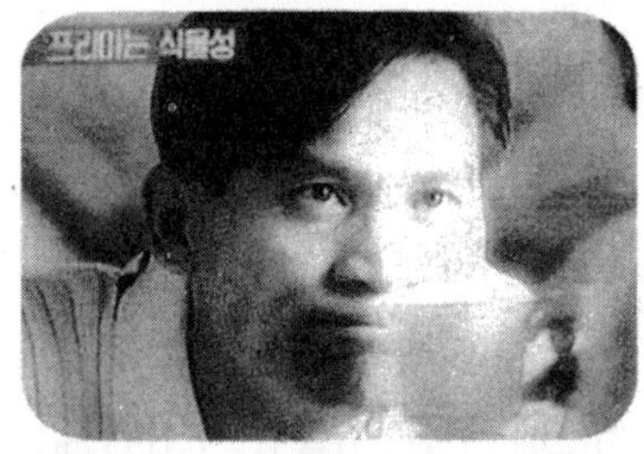

연결되던 관행은 점차 사라지고 있다. 대신 정장은 파티장에서 중후함을 빛내는 것으로 표현된다. 남성의 공간을 생산에서 소비로 옮겨 버린 셈이다. '일하는 남자가 아름답다' 라는 경구는 이미 케케묵은 것으로 여겨지고 있고 대신 '잘 노는 남자가 멋있다'는 상식적 경구로 고착되어 있다. 이는 생산이 미덕이라고 가르쳐 주던 초기 자본주의 슬로건에서 벗어나고 있음을 의미한다. 이제 소비가 미덕이라는 새로운 삶의 방식을 가르쳐 주는 본격적인 자본주의 시대로의 돌입을 의미하기도 한다. '적게 일하고 많이 놀자'는 슬로건은 자본주의가 본격화될수록 매력적으로 들린다. 소득이 증대되고 다양한 소비 품목이나 여가 상품이 여기저기 펼쳐져 소비로 유혹한다. 토요 휴무제 시행으로 일에서 벗어나 즐길 수 있는 시간적 여유도 늘어난다. 남성이 일과 멀어지고 여가와 가까워질 조건이 이미 갖추어져 있다. 문제는 이제 어떻

게 남성이 그렇게 하도록 만들 것인가에 모아진다. 즐길 수 있는 조건을 온몸으로 받아들이는 남성을 만들어 내는 공정이 필요해 졌다. 많은 남성들도 그 공정에 스스로를 쉽게 내던지고 싶은 욕망을 지니고 있을 터이다. 하지만 지금껏 남성을 옥죄어 왔던 사회적 코드가 남성으로 하여금 쉽게 손들게 하지는 않는다.

오랜 고민 끝에 광고는 그 공정에 여성을 끌어들였다. 이미 갖추어진 여가의 조건에 민감해 있던 여성의 입장에서도 그 유혹은 그리 싫지만은 않다. 여성들은 가정이라는 사적인 공간을 벗어나 공적 공간으로 진출할 욕망을 진작부터 드러내고 있었다. 남성을 향해 광고와 여성이 합작을 감행하였다. 새로운 여성상이나 남성상 모두 여성들이 꿈꾸고 있는 변화의 징후다. 바꾸어 말하자면 여성 소비자들은 현실에서의 성 역할을 부정하고 싶어한다. 부드러운 여성, 강인한 남성이 사회를 꾸려 가는 것에 대해 불만이다. 그리고 남성의 일을 공간에 밀어 넣고 여성을 일의 가장자리에 놓는 도식에 대해서도 거부의 몸짓을 보인다. 광고는 이처럼 잘 익은 봉숭아 형식을 하고 있는 여성의 심리를 '톡'하고 터트리고자 나섰다. 문화를 증폭하는 역할을 하는 대중 매체를 통해서 이런 욕망이 퍼져 나갈 때 비로소 사회 내의 변화는 잠정적인 완성을 이루게 된다. 남성을 일에서 끌어내려는 자본주의의 기획은 불순해 보이긴 하지만 성 정치란 면에서는 긍정성을 지니고 있다.[11]

바람직한 광고를 위해서는 여성들이 원하는 부드러운 남성으로 도식화되기에 앞서 남성들의 각성된 의식이 광고에 반영되어 주체적으로 나타나는 것이 바람직한 현상일 것이다. 가부장제 이데올로기에서 벗어나 무거운 짐을 벗어버리고 자유스러운 삶을 구가해야

---

11) 원용진, '광고 문화 비평', (한나래, 1997).

할 것이다. 여성들의 요구와 발빠른 상업주의가 결탁해서 만들어 놓
은 작위적인 남성상이 아닌 남성들의 각성이 광고에 반영되어야 할
것이다.

타자화되는
남성성

— 황지우의 최근 시를 중심으로   이 태 숙

• 약력

서울대학교에서 학사, 석사 학위를 받고 고려대학에서 박사학위를 받았다. 주요 논문으로
『여성성의 근대적 경험양상』, 『근대성과 여성주체의 문제』, 『임화시의 변모양상』 등이 있
다. 현재 부경대학교와 신라대학교에서 문학을 가르치고 있다.

타자화되는 남성성

— 황지우의 최근 시를 중심으로

1. 문학의 사회성과 역사적 맥락

80년대 이래로 한국 사회에서 페미니즘은 하나의 유행으로 자리잡게 되었다. 이제 학문적으로도 그것은 주류로서의 자리를 요구하게 된 것이 오늘의 현실이다. 그럼에도 불구하고 페미니즘이 드러내는 현재적 의미를 읽어내는 것은 여전히 진행형이다. 사회 전반적으로 페미니즘이 하나의 유행이 아닌 현실 인식태로서의 자리를 확고하게 자리잡아 가고 있는 것은 최근의 문학작품들에서도 그대로 드러나고 있다. 그것이 의도되었건 의도되지 않았건 문학의 상상력이란 것이 현실의 반영에서 완성된다면, 오늘날의 변화된 상황을 최근의 작품들에서 읽어내는 것은 어렵지 않다.

그런 의미에서 최근 황지우의 시집 『어느날 나는 흐린 주점에 앉아 있을 거다』는 여러 가지 의미에서 우리에게 시사점을 준다. 시인 자신이 이른바 운동권 세대로서 자신의 청춘을 사회운동에 바쳤다는 점에서도 시인의 삶과 시는 의의를 갖는다. 그러나 최근의 이 시집은 문학의 90년대적 인식의 새로운 전환이 어디로 향할 것인가를 보여준다고 할 수 있다. 좋은 문학작품은 여러가지 다양한 의미맥락들을 생산해 낼 수 있다. 황지우의 최근 이 시집은 그런 의미에서 이 시대의 남성성이 어떠한 의미맥락을 갖고있는가를 보여주는 좋은 텍스트가 될 수 있다.[1] 물론 문학작품은 자체로서의 미학적 의미를 갖는 것이지 사회학의 텍스트로서 사용될 때는 본질적으로 의미를 상실한다고 볼 수도 있다. 그럼에도 불구하고 90년대의 사회적 현실과 문학의 관계양상을 규정하고자 할 때 그 의미는 사회적 의미가 되지 않을 수 없는 것이다. 우리가 여기에서 주의해야 할 것은 시인 황지우와 텍스트의 시적 화자로서의 황지우가 혼유하여 나타난다는 점이다. 그러나 우리에게 의미를 가지는 것은 시적 화자일 뿐이고 그 시적 화자는 시인 자신과 동일인일 수는 없는 것이다.[2] 그럼에도 불구하고 우리가 시인 자신의 이력과 시적 현실을 관련시키고자 하는 것은 황지우 자신이 시대적 모순에 철저하게 자신의 삶을 던져왔던 모습을 주목하는 것이다. 그것은 황지우의 시들이 80년

---

1) 물론 시인 자신이 어떠한 견해를 갖는가는 우리에게 그다지 중요하지 않다. 시인자신은 이 시집의 대중적 성공이 마치 전락이라도 되는 것처럼 부끄럽다고 밝히기도 하였다. 이러한 모순되는 양상은 단순한 순수문학과 대중문학이라는 이분법적 분석보다는 시인자신의 남성성이라는 맥락에서 짚어보는 것이 더욱 의미있을 것이다.

2) 시와 시인의 분리라는 이러한 관점은 시적 인식에 있어서 시인의 의도를 철저하게 배제하고자 하는 미국의 신비평가(New Critics)그룹에 있어서 주된 흐름이었다. 의도론적 오류(intentional fallacy)는 이러한 의미에서 시와 시인의 의도를 동일시 할 때 생길수 있는 시적 의미의 왜곡을 의미한다.

대 한국 사회의 모습과 변화한 90년대적 모습을 적절히 담아내고 있음을 의미하는 것이며, 동시에 한국 사회의 변화와 그 사회에 살고 있는 남성의 변화의 모습을 그의 시에서 드러낼 수 있음을 의미하는 것이다.

2. 가부장제와 자본주의

페미니즘적 인식론이란 '모든 사적인 것의 정치적인 의미를 묻는 것'이라고 말해진다. 이러한 관점에서 여성억압의 실체를 무엇으로 규정하는가가 페미니즘의 사회인식에 있어서 본질이 될 것이다. 여성이 억압받고 있다는 사회적 현실은 존재하지만 그 억압의 주체가 반대의 성(性)인 남성이라고 보지는 않는다. 억압의 주체는 실체는 없지만 존재하는 그 무엇, 즉 가부장제라고 보는 것이 급진주의 페미니스트들의 주된 입장이다.[3] 하지만 가부장제라는 것은 역사의 시작에서부터 근원을 따져야 하는 문제이기에 우리 현대 사회의 모습을 파악하기 위해서는 또다른 설정이 필요한데 그것은 현재 우리가 살고있는 사회의 사회·경제적 관계를 묻는 것이다. 따라서 90년대 우리사회의 모습을 파악하기 위해서는 가부장제와 자본주의적 성격을 함께 고려하지 않을 수 없는 것이다.

90년대 우리 사회에서의 여성억압의 실체를 가부장제와 자본주의라고 보는 사회주의 페미니즘의 관점을 취할 때 남성의 위치는 어떻

---

3) 여기에서 주된 입장이라는 표현은 전제를 요한다. 즉 마르크스주의 페미니즘에서는 여성억압의 본질이 자본주의 사회의 경제적 착취 관계에 있다고 보기 때문이다.

게 자리매겨지는가. 남성 또한 억압받고 있다고 단순하게 설명할 수는 없다. 그보다는 남성은 <왜곡>되어 있다고 보는 것이 더욱 타당할 것이다. 가부장제라는 사회질서가 하나의 불평등 체계로서 여성을 억압할 뿐만아니라 남성도 부자연스럽게 만들고 있다는 것은 당연한 인식이다. 그러나 남성 위주의 문화 속에서 여자들이 받는 압력은 눈에 드러나지만 남자들이 받는 압력은 드러나지 않으면서 교묘하게 작용하고 남성의 삶을 왜곡시키고 있는 것이다. 이러한 현대사회의 모습은 자본주의하에서 경제적 관계의 양상으로 드러내면서 독특한 남성 지배 문화를 만들어 내고 있다. 이른바 자본주의하의 남성성이라는 것은 어떤 모습을 띠는가. 전통적으로 남성들은 성별분업에 따른 가족의 생계부양자로서의 부담과 함께, 자본주의 사회하에서 상층계급으로의 진입을 위한 사회적 성공이라는 부담을 동시에 가질 것을 요구받는다. 이러한 남성들의 부담감은 남성들의 왜곡된 놀이문화를 형성하는 바탕이 되는데, 그것은 여성을 배제하는 형식으로 만들어진다. 생계부양자로서의 부담과 성공에 대한 부담에서 벗어나 자신들의 긴장감에서 해방되고 여자들이 모르는 남자만의 세계라는 우월감을 누리기 위한 것이 그러한 놀이문화의 궁극적인 목적이 된다.

　　보성물산주식회사 종로 지점 근무, 34세의 장만섭 씨는 산요 레시바를 벗는다. 최근 그는 머리가 벗겨진다. 배가 나오고, 그리고 최근 그는 피혁 의류 수출부 차장이 되었다. 간밤에도 그는 외국 바이어들을 만났고, "그년"들을 대주고 그도 "그년들 중의 한년"의 그것을 주물럭거리고 집으로 와서 또 아내의 그것을 더욱 힘차게, 더욱 전투적이고 더욱 야만적으로, 주물러 주었다. 이것은 그의 수법이다. 이 수법을 보성물산주식회사 차장 강만섭 씨의 아내

김민자 씨(31세, 주부, 강남구 반포동 주공아파트 11325동 5502호)
가 낌새챌리 없지만, 혹은 챘으면서도 모른 체해 주는 김민자 씨
의 한 수 위인 수법에 그의 그것이, 그가 즐겨 쓰는 말로, "갸꾸로,
물린 것"인지도 모르지만, 그가 그의 아내의 배 위에서, "그년"과
놀아난 "표"를 지우려 하면 할수록, 보성물산주식회사 차장 장만
섭 씨는 영동의 룸쌀롱 "겨울바다"(제목이 참 고상하지. 시적이야.
그지?)의 미스 췬가 챈가 하는 "그년"을 더욱 더 실감으로 만지고
있는 것이다.

　　―「徐伐, 셔블, 셔볼, 서울, SEOUL」의 일부, 『새들도 새상을 뜨
는구나』(1983) 중에서

　30대 남자라는 것은 우리사회에서 남성성의 모든 요소들을 가장
적절하게 드러낼 수 있는 세대이다. 그에게 '당신은 누구인가'를 묻
는 것은 어떤 의미망 안에서 가능한가. 사회적 성공이라든가 가정의
행복, 삶의 주체… 등등의 대답이 가능할 것이다. 그러나 황지우가
보기에 '34세 장만섭'의 삶은 성의 소비에 집중되어 있다. 자본주의
한국, 자유 민주주의 한국에서 30대 남자의 직업적 가능성은 이 땅
의 여성들을 매춘의 대상으로 외국인에게 '대주는'것이고, 자신 또한
그러한 일탈된 성적 관계에서 자신의 '실감'을 가지는 것이다. 왜 <
장만섭>씨의 하루는, 그리고 그로 대표되는 1980년대 남성들의 삶
은 일탈되어 있는가. 고도성장 신화의 주역인 그들의 하루하루는 성
적 일탈 외에는 다른 대안은 없는가. 사실 시인이 드러내고자 했던
것은 정치적 무관심이 결과한 자본주의의 타락의 징후일 것이다. 그
러나 그 안에서 오히려 우리는 가부장제가 강요하는 숨막히는 성공
의 신화를 비웃는 이 시대의 주역의 모습을 볼 수 있는 것이다. '오
월의 광주'이후 군부독재 아래에서 경제적 가치외에는 가질 수 없는

남성들에게, 그들의 존재의 근거는 '성적 중독'에서 찾을 수밖에 없는 것이다. 그것은 이 사회가 허락하는 유일한 탈출구이며, 또한 역설적으로 이 사회의 모순을 드러내는 위선의 얼굴인 것이다. 전통적으로 남성들은 가족의 생계를 유지해야하는 경제적 부담과 함께 아내의 심리적 안식처이어야만 하는 내적 부담감까지 함께 요구받는다. 그러나 한국 남성들은 이전에는 자신의 권리이자 권력의 중심이었던 이러한 자리에서 오히려 압박감을 느껴야만 하는 것이다. '룸쌀롱 문화'라는 것은 전형적인 남성적 놀이문화이다. 이 안에서 남성들은 아내와의 관계에서 가지는 부담감을 철저하게 덜어버릴 수있는 것이다. 자본주의 사회에서 남성은 한 가정의 가장이자 사회의 구성원이다. 그는 직업을 가짐으로서 자신의 자아를 드러내고, 경제력을 가짐으로서 가족을 부양하는 권리와 의무를 가진다. 그러나 황지우의 시에서 드러나는 80년대 남성의 모습은 性과 상품에 의해 점령당한 잔해로 드러난다. 쳇바퀴처럼 반복되는 일상속에서 그의 유일한 도피는 직업여성과의 외도, 화목을 가장한 위선의 가정을 유지하는 일, 그리고 오락실에서 가상의 게임을 통해 자신을 억압하는 이 도시를 파괴하는 일로 나타난다. 그러나 시인은 그들의 비정치성과 그들의 성적 일탈을 철저하게 비웃을 수 있었다. 왜냐하면 그는 이 땅의 왜곡된 현실에 분노하는 깨어있는 지식인이기 때문이다. 그가 이 땅의 왜곡된 현실의 근본적 원인으로 지적하는 것은 자본주의하의 파시즘이다. 80년대의 민주화 투쟁이후 우리 사회는 많은 변화를 겪었다. 내적으로 군부독재의 종식과 이른바 문민정부라는 신보수주의의 등장이 그것이다. 국외에서는 영원한 사회주의의 종주국 소비에트 공화국이 무너졌고, 현실세계에서의 사회주의는 더 이상 실체를 가지지 않는다. 시인이 투쟁해야할 상대가 없어져 버린 것이

다. 적이 없는 상황에서 아니 적이 보이지 않는 상황에서 어떤 존재
의 방식이 가능할 수가 있는가. 사실은 아무것도 바뀌지 않았는데,
현실의 부조리는 그대로 인데, 나는 누구를 위해 무엇을 향해 내 삶
의 존재 이유를 물어야 하는 것인가.

> 소비에트가 무너지던 날, 난
> 光州空港에서 일간스포츠를 고르고 있었지.
> 내가 이 삶을 통째로 배신할 수 있는 기회가
> 없어져버렸다고 할까? 처음엔 내가 마흔 살이
> 되었다는 것을 도저히 받아들일 수가 없드라고.
> "개좆 같은 세기"가 되어버린 거 있지.
> 물론 나더러 평양 가서 살라 하면 못 살지이.
> 그런데 왜 내가 그들보다 더 아프지?
> 나는 개마고원을 넘어가고 싶었어. 바로 오키나와로 갈 순 없겠지.
> 19세기에 태어날걸 그랬어. 이런 미래를 몰랐을 거 아냐.

—「우울한 거울2」 전반부, 『어느날 나는 흐린 酒店에 앉아 있
을 거다』(1998)

소비에트가 무너져버렸을 때 시인은 자신의 존재의 이유를 잃어
버린다. 더 이상 자신의 '미래'를 기대할 수 없을 때 그가 할 수 있
는 유일한 일은 자신을 '不在'로 만드는 것이라고 한다.

> 不在로 만드는 것; 그게 별 것 아닌 내 힘이야.
> 용서해달라는 말도 필요없는.
> 용서한다는 말도 필요없는.

—「우울한 거울2」 후반부

시인은 자본주의하의 왜곡된 현실을 비웃기 위해 가정 밖으로 즉 외적 세계로 나간 사람이다. 그러한 세계는 자신의 존재의 이유를 정당화시키고, 어떠한 사적 희생도 타당하게 하는 고고한 삶이다. 그러나 이념이 더 이상 의미를 상실 할때 그 자리를 대신할 대안은 어디에 있는가. 그 대안을 찾을 수 없을 때 시인은 철저한 자기 비하에 빠지게 된다. '不在'로 자신을 만드는 것만이 유일한 자신의 능력이 되는 것이다. 그것은 이념을 위해 희생되어야 했던 혹은 자신이 희생시켰던 모든 것들에게 '용서 해달라는 말도', '용서한다는 말도' 필요없는 세계인 것이다. 이제 한 사람의 남자일뿐만아니라 한 가정의 가장이 된 시인은 또다른 의미의 남성성을 보여준다. 이제 외적세계의 부조리를 해석하기 위해 자신안의 사적 세계로 들어온 것이다. '아버지'라는 존재는 타인이면서, 동시에 나 자신이기도 한 존재이다. 자식과의 관계에 있어서 '아버지'는 어머니와는 다른 의미를 가진다. 어머니가 본능과 감성에 근거한 사랑의 양육을 하고 생물학적 측면의 양육을 하는 것이라면, 아버지는 문화와 이성에 근거한 훈육과 교양을 전수하는 사회·문화적 측면의 양육을 하는 사람이다.4) 그러나 현실적으로 아버지는 가정교육이나 자녀양육과 같은 사적인 일은 어머니에게 맡기고, 자신은 무엇인가 중요한 공적현실에서의 임무를 위해 아버지의 자리를 벗어나는 것이 일반적이다. 또한 훌륭한 아버지와 훌륭한 남자가 일치하지 않을 경우는 훨씬 더 많다. 이상적인 남자의 모습은 우리의 문화에서 이상적인 아버지나 부모의 모습과 상당한 격차를 보인다. 남자다운 사람이나 이상적 남성

---

4) 박성수, '새로운 아버지 상과 '아버지됨'', 또하나의 문화 1호, (평민사, 1985). 62면 참조.

이라면, 흔히 자신감이 있고, 경쟁에서 우월한 능력을 보여주고, 일이나 외적 활동에 열중하고, 감정이 아니라 이성과 지성에 따라 행동하고, 대담하고, 용기 있으며, 내적 심리상태나 감정에는 초연하다는 등의 특성을 지녀야 하는 것으로 믿고 있다. 그러나 현실에서 아버지, 그리고 시인 자신의 삶의 모습은 어떠한가. 자신의 이념이 길을 잃고 있는 현실에서 자신의 '미래'를 거부한 시인에게 시인의 아버지는 자신의 존재이유를 앞서간 또하나의 자신을 모습을 보여주고 있다.

> 우리 아버지- 글씨 잘 쓰고 시조 잘 하고, 계림동 후미끼리 나무 장거리에서 점심 드실 땐 나무꾼들과 밥집 대청마루에 앉아 북 두드리며 술 한 잔에 소리 한번하고 진지 드시던
>
> (중략)
>
> 우리 아버지 −글씨 잘 쓰고 시조 잘 하고, 그러나 우리가 겨울밤− 아부지, 방바닥이 너무 춥소, 하면, 왜정 때 노무자 징용 끌려가 만주 벌판 맨바닥 얼음 위에 누워 자던 이야기만 하시던, 잔 인정이라곤 눈꼽만큼도 없던, 무지막지하게 독살스럽던, 박정희 대통령과 동갑인 丁巳年生이었던
>
> (중략)
>
> 우리 아버지− 그렇지만 서울서 대학 다니다가 무슨 집회 및 시위에 관한 법률 위반으로 퇴학 맞고 내려왔을 땐−나 니 애비 아니고 너는 이제 내 새끼 아니다, 단호히 의절해 버린 우리 아버지− −當百 必勝이라는 대통령 친필비가 서 있던 서부 전선 고지에서 내가 보초 서고 있을 때 유언 한 마디, 유산 한 점 없이 돌아가셨던, 여수로 부산으로 떠돌아다니실 때 옮아 온 폐결핵을 가슴에 담고.

−(「우리 아버지」, 『겨울−나무로부터 봄−나무에로』(1985) 중 일부)

시인의 아버지는 현실적으론 무능한 가장이다. 안락한 경제적 뒷받침을 해주지도 못했고, 사회적으로 성공한 남자도 아니고, 잔정도 없어서, 추위에 떠는 자식들에게 미안해하기는커녕 나무라기만 하는 그런 가장이다. 하지만 시인은 아버지를 미워하기보다는 오히려 멀리 있는 아버지의 모습에서 세상을 보는 눈을 배우고, 아버지의 예술적 재능을 사랑하고, 자신이 그토록 미워했던 개발독재의 화신 박정희와 어쩐지 닮은 듯한 아버지의 모습에서 오히려 안쓰러움을 느끼는 것이다. 그리고 이제 아버지가 된 자신에게서 똑 같은 자신의 아버지의 모습을 보게 되는 것이다. 멋진 아버지, 사회적으로 성공한 남성으로서의 아버지 대신, '무책임하고, 자기탐닉적이고, 그리고 타인의 주장을 아랑곳하지 않는 고립주의'를 본질로 하는 이러한 새로운 아버지, 그리고 남성의 모습은 또 다른 '남성성'의 가면이다. 그것이 위선이든, 혹은 민주화라는 거창한 이름이든, 똑같은 남성인 것이다. 그리고, 이러한 남성을 위해 자신의 자유를 위해 희생되어야하는 존재는 여성인 것이다.

3. 헌신하는 여성 ―어머니, 그리고 아내라는 이름

여성의 차별은 가부장제와 자본주의 하의 성별 임금 분업에서 비롯된다고 본다. 남성들이 자신과 가족의 생계부양이라는 경제적 책임을 가져야 하는 대신, 여성들에게는 임금에서의 차별이라는 지난 시대의 약속이 현재까지 유지되고 있는 것이다. 그러나 남성들이 권리는 내놓지 않으면서 내던진 책임은 여성들에게 그대로 전가된다.[5]

그의 시 안에서 우리가 개인 황지우가 아니라 80년대를 살아간 이 땅의 '남성'을 읽어내고 있듯이 시인의 어머니는 개인의 어머니가 아니라 80년대에 청춘을 보낸 많은 젊은이들의 '어머니'로서 전형성을 드러낸다. 시인에게 어머니는 무능력하고 이기적인 아버지 때문에 평생을 고생 속에서 벗어나지 못한 인물이다. 가난에서 벗어날 수 없었고, 그래서 자식을 키워 영화를 보고자 하는 보통의 평범한 어머니처럼 그의 어머니도 똑똑한 자식에게 기대도 하셨지만, 시대 상황은 그러한 소박하고, 평범한 기대를 용납하지 않는다. 잘난 아들 덕에 형사에게 수모도 당하고, 아들의 옥바라지에 도피살이에 마음 고생이 끊이지 않았던 분이셨다. 시인이 자신의 정치적 이념에 정당성을 가지고 있었을 때는 이러한 어머니의 희생은 대의를 위해 당연한 것이었고, 자신은 이 땅의 민주화라는 거대한 이념적 우상 앞에서 하나의 작은 군상에 불과 했던 것이다. 그러나 이념의 붕괴와 압도하는 자본의 치졸한 모습 앞에서 왜소해지는 자신의 모습과 동시에, 시인은 어머니의 희생에 당당해 했던 자신의 모습이 얼마나 위선적이었던가를 깨닫게 된다. 그런 그에게 어머니의 노환과 치매는 자신을 반성할 겨를도 없이 '삶과 죽음이 무엇인가?', '존재의 의미는 무엇인가?'라는 너무나 당연하지만, 압도하는 현실 앞에서 관념의 유희라고 믿었던 그런 질문들에 마주서게 되는 것이다. 정치라든가 이념이라든가하는 자신이 보다 중요하다고 믿었던 그래서 어머니의 희생이 당연하다고 생각했던 그런 의미들 안에 진짜 중요한 삶의 의

---

5) 이러한 성별에 따른 임금차별과 분업의 과정이 오늘날 붕괴되면서 전통적 남성성이 책임은 회피하고 권리만을 주장하게 되는 양상으로 변화하게 되는 모습을 기든스는 '남성성의 가면'이라고 지적하고 있다.
　앤소니 기든스, '현대사회의 성, 사랑, 에로티시즘, (새물결, 1996), 245~249면 참조.

미는 없었던가 하는 의심이 살아나는 것이다. 그러나 이러한 깨달음
은 자신의 청춘의 의미를 부정하고, 자신의 미래를 압도하는 이중의
고통을 강요하기에 시인에게는 더욱더 가슴아픈 절망일 수밖에 없
게 되는 것이다.

> 나의 풍자는 절망으로부터 오고, 나의 절망은 열망으로부터 오
> 고, 나의 열망은 욕망으로부터 오고, 나의 욕망은 生으로부터 온
> 다. 이 生으로부터 理性에 이르는 가느다란 실핏줄이 내 시의 家
> 系다.

> ─「그들은 결혼한지 7년이 되며」의 일부, 『겨울─나무로부터
> 봄─나무에로』(1985)

시인의 창작의 모태가 되는 것은 '生'과 '理性'이다. '理性'의 의미
는 좀더 단순해 보인다. 그것은 '이념'이라든지, '민주'라든지 하는
외적 현실들과 닿아 있는 듯이 보인다. 하지만 '生'의 의미는 무엇일
까? 초기 시에서 이 '生'의 의미는 나 아닌 '타인의 삶', 즉 억압받고
있는 '민중의 삶'인 것 같다. 그러나 최근의 시집들에서 이 '生'의
의미는 변화한다. 그것은 '나의 삶'이면서, 나로 인해 희생해야 했던,
내가 그들의 희생을 당연시했던 사람들, 즉 어머니와 아내, 여성의
'삶'인 것이다.

> 아침에 일어나면 먼저, 어머님 문부터 열어본다.
> 어렸을 적에도 눈뜨자마자
> 엄니 코에 귀를 대보고 안도하곤 했었지만,
> 살았는지 죽었는지 아침마다 살며시 열어보는 문;
> 이 조마조마한 문지방에서

사랑은 도대체 어디까지 필사적인가?
당신은 똥 싼 옷을 서랍장에 숨겨놓고
자신에서 아직 떠나지 않고 있는
생을 부끄러워하고 계셨다.
나를 이 세상에 밀어놓은 당신의 밑을
샤워기를 뿌려 씻긴 다음
흐트러진 머리카락을 빗겨드리니까
웬 꼬마 계집아이가 콧물 흘리며
얌전하게 보료 위에 앉아 계신다.
그 가벼움에 대해선 우리 말하지 말자.

―「안부1」 전문, 『어느날 나는 흐린 酒店에 앉아 있을거다』(1998)

  가장의 권위만 있을 뿐 책임은 없었던 남편 대신 가정의 경제와
자식의 양육을 도맡아야 했던 어머니는, 다시 자신의 이상을 위해
안락 대신 고난과 근심만을 돌려준 자식으로 인해 남은 생을 희생해
야만 했다. 아버지에 대해 알 수 없는 거리감을 가졌던 아들은 어머
니의 무조건적인 희생은 당연시한다. 조건없는 애정이 결과한 삶의
비참한 마지막은 아들에게 자신이 그토록 절대적 가치를 가진다고
믿었던 모든 것들의 의미가 내 어머니의 삶 앞에서 어떤 의미를 가
지는지를 묻게 한다. 어머니의 치매는 죽음보다 더 가슴아플 수 있
는 삶의 비참함을 그대로 드러냄으로서 시인에게 그의 시의 가느다
란 핏줄인 '生'의 의미가 무엇인지를 반추하게 한다. 이념의 무게는
삶의 무게처럼 너무나 가벼워지는 것임을 어머니의 노환은 시인에
게 보여주고 있는 것이다.
  어머니로서의 여성이 시인에게 그의 시의 본질이라 믿었던 삶과
이성에 대한 이해가 무엇이었는지를 깨닫게 하는 반면, 또 다른 여

성, 아내에 대한 시인의 태도는 이중적이다. 그것은 한국 사회에서 여성이 가지는 위치에 대한 또 다른 설명을 요한다. 한국 사회에서 여성성이라는 것은 모성만이 가치를 인정받는다. 이러한 모성이란 여성의 재생산 기능의 또 다른 이름일 뿐이다.

서구에서는 산업혁명기에 여성들이 산업현장에 투입됨으로써 가족의 해체와 재구성이라는 역사적 경험을 갖게 된다. 그러나 한국 사회의 여성들은 이러한 과정을 거치지 않음으로써 전통적인 농경 사회의 유산을 그대로 보존하게 된다. 재생산을 통해 아들을 낳고 그 아들로 하여금 가문의 대를 잇게 한다는 이러한 가계중심의 사회의식이 유달리 강한 것은 한국 사회의 특수성이며, 이러한 양상은 아들 선호 사상에 따른 성비 불균형과 그리고, 세계 최고의 입양아 수출국이라는 오늘날 한국 사회의 모습을 만들게 된다. 이러한 가계(家系)중심의 사회에서 여성성의 유일한 모습은 재생산의 기능을 담당하는 모성일 수밖에 없다. 한국 사회에서 오늘날에 이르기까지 어머니로서의 여성은 그나마 대접을 받고 있는 반면, 아내로서의 여성은 그 존재가 의미를 가지지 않는 것이 현실이다. 그리고 황지우의 시에서 그것은 그대로 드러난다. 물론 여기에 시인 특유의 낭만적 사랑이 등장하지 않는 것은 아니다. 페미니즘에 있어서 <낭만적 사랑>이라는 것은 결혼의 성차별적 양상을 은폐하는 하나의 가면이다. 결혼이라는 제도로 인해 남성에게 경제적, 심리적으로 예속되고, 삶의 모든 의미를 남자의 삶의 그림자로 만들어야만 하는 여성에게 <낭만적 사랑>은 그녀의 복종을 자발적으로 유도하는 최면제일 뿐이다. 물론 낭만적 사랑이 현대에 갑자기 나타난 것은 아니다. 기원전 천년 이전부터 전해 내려온 고대 이집트의 유물에도 수많은 연애시들이 있었고, 이 시들은 자아를 압도하는 따라서 일종의 질병과 유사한 상태인, 그러나 한편으로는 치유의 능력 또한 가지고 있는 그러한 사랑을 의미한다. 그러나 사랑의 열정(passion)이라는 말이 종교적 열정을 뜻하는 이전의 용법과 달리 세속적인 맥락에서 사용되게 된 것은 상대적으로 현대적인 일이다.[6) 낭만적 사랑이 이성애에 있어서 중요한 의미를 가지게 되고, 가문이나 계급, 경제적 지위를 넘어서는 결혼의 최대의 조건이 된 것은 현대의 이성애에 있어서 특징적인 양상인 것이다. 현대의 남성들이 낭만적 사랑이라는 조건으로 결혼을 통한 여성의 복종을 받아내게 된 이면에는 또 다른 변화가 내재되어 있다. 이전까지 여성고유의 영역으로 간주되던 감정의 영역에 남성이 개입해야만 하게 되는 것이다. 여전히 남성은 이성적이기에 사랑의 미묘한 감정 변화에는 당혹해 할 수밖에 없다. 그래서 결혼전의 남성은 이 낭만적 사랑의 과정에서 여성의 입장을 이해하려는 노력을 하게 되는 것이다. 그러나 이러한 노력은 어디까지나 노력에 그칠 따름이며, 더욱이 결혼 후에는 이러한 과정마저 결여된다.

> 내 나이 스물에서 스물 아홉에 이르는 시간 전부가 그에게 속해 버린 지금, 혁대를 풀고 검정 고무신을 신고 심한 상처를 입은 듯 다리를 절고 있는 그이를 보는 순간, 나는 숨이 콱 막혔다. 내 살이 그이의 살이었다.
>
> ―「아내의 편지」 일부, 『겨울-나무로부터 봄-나무에로』(1985)

남들처럼 돈 많이 벌어다 주는, 편안한 삶을 보장하는 그런 남자를 선택할 수도 있었다. 그러나 가난한 시인의 아내, 가장이 부재한

---

6) 기든스, 앞의 책, 81면 참조.

가정의 가장으로서 고통스러운 삶을 선택한 그녀의 삶은 자기 희생이 보여줄 수 있는 아름다운 모습을 보여주고 있다. 그런 그녀에게도 역시 유일한 삶의 의미는 남편에 대한 절절한 사랑과 아이들에 대한 모성이다. 어떠한 어려운 상황에서도 자신의 고통보다 오히려 자신보다 더 낮은 사람들에 대한 따뜻한 마음을 가질 수 있는 것은 바로 그러한 사랑이 바탕이 된다. 사회에서의 이상 실현을 위해 가슴아프지만 가정을 떠난 남편을 마음속 깊이 까지 이해하고 그런 남편에게 자신의 삶을 투영함으로써 오히려 자신의 존재의 의미가 부여됨을 깨닫는 것이 투사의 아내가 갖추어야할 자질인 것이다. 그러나 가슴아프게도 그녀가 자신의 삶의 의미를 지탱해 줄 것이라고 믿었던 사랑은 얼마나 그녀의 고통스러운 삶을 이겨낼 수 있게 해줄까? 시인의 이상이 시대의 위압 앞에서 무력하게 무너져 내리고, 삶의 다른 의미를 찾아내야 했던 것처럼, 시인의 아내도 현실의 고통 앞에서 다른 선택이 필요하게 된다.

(전략)
그런 거야, 서로를 오래오래 그냥, 보게 하는 거
그리고 내가 많이 아프던 날
그대가 와서, 참으로 하기 힘든, 그러나 속에서는
몇 날 밤을 잠 못 자고 단련시켰던 뜨거운 말;
저도 형과 같이 그 병에 걸리고 싶어요
(중략)
이제 내가 할 일은 아침 머리맡에 떨어진 그대 머리카락을
침 묻힌 손으로 집어내는 일이 아니라
그대와 더불어, 최선을 다해 늙는 일이리라
우리가 그렇게 잘 늙은 다음
힘없는 소리로, 임자, 우리 괜찮았지?

라고 말할 수 있을 때, 그때나 가서
그대를 사랑한다는 말은 그때나 가서
할 수 있는 말일 거야

—「늙어가는 아내에게」일부,『게 눈 속의 연꽃』(1990)

　　시인의 삶을 규정했던 것이 '광주'와 '민중'이었다면, 아내의 삶은
남편과 같은 삶의 의미를 공유하는 일, 즉 '저도 형과 같이 그 병에
걸리고 싶어'하는 일이다. 시인의 삶을 규정했던 '광주'와 '민중'도
아내는 '병' 이라 표현한다. 아내에게 남편의 '병'은 두 사람의 낭만
적 사랑을 가능케 하는 '열병(passion)'인 것이다. 아니 우리가 앓았던
80년대의 모든 현실들이 하나의 열병은 아닐까? 그토록 강인했던,
독재의 매서운 칼날 앞에서도 결코 굽히지 않았던 그들의 이상은 그
것이 열병이었기에 가능했던 것은 아니었을까? 현실적으로는 결코
타당하지 않았던 싸움에서 그들이 결코 패배하지 않았던 것은 자신
의 능력 이상의 힘을 가능케 하는 신념에 대한 단호한 믿음, 열정이
있기에 가능한 것이다. 그러나 그토록 굳건했던 믿음을 꺾었던 것은
적이 아닌 자신안의 불신이었다. 적은 아직도 굳건한데 자신안에 있
던 신념은 현실의 변화 앞에서 너무나 무력했던 것이다. 자본의 힘
이 그토록 강해서인가? 아니면 내가 최선이라 믿었던 나의 신념이
실체없는 허수아비였던가? 시인과 시인의 아내는 자신들의 이상에
대한 열정이 사라짐과 동시에 사랑의 열정도 사라짐을 목도해야만
한다. 적에게 대항해야할 자신안의 신념이 존재하지 않을 때 유일한
그의 무기는 무엇이 될 수 있을까? 그것은 열정과 함께 자신의 존재
자체를 부인하는 것이다. 『어느날 나는 흐린 주점(酒店)에 앉아 있을
거다』(1998)는 이러한 고독한 싸움의 편린들을 보여준다. 내용뿐만

아니라 형식적 측면에서도 연극적 기법의 도입이라는 독특한 면모들이 드러나는데 이러한 기법적 측면에서의 변화는 변화한 시인의 존재의미를 드러낸다. 철저하게 자신을 부정하는 것만이 유일한 전략 일수 있을 때, 자신을 객관화시킴으로서 해석하고자 하는 시인의 노력이 드러나는 것이다. 그러나 그 결과는 더욱 절망적이다. 외적 현실에서 시인은 시니컬하게나마 자신의 자존심을 지킬수도 있었지만, 가족안에서 시인은 철저하게 자신을 부정한다. 그러한 자기 부정은 잔혹할 정도이다. '현실의 고통이 커지니까 비로소 시집을 내도 되겠다는 생각이 들더라'라는 시인의 고백은 처절한 자기부정의 결과가 바로 이 시집이며, 이것은 또한 시인의 자기 치유의 과정을 그대로 보여주는 것임에 다름아니다.

아내가 나가버린 거실;
거울 앞에서 이렇게 중얼거리는 사나이가 있다 치자
그는 깨우친 사람이다.
삶이란게 본디 손만 댔다 하면 中古品이지만
그 닳아빠진 품목들을 베끼고 있는 거울 저쪽에서
낡은 괘종시계가 오후 2시를 쳤을 때
그는 깨달은 사람이었다

흔적도 없이 지나갈 것

아내가 말했었다 "당신은 세상에 안어울리는 사람이야
당신 이 지독한 뜻을 알기나 해?"

괘종시계가 두 번을 쳤을 때
울리는 실내; 그는 이 삶이 담긴 연약한 膜을 또 느꼈다
2미터만 걸어가면 가스밸브가 있고

3미터만 걸어가도 15층 베란다가 있다.

이 땅의 민주화를 위해 자신의 삶을 희생하는 것은 당연했다. 그리고 이러한 아름다운 희생에 어머니, 아내, 아이들까지 포함되는 것조차 숭고하다. 그러나 '오후 2시' 나이 사십이 되어 시인이 얻게된 '깨달음'의 정체는 무엇인가. 그것은 서로에 대한 절망과 불신이다. 젊은 날의 열정이 사라진 자리에 남은 것은 '세상에 안 어울리는 사람'이라는 절망과 세계와의 단절이다. 그리고 삶과 죽음이 연약한 막(膜) 하나의 차이에 불과한 것이라는 것을 깨닫는 것은 그리 어렵지 않다. 그래서 죽음을 유혹하는 '가스밸브', '15층 베란다'는 '2미터' '3미터'거리에 존재하는 것이다. 사회에서는 강인한 정신의 투사이었지만 가정에서는 부적응자, 무능력자 일수밖에 없는 것은 우리 사회의 모든 남성들의 모습이다. 스스로 방기한 가장의 자리에 이제 다시 돌아가고 싶었지만 그를 기다리는 것은 시효가 끝난 통조림처럼 버려질 수밖에 없는 소모품으로서의 남성인 것이다. 거울 앞에서 스스로의 모습을 낯설게 바라보아야 하는 시인은 이 시대의 군상들의 모습을 자신의 얼굴에서 읽어낸다. '살찐 가죽부대' 속의 삶이라는 것은 철저한 자기 비하와 자신이 수족관 속의 물고기와 같은 빠져 나올 수 없는 존재임을 인정하는 것, 이러한 비참함이 자신의 삶이라는 것을 깨닫는 것임을 보여준다.

문제는 이러한 전략이 자신이 자초한 것이라는 점에 있다. 아니 더 정확히는 가부장제 하의 남성 권력이 남성들의 이러한 삶의 방기를 조장했다고 보아야 할 것이다. 시인은 이 땅의 민주화를 위해 투쟁하는 것이 유일한 삶의 의미라 믿었다. 그래서 이 부조리한 현실에 타협하는 것, 즉 정상적인 남성, 가장으로서의 역할을 하는 것을 스스로 거부했던 것이다. 그러나 이제 자신의 가장으로서의 자리를 지켜야겠다고 생각하고 다시 그 안으로 들어가려 할 때 그것은 감옥으로 느껴지는 것이다.

> 금년 봄부터 나는 지방대학 시간강사 노릇 한다.
> 이것은 부업이고 나의 주업은 실업이지만
> 대학 근처에 얼쩡거린다는 자책감이
> 나를 찌근찌근 찔러댄다. 그러나,
> 시만 써가지고는 먹고 살 수가 없다.
> > (중략)
> 잠에서 깨고,
> 학교로 들어가는 문이 꼭 교도소 같다.

> —「桃花나무 아래」일부, 『겨울―나무로부터 봄―나무에로』(1985)

　연인이자 동지이자 그의 미래였던 아내의 몸에 가난의 문신을 새겨넣고, 아내가 피아노 레슨을 하는 동안 아이들을 데리고 놀이터에 나와 있어야 하는 시인의 모습은 죽음보다 더 참혹하다. 진짜 삶이라는 것이 혹시 내가 거부했던 그런 삶이 아니었을까, 지식인의 양심이라는 것이 혹시 철저한 자기 기만은 아니었을까. 그러나 부조리한 현실과 타협하는 대신 시인은 다른 방법을 택한다. 시인이 이른바 부르주아적 남성성이라는 것과 대항하고자 했다는 것은, 도저히 감당할 수 없는 적으로서의 지배적인 사회구조에 대해 예술가로서의 소외의식과 그들 자신의 계급 정체성을 드러내는 것에 다름 아니다. 전제적 규범성에 대항하는 강력한 무기가 오히려 자신의 삶을 방기하는 것임을 깨닫게 되자 절망은 오히려 풍자를 잉태하게 되는 것이다. 최근의 그의 시들에서 독특하게 드러나는 연극적 기법을 동원한 시들은 이러한 자본주의적 남성성을 통쾌하게 비웃는 방법적 기교이다. 그러나 그 안에서 철저하게 부수어지는 시인의 자아는 오히려 비장감마저 주고 있다.

> 하마터면 피아니스트가 될 뻔했던 아내가 출장 레슨 나가기 전에
> 그에게 와서 나를 어루만져 줄 때가 나는 좋다.
> 나는 아내가, 소파에 앉아 있는 그의 머리카락을 커트해 줄 때,
> 낮잠 자고 있는 그에게 가만히 다가와 나의 발톱을 잘라줄 때,
> 혹은 그를 자기 무릎에 눕혀 놓고 내 귀지를 파줄 때, 좋다.
> 아침마다 그에게 녹즙을 갖다주고, 입가에 묻은 초록색을 닦아주자
> 나는 그녀를 보면서 방그레 웃었다.
> 나는 아내가 그를 일으켜주고 목욕 시켜주고 나에게 밥도 떠먹여주고
> 똥도 맡아주고 했으면 좋겠다.
> 나는 그의 남은 생을, 그녀에게 몽땅 떠맡기고 싶다.
> 코로 숨만 쉴 뿐, 꼼짝도 않고 똥그란 눈으로 뭔가 간절히 바라고 있으면
> 그녀가 다 알아서 해주는 식물 인간이고 싶다.
> 코로 숨만 쉴 뿐, 꼼짝도 않고 똥그란 눈으로 뭔가 간절히 바라고 있으면
> 그녀가 다 알아서 해주는 식물 인간이고 싶다.
> 가끔 햇빛을 보고 싶어하므로 창문을 열어줄 필요만 있을 뿐,
> 동정할 수는 있어도 책임을 물을 수는 없는 이 幸運木; 나는
> 이 病室에서 나가고 싶지 않다.
>
> —「살찐 소파에 대한 日記」 일부, 『어느날 나는 흐린 酒店에 앉아 있을 거다』(1998)

이 시에서 시적 화자는 주관과 객관의 과정을 반복한다. '나'는 동시에 '그'이며, '나'의 의미를 묻는 것은 거울에 비친 '그'의 모습을 보는 것으로 가능해 진다. 여기에서 시인이 자신의 절망을 극복하기 위해 선택한 것이 '절대성'의 부정임을 우리는 깨닫게 된다. '나'를 '유일한 나'가 아니라 또다른 '그'라고 인식함으로서 시인은 현실에 대항할 강력한 무기를 가지게 된다. 삶의 확실성이 부정되는 순간에 시인이 발견하게 되는 것은 우리가 안다는 것, 인식한다는 것의 절대성이 '의미없음'을 인식하는 일이다. 그러한 작업은 '그'와 '나'를 철저히 분리하는 일에서 시작된다. 일견 언어의 유희처럼 보이지만 '그' 곧 '나'를 타자로 인식함으로써 객관화하는 작업은 실은 내 자신을 철저히 드러내고자함에 다름아니다. 그와 나 사이의 확대되는 한계는 사실은 자아의 동일성으로 되돌아오기 위한 몸부림이다. 타인의 언어에 의해서만 볼 수 있는 1인칭으로 말하는 나, 그러나 나와 그 사이의 측량할 수 없는 거리가 양자를 분리시킨다. 이렇게 '그'와 '나'를 분리시키는 좁은 거리를 따라 이야기가 형성되는 것이다. 그러나 이러한 분리에도 불구하고 시인이 발견하는 것은 반복과 절망이다. 현실은 결코 변화하지 않는다. 변화시킬 수 없는 현실은 자아의 무력함을 보여주는 것이다. 어제와 똑 같은 일상이 반복될 때 역사의 진보라는 개념은 의미를 잃는다. 일상의 의미라는 것은 '무의미성의 반복'에 불과하다고 시인 자신이 단정지워 버릴 때, 그에게서 미래는 철저하게 사상되어 버린다. 따라서 자신의 과거를 부정하고 새로운 자기로 나아가는 길은 힘들기만 하다. 그것은 자신을 철저하게 타자화 할 것을 요구하기 때문이다. 따라서 『어느날 나는 흐린　酒店에 앉아 있을거다』의 시집 전체를 일관하는 분열증적인

자기 인식은 병적인 양상이 아니라 삶을 살아내는 행동패턴의 새로운 모델이 된다.[7]

4. 타자화되는 남성성

삶의 주체로서 그리고 권력의 담지자로서 이 사회의 주역으로서의 남성은 이제 자유를 찾아 떠났던 여행에서 돌아오고자 한다. 그들이 찾던 파랑새가 사실은 자신의 집에 있었던 것을 깨달은 찌르찌르와 미찌르처럼, 삶의 진정한 의미, 시의 본질이 닿아있는 가느다란 실핏줄이 어디에서 유래하는가를 깨달은 것이다. 그러나 그가 돌아온 가정에서 그는 철저한 타자로서만 존재해야 한다. 남성에 의해 타자화 되었던 여성들이 지켜온 가정은 기나긴 고난의 과정 속에서 스스로 변신하고, 그리고 돌아온 남성들을 길들이고자 하는 것이다. 이것이 변화하는 삶의 진실이며, 시적 현실인 것이다. 타인에 의해 타자화되는 경우는 오히려 극복의 가능성을 가지지만 자신에 의해 타자화되는 분열증적 인식은 어떤 결과를 가져오게 될까.

　　누군가 늘 나를 보고 있다는 생가 때문에
　　사람들을 피해 다니는 버릇이 언제부터 생겼는지 모르겠다

---

7) 일체의 확실성을 거부하는 이러한 사유의 방법은 '바깥의 사유'라고 개념되어진다. 일종의 다원주의라고 볼 수도 있지만, 진리가 절대적이기보다는 상대주의적 가치를 가진다고 보는 점에서 일체의 권위를 부정한다는 장점을 가진다. 김현편, 『미셸푸코의 문학비평』, (민음사, 1989), 186~215면 참조.
　　일상을 통해 담론의 의미를 읽어내려는 노력은, 이 시집 전체를 관통하는 인식의 형태로 드러난다.

옷걸이에서 떨어지는 옷처럼
그 자리에서 그만 허물어져버리고 싶은 생;
뚱뚱한 가죽부대에 담긴 내가, 어색해서 견딜 수 없다.

글쎄, 슬픔처럼 상스러운 것이 또 있을까

그러므로 어느날 나는 흐린 酒店에 혼자 앉아 있을 것이다.
완전히 늙어서 편안해진 가죽부대를 걸치고
등뒤로 시끄러운 잡담을 담담하게 들어주면서
먼 눈으로 술잔의 水位만을 아깝게 바라볼 것이다

문제는 그런 아름다운 廢人을 내 자신이
견딜 수 있는가, 이리라.

―「어느날 나는 흐린 酒店에 앉아 있을거다」의 일부, 『어느날
나는 흐린 酒店에 앉아 있을거다』(1998)

'누군가 늘 나를 보고있다'는 분열증적인 인식은 현실에 의해 자신이 철저하게 타자화되어 있음을 의미한다. 그러나 나를 보고있는 자신은 타인이 아닌 자기 자신이라는 점을 주목해야한다. 일반적으로 주체는 타인을 타자화 함으로서 주체의 정당성의 근거를 확신한다. 그런데 스스로를 타자화 하는 주체는 어떻게 설명될 수 있을까. 누군가에게 자신이 항상 관찰 당하고 있다고 느껴지고, 그런 자신은 현실로부터 스스로에 의해 소외되어 진다. 현실의 적에 정면으로 대항하는 방법이 더 이상 가능하지 않을 때 시인이 선택한 방법은 자신을 왜소하게 만듦으로써 적을 무력화시키는 것이다. 자본의 위압 하에서의 유일한 선택이 자신을 방기하는 것이 되는 것이다. 그러나 그러한 방법은 굴복이 아니다. 자신의 신념을 방기하는 것은 제3의

길을 선택하는 것이 아니다.8) 그것은 오히려 자신조차 무력화시킴으
로서 이 억압적 현실의 잔인성을 보다 철저하게 드러내는 방법적 전
략에 다름아니다. 오히려 이제까지 자신이 믿어왔던 길이 억압적 현
실과 같은 방법적 연장선상에 있음을 깨닫고 철저하게 부숴진 잔해
안에서 삶의 진정한 의미가 다른 길에 있음을 깨닫게 되는 것이다.
사십을 知天命이라 한다. 그가 진정으로 삶의 진실을 깨달았을까. 진
실은 현실의 억압성을 드러내는 가장 적절한 방법이 바로 나를 버리
는데 있음을 깨닫는 것이고, 그것이 시 안에서 주체를 철저하게 타
자화 시키는 방법이라든가, 공간을 낯설게 하는 연극적 기법의 도입
으로 드러나는 것이다. 그러나 그러한 방법은 시인을 갈등하게 하고
그래서 '그런 아름다운 폐인(廢人)'을 자신이 견뎌 낼 수 있을 것인가
를 회의하게 하는 것이다. 변화한 현실안에서 자신의 정체성을 찾으
려는 시인의 노력은 대상이 사라져버린, 아니 적이 없는 전투와 같
은 현단계 한국 문학의 방황을 그대로 보여준다. 하지만 적이 사라
진 것이 아니라 원래 그 적은 내 안에 있던 내 자신임을 깨닫는 것,
그것이 황지우의 최근의 시집이 보여주는 현실의 모습이다. 그러한
인식의 전환은 부르주아적 남성성으로 대표되는 모든 규범적 인식
을 스스로 파기해 나가는 시인의 삶으로 가능해 진 것임을 우리가
목도할 때 오히려 그러한 전환의 잔인함에 숙연해 지는 것이다. 문
학이 가지는 본연의 비판적 기능이 현실의 심연에 숨어있는 시적 진
실을 끄집어내는 데에서 드러나는 것이라고 볼 때 우리는 변화하는

---

8) 혹자는 이 시집의 이러한 방향성이 박노해의 '세발 까마귀'처럼 좌파 이데올로
   기를 수정하는 신좌파류의 제3의 길을 의미한다고 해석하기도 한다. 그러나 좌
   나 우 혹은 신좌파와 같은 도식성은 오히려 이 시집의 의미를 협소화 시킨다
   고 본다. 중요한 것은 시 자체가 가지는 문학적 맥락이지 시인이 자리잡고 있
   는 사상적 위치가 아닌 것이다.

현실 앞에서 이제는 방법적 진실도 바뀌어져야 하는 것임을 믿게 된
다.

남성,
신성을 갈구하는 영원한 인간

— 장정일 「해바라기」에 대한 죠르쥬 바따이유의 에로티즘적 분석

최 지 현

• 약력

부산대학교 대학원 불어불문학과 석사과정과 주요 박사과정(불소설 전공)을 수료했다. 주요논문으로 「A. Camus의 'L' Etranger'에 나타난 감각세계」가 있다.

남성, 신성을 갈구하는 영원한 인간

— 장정일의 『해바라기』에 대한 죠르쥬 바따이유의 에로티즘적 분석

1. 들어가는 말: 잃어버린 신앙을 찾아서

장정일의 연극 『해바라기』 속에는 신화적인 상징과 은유가 풍성하게 나온다. 이 연극은 그가 소설에서 즐겨 삽입하는 공상적인 꿈들 중 하나 같은 이야기이다. 대개 꿈은 그의 고유한 성적 상상력을 극단까지 밀고 나간 비현실적이고 과장된 이야기들인데, 자신의 짝을 찾아 광활한 우주를 방황하는 거대한 성기 이야기가 그런 종류이다. 극작가 김인은 약속한 헨리 밀러의 소설의 각색을 그만두고, 자신의 작품을 쓰고자 하는데 글이 막힐 때마다 여자를 한 명씩 살인함으로써 결국 글을 완성한다는 내용이 『해바라기』의 간략한 줄거리이다.

이 연극은 일상적인 삶을 소재로 삼았지만, 극이 차츰 진행되면서

제의적 분위기 안에서 행해지는 주인공의 반복적인 살인행위와 극중에 삽입되는 몽환적인 장면들로 인해 상징주의 연극의 면모를 보인다. 그밖에도 암시와 환기의 기능을 지닌 시적 언어를 사용하고 작가가 정확한 연출, 세세한 소품, 구체적인 무대 장치를 지시하는 것을 자제함으로써 물질성이 배제된 정신적인 무대를 의도한 점, 관객의 상상력을 부추길 수 있는 신비스럽고 모호한 분위기 창출 등은 상징주의 연극의 특성으로 들 수 있다. 처음 『해바라기』를 대면하면 다소 난해하다고 느끼는 것도 이 연극이 관념이나 영혼의 상태를 표현하는 언어의 메타포와 여러 상징물을 적극적으로 사용하고 있기 때문이다. 따라서 이 극을 해독하는 열쇠는 상징의 정확한 해석에 있다. 극이 끝난 후 상징의 의미를 하나씩 되짚어보면 의외로 쉽게 풀리는 것이 『해바라기』의 묘미이며, 이것은 또한 장정일의 다른 작품에서도 음미할 수 있는 '해독의 재미'이기도 하다.

　『해바라기』에 사용된 상징은 비교적 지시하는 바가 명확하고 단순한 구조를 하고 있기에, 작가가 의도하는 일관된 심상을 보여주기에 용이하다. 상징은 남성과 여성이라는 두 성적 이미지를 대비시켜 보여주는데 초점을 맞추고 있다. 특히 여성의 이미지는 '고양이'에서 '해바라기' 또는 '무지개'로 전이되는 과정에서 여러 다양하고 풍성한 이미지를 파생시킨다. 극중에 끊이지 않고 들리는 고양이 울음소리나 대단원을 장식하는 해바라기의 신화적 의미 등 이 연극에서 여성의 이미지는 매우 중요한 위치를 차지한다. 김인으로 대표되는 남성의 욕망 구도는 전통적인 여성의 생식적, 성적 이미지를 바탕으로 그려지며, 그 위에 장정일의 독특한 여성관이 덧붙여진다. 이 작품 속에서 여성은 '김인(人)'을 한 유일한 인간으로 부각시키는 역할을 담당하고 있으며, 현대인이 느끼는 영혼의 깊은 절망이라는 주제를 실현하는 데 있어서 결정적인 심리적 배경이 된다. 무게중심을 지닌 한 명의 남자와 그를 둘러싼 다수의 여자들의 등장은 언제나 남자 주인공으로 하여금 주제를 실천하게 하는 장정일 특유의 인물설정 인데, 이 연극에서도 그대로 적용된다.

그러므로 『해바라기』에 대한 분석은 '여성을 배경으로 하는 남성 에 대한 분석'이며, 이 점에서 페미니즘적 시각에서 바라보는 오늘 날의 남성이라는 본고의 목적에 부합하는 것이다. 2장의 '타락한 세 상의 타락한 여성'에서는 김인을 방문하는 여자들을 통해 그가 속한 사회의 성적 타락상의 실태를 진단할 것이다. 3장의 '유일한 인간'에 서는 동물성과 신성의 영역을 차지하는 여성과 대비시켜 유일한 인 간으로서 김인의 실존적 위치를 밝힐 것이다. 4장의 '신성의 갈구'에 서는 여성을 희생제물로 삼아 신성에 참여하려는 김인의 제의적 행 위를 살펴볼 것이다. 5장의 '희생 제의가 끝나고'에서는 희생제의의 '속임'의 원리가 낳는 역설적 결과를 통해 이 시대의 희생자로서 김 인의 면모를 설명할 것이다.

『해바라기』는 주제 면에서 19세기 말 프랑스 연극계에서 일기 시 작한 상징주의 연극운동이 추구하는 것과 상당히 일치한다. 무대에 서 사회문제, 개인적 사건을 다루기보다는, 연극을 인간의 내면의 삶, 영혼의 상태, 형이상학적 절대를 표출하는 예술로 간주하는 점에 서 일맥 상통한 면이 있다. "신성의 타락이 성적 타락으로 나타나는 오늘의 세태" 속에서 "모성 속에서 신성의 회복"을 추구하는 김인을 통해 작가가 그리려는 인물은, 일상에 매몰된 채 살아가는 평범한 개인이 아니라 인간 존재와 세계 사이의 신비로운 관계를 드러내는 전형적인 인물, 더 나아가 우주의 신비를 훔치는 프로메테우스의 욕 망을 타고난 신화적인 인물인 것이다.

이런 주제의 고전성이 이 연극에 빠져들게 한 매력이었음을 고백한다. 더 이상 구원에 대한 꿈조차 꾸지 않는 우리, 타락한 우리에게 아직까지 신성에 이르려는 희망을 포기하지 않는 채 무모한 시도에 몸을 던지는 주인공을 통해 우리는 잠시나마 아득한 신화 속으로 빠져든다. 김인이 붙여놓은 희생제사의 활활 타는 불꽃 속에서 화형당한 고양이의 날카로운 비명 소리를 들을 때, 관객은 문득 잃어버린 신앙을 되찾고 싶은 욕망에 몸을 부르르 떨게 된다.

2. 타락한 세상의 타락한 여성

김인이 몸 담고 있는 사회는 성적으로 심히 부패한 사회이다. 그런 사회를 일컬어 작가는 "신성의 타락이 성적 타락으로 나타나고 있는 오늘의 세태"라고 표현했다. 그런데 한 사회의 도덕적 부패상을 알려주는 지표는 언제나 여자들이다. 그것은 처녀성을 지닌 여성은 인류가 지켜야 할 마지막 성스러움의 보루라는 믿음에서 기인하며, 그 믿음의 붕괴는 저자가 말한 "신성의 타락"의 다름아니다. 이런 현상은 『해바라기』에서도 여실히 나타난다. 세상의 타락상은 글을 쓰기 위해 집 안에 칩거한 김인을 통해서보다는 그를 방문하는 여자들, 즉 밖에서 안으로 들어오는 죄의 전염성을 지닌 여자들을 통해서 더 잘 감지된다.

『해바라기』에 등장하는 여자들은 이미 성적 타락에 깊이 빠진 '세상의 여자들'이다. 에덴 동산에서 아담을 설득해 선악과 앞으로 데려가서 죄를 짓게 한 것이 이브인 것처럼, 여자는 남자보다 먼저 죄를 알았고 그 죄를 남자에게 전파하는 역할을 한다. 마찬가지로 『해바라기』의 여자들은 김인을 이끌어 세상의 타락에 동참하게 하는 임무를 떠맡은 듯한 인상을 준다. 그래서 김인을 찾아오는, 순결을 저버린 여자들의 잇따른 출입은 타락한 세상에 대한 생생한 보고가 될 수 있다.

1) 타락의 무차별성

김인을 찾아오는 여자들, 즉 여기자, 출판사 여직원, 소녀 팬, 장녀, 차녀 그리고 후반의 선글라스, 펑크족, 걸인 여자는 모두 어떤 목적으로든 김인과 성교를 하고 싶어하는 여자들이라고 저자는 작품 후기에서 지적했다. 다양한 부류의 여자들이 그와 성관계를 맺는다는 것은 타락의 무차별성을 확인하게 한다. 김인이 섹스의 상대를 고르는 데는 기준이 없다. 여기자, 출판사 여직원 등 일로 만나는 여자, 극작가를 쫓아다니는 소녀 팬, 이웃집 처녀들, 우유를 배달하는 아줌마[1], 유흥지에서 우연히 만난 선글라스와 펑크족, 심지어 걸인 여자에 이르기까지 모든 종류의 여자가 그의 욕망의 대상이 된다. 아니, 동시에 그 모든 여자들이 그를 원했다고 표현해야 할 것이다.

성적 타락의 무차별성은 윤리적 잣대를 상실한 오늘날 우리 사회의 성풍속도의 대표적인 단면이다. 원한다면 누구와도 성교할 수 있

---

[1] 우유 배달부와는 직접적인 육체관계를 맺지 않지만, 그들이 주고 받는 대화 속에서 그녀 역시 성적 타락에 깊이 물든 여자임을 알 수 있다. 그녀는 김인이 성행위를 할 수 있는 힘을 유지시켜 주는 우유를 제공함으로 김인의 유혹에 심정적인 동의를 하고 있다. "왜 안 줘? 매일 이렇게 젖을 주는데"라는 말 속에서, '젖을 주는 행위'가 연상시키는 관능적 장면은 그녀가 김인에게 몸 대신 정신을 허락하는 '정신적인 간음'을 행함을 암시한다.

다는 사고는 한계에 대한 개념 자체가 지워진 사고이며, 이런 사고가 증폭되는 현실 속에서 『해바라기』에 나타나는 남녀의 성관계는 어떤 초월성을 띤다. 성적 타락은 거칠 것이 없는 기세로 세상을 뒤덮고 마침내 종교의 자리를 차지한다. 성은 상스러움과 동시에 성스러움을 부여받고, 십자가의 예수는 "가랑이 벌린 여인"에게 자리를 내어준다. 그 영향권에서 비켜서 있을 수 있는 사람은 아무도 없다. 타락의 무차별성은 예전에 사람들이 믿던 모든 가치와 윤리를 가차없이 무너뜨린다. 원한다면 자신이 낳은 자식과도 성교를 할 수 있다. 근친상간은 더 이상 우리를 인간 윤리 안에 묶어놓는 족쇄가 될 수 없다.

2) 타락의 광범위함

타락의 무차별성은 연령의 제한을 무너뜨림으로써 타락 범위의 확대를 꾀한다. 특히, 성적 타락의 심각성은 어린 소녀들에게서 더욱 절망적으로 나타난다. 막이 열리자마자, 첫 장면에서부터 작가는 부패한 세상의 정경을 주저하지 않고 관객에게 보여준다. 각색 중인 소설의 한 선정적인 부분을 주인공이 큰 소리로 낭독하는 것으로 연극은 시작된다. 그가 소리 내어 읽는 부분은 성행위가 사실적으로 묘사되는 정사 장면인데, "작은 등"과 "작고 동글동글한 엉덩이"를 가진 "어린 계집아이"와의 정사 장면이라는 점에서 우리의 관심을 끈다. 김인이 낭독한 소설 속의 현실은 곧 이어서 한 사건을 매개로 김인의 현실 속으로 들어온다. 김인이 열 다섯의 어린 소녀를 임신시킨 사건이 그것이다. 잇따라 오는 두 사건은 어린 소녀라는 인물의 공통점에 의해 같은 한 사건으로 관객에게 인식된다. 그리고 자연스러운 연상작용에 의해, 관객은 김인과 성관계를 맺은 여중생의 모습을 소설 속의 어린 계집아이의 모습 속에서 역으로 투영해 보게 된다. '작은 엉덩이'로 상징되는 다 자라지 않은 육체로 욕망의 도가니에 뛰어든 두 소녀는 너무 일찍 성에 눈을 뜬, 그래서 육체뿐만 아니라 의식의 성장조차 저해받은 어린 소녀의 모습이다. 여기자와 김인이 주고받는 대화 가운데 소녀에 대한 이야기는 아무런 논리적 체계성이나 질서를 찾아 볼 수 없는 기형적인 성의식의 한 실례를 보여준다.

여기자　그래, 걔는 너하고 결혼하겠다는 거야?

김인　그게 아니야. 결혼하겠다면 할 수도 있어. 열 다섯 살짜리 하고 산다고 사람들이 손가락질이야 하겠지만 그런 손가락질 정도는 질투로 받아넘길 배짱도 있어. 그런데 걔는 나와 결혼하지는 않겠다는 거야.

여기자　그럼 뭐야? 그 나이에 혼자 애를 낳아 기르겠다는 거야 뭐야?

김인　그것도 아니야. 미혼모가 되는 것도 싫대.

여기자　무슨 말인지 모르겠군.

김인　걔는 결혼하는 것도, 미혼모가 되는 것도 원치 않아. 단지 병원에 가는 게 기분 나쁘다는 거야. 자기 질 속에 쇠꼬챙이가 들어오는 게 싫다는 거지.

여기자　골때리는군. (『해바라기』, p.364)[2]

소녀의 무색의 의식 안에서 기존의 윤리관은 완전한 와해를 맛본다. 그녀에게 '섹스, 결혼·임신'이란 서로 연결선상에 있어야 하는 개념들은 낱낱이 분해되어 각기 별개의 독립된 의미를 갖는다. 이것은 "결혼과 섹스는 아무런 연관이 없고, 사랑과 섹스가 밀접한 관계가 있다"는 김인의 논리보다도 훨씬 더 성의 무목적성에 근접하는

---

2) 이하 쪽수는 세계의 문학 1996년 겨울호(82집)의 것임.

것이다. 의미가 와해된 무의미의 폐허 위에 남는 것은 조각난 '기분'
의 파편들이다. 공교롭게도 두 소녀는 둘 다 '기분'이란 모래성 위에

자신의 행동의 근거를 세운다. 헨리 밀러의 소설 속의 소녀는 "저를 안아줘요. 아, 버림받은 기분이야!"라고 외치며 섹스를 원했다. 김인의 철없는 여중생은 "자기의 질 속

여성의 전도된 적극성(부산 <열린무대>가 공연한 『해바라기』의 한 장면, 98년 1월)

에 쇠꼬챙이가 들어오는 것이 싫은 기분" 때문에 어떤 결단도 내리
지 못 한 채 혼란에 빠져 있다. 일시적인 기분에서 나온 충동적인
행동은 이들 어린 소녀들의 공통점이자, 오늘날 신문지상에 오르는
어린 소녀들에게 흔히 발견되는, 싹이 나기도 전에 성장을 멈춘 성
윤리의 현실이다.

　이와 같이 성경험에 대한 연령의 제한이 무너지면서, 육체적으로
정신적으로 성의 폐해로부터 보호받아야하는 "어린애"―여기자는 김
인의 어린 섹스 파트너를 이렇게 부른다―에게도 부패가 확산되고
있다. 타락 범위의 확대는 분명 정도의 심화를 동반한다. 『해바라기』
에서 보여주는 어린 소녀들의 성적 타락은 우리로 하여금 세상이 타

락한 정도를 가늠하게 한다. 어린이가 변질된 세상은 더 이상 성한 곳이 없는, 죄악이 포화 상태에 이른 세상이다. 김인은 이런 세계를 "신성이 사라진 세계"라고 지적하고 있다.

3) 전도된 적극성

더 나아가 『해바라기』 속에서 성적 타락은 여성에 의해 주도되고 가중된다. '전도된 적극성'은 『해바라기』에 등장하는 여러 여자들의 공통점이다. 보편적으로 성관계는 남자가 여자를 욕망함으로 시작되고, 여자는 공격하는 남자를 수동적으로 받아들이는 입장이다. 그러나 『해바라기』의 여자들은 더 이상 남자의 욕망의 대상이 아니다. 김인을 찾아오는 여자들은 자신의 육체적 욕망을 채우기 위해 남자의 집을 방문하는 적극성을 보인다. 김인이 그들을 욕망하는 이상으로 여자들은 김인을 욕망한다. 여자들의 태도는 당당하고, 그들의 요구는 명령에 가까운 것이다. 다음의 장녀의 태도는 '전도된 적극성'의 좋은 예가 된다.

장녀　동생 말이 어제 굉장했다고 하던데.

김인　굉장하다니? 뭐가?

장녀　당신이 침대에서 여자 우리는 솜씨 말이야.

김인　하, 그거? 그거라면 고양이들을 못 따라가지. 오늘 새벽에도 흘레붙는다고 법석을 떨던 고양이 울음소리를 들었을 텐데.

장녀　어머, 정말. 이 주택가 어디에 고양이가 살고 있는 거야? 새벽에 잠이 깨어 난 후로 한숨도 잠들지 못했어.

김인　왜? 거기가 근지러워서?

장녀　그래. 엊저녁에 동생이 당신과 놀아난 이야기를 해준 뒤부터 거기가

　　궁금했어.
　　(······)
김인　꼼짝없이 걸렸군. 그래 어떡할거야?
장녀　어젯밤 내 동생에게 한 것처럼 굉장하게 굴어봐. 내 목까지 차도록.
　　(『해바라기』, 384면)

　한 여자의 퇴장 후에 곧 초인종이 울리며 다른 여자의 등장이 잇따른다. 여자들은 김인에게 쉴 틈을 주지 않고 성교를 요구한다. 마치 그를 완전히 소진시킬 듯이 여자들의 요구는 끝이 없고 극성스럽다. 김인은 이제 자신의 성적 만족을 위해 섹스를 한다기보다, 밀려오는 여자들의 요구에 습관적으로 그리고 의무적으로 응한다는 인상을 던진다. 한 명의 남자에 대한 다수의 여자들의 “공격적인” 방문은 단순히 여성의 전도된 적극성의 이미지만을 보여주는 것이 아니다. 밀려드는 여자 군단은 세상의 거센 물결이 어떻게 한 인간을 엄습하여, 윤리적으로 타락시키는지를 시각적으로 보여준다. 김인과 여자들은 짜여진 프로그램 안에서 조작된 자동인형처럼 만나면 곧바로 침대로 가고 그리고 섹스를 시작한다. 극 중의 거듭되는 성교 장면은 반복성과 지속성이라는 성적 타락의 한 특성을 알려준다. 그 특징은 마침내 습관으로 고착되고 이어서 전 생활을 지배하기에 이른다. 타락은 의식의 잠식 뒤에 의식의 마비를 야기시킨다. 『해바라기』에서 등장 인물의 대부분은 의식을 놓아버린 채 충동에 이끌려 살아가는 세속화된 인간형이다.
　그렇다고 하여 김인이 도덕적으로 여자들보다 더 나은 위치에 서 있는 것은 아니다. 다만 작가는 부패한 세상의 상징으로 특히 타락한 여자들의 현실을 강조하여 보여주고 있는데, 이것은 한 사회의 도덕적 건강 정도를 여성을 통해 측정하려는 남성 일반의 고루한 방식을 채택한 것이다. 바꾸어 말해 남성의 성적 타락 속에서도 또는 남성의 타락과는 무관하게 여성의 순결을 기대하는, 그래서 여성의 타락은 남성의 경우보다 언제나 더 두드러져 보이는 심리가 장정일의 『해바라기』에서도 예외없이 나타난다. 남성의 이런 심리는 뒤에서 희생제의라는 신화적 관점에서 다시 분석될 것이다.

4) 처녀성에 대한 집착

성적으로 회복될 수 없을 정도로 타락한 세상에서도 남성은 처녀성에 대한 강한 집착을 보인다. 김인이 수많은 여자와 성관계를 맺지만 그 속에서 끊임없이 찾는 것은 바로 처녀성인 것이다. 그의 세속화된 성윤리 안에서 끝까지 무너지지 않고 건재하는 것은 처녀성에 대한 가치이다. 처녀로 보이는 여자에 대해 각별한 호의를 보이는 김인을 통해 우리는 처녀성의 향수에서 영원히 벗어나 못하는 남성의 고유한 속성을 발견한다. 김인이 출판사 여직원을 처녀로 오인했을 때, 그가 하는 말을 자세히 들어보자.

김인　솔직히 말해 전화 한 통으로 부를 수 있는 여자는 많아. 하지만 그들은 모두 단순한 놀이 상대일 뿐이야. 너와는 사랑을 하고 싶어.

김인은 여직원을 안고 침대로 간다.
조심스레 여직원을 안고 옷을 벗기고 애무를 한다.
섹스가 끝난 후, 여직원은 흐느낀다.

김인　실망이야. 처음인 줄 알았어. (『해바라기』, 371면)

김인은 '놀이'와 '사랑'을 구분하고 있다. 그리고 그 둘을 다르게 대우한다. 애정 없는 여기자에게 "미친 듯이 파고드는" 거친 손길이 여직원에게는 "조심스러운" 손길로 변한다. 놀이의 대상은 전화 한 통으로 만날 수 있는 수많은 여자들인데 반해 사랑의 대상은 그 수가 적어 만나기가 어렵다. 놀이 대상은 김인의 초인종을 쉴 새 없이 누르는 타락한 여자들이지만 처녀성을 지닌 여자는 결코 김인에게 먼저 오지 않는다. 처녀임의 증거는 남자 앞에서 부끄러움 없이 나체로 서는 '전도된 적극성'[3]이 아니라 남자의 손길을 피해 도망가는 '수줍음'에 있다. 김인이 여직원을 처녀로 오인한 것도 남자의 손을 떼어놓으려는 몸짓 때문이었다. 처녀성의 가치는 도망감, 거부함의 몸짓에 의해 더욱 가치를 획득한다. 달아나지 않는 여자는 자신을 욕망의 대상으로 욕망의 도구로 전시하므로 남자에게서 선물을 요구하는 '매음'을 행하는 것과 같다. 『해바라기』의 여자들은 김인에게서 결혼을, 출세를, 쾌락을, 식은 밥 한 그릇을 얻기 위해 자기의 몸을 제공한다.

작가는 후기에서 김인의 여자들은 삼녀를 제외하고는 누구도 "강간당할 순수"를 가지고 있지 않다고 단언한다. 장정일의 순수에 대한 개념은 완전한 처녀성에 바탕에 둔 완벽성을 요하는 개념이다.

---

3) 타인 앞에서 벌거벗은 모습을 부끄러워하지 않는 '나체의 당당함'은 처녀의 수줍음과 대조되는 타락한 여자의 전도된 적극성의 한 특징이다. 숨으라는 김인의 손짓에 아랑곳하지 않고 "소녀 팬은 이불도 가리지 않은 채 침대 위에 그대로 앉아 있다." 이것과 아주 대조적인 장면이 있다. 『해바라기』에서 유일하게 처녀로 인정받는 삼녀는 김인을 유혹하기 위해 스트립 춤을 추는 자기 어머니을 발견하고 "벌거벗은 어머니가 부끄러워" 도망쳐 버린다. 나체에 대해 처녀와 타락한 여자는 서로 상반되는 태도를 보인다. 벗은 몸을 숨기는 것은 처녀의 본능이다. 처녀는 나체에 대한 민감한 반응 즉, 부끄러움을 보인다. 그러나 한번 공개된 육체는 그때부터 시선을 받는 것에 익숙해지고, 점차 시선을 받음으로써만 자신의 육체를 확인할 수 있게 된다.

또한 이상향적인 성격을 띤다. 처녀성이 없으면 강간도 없다. 강간의 의미를 성립시키는 것은 오로지 처녀성이다. "희곡 전체를 통해 강간당한 여자는 삼녀뿐인데 삼녀만이 강간당할 순수를 가지고 있었다."고 작가는 밝혔다. 그 나머지 여자들에게 행한 육체적 폭력은 강간이 아니며, 전반부에서는 일대일의 공평한 성의 교환이고, 후반부에서는 타락에 대한 "처단"인 것이다.

"신성의 타락이 성적 타락으로 나타나고 있는 오늘의 세태"를 보여줌에 있어서, 분명 『해바라기』는 타락한 여자들에게 확대경을 들이대어 그것을 보여주고 있다. 처녀성으로 강조되는 여성성의 실추는 이 작품 속에서 각별한 의미를 내포한다. 뒤에서 더 집중적으로 분석하겠지만, 『해바라기』속에서 신성은 원형(原形)적인 여성성의 이미지를 함축하고 있으며, 처녀성은 신성에 이르게 하는 희생양의 선결조건이다. 오늘날 우리가 직면하고 있는 여러 타락한 징후들 중에서 하필 '처녀의 실종'을 통해 세계의 타락상을 보여준 작가의 의도가 여기에 있다. 장정일은 어떤 작가보다 여성에 대한 의존도가 높은 작가이다. 그의 여러 다른 작품에서도 드러나듯이, 그의 남자 주인공들은 예외없이 여성이라는 거대한 지반—비록 토양이 비옥하지 못하고 기초가 안정적이지 않더라도—위에서 자신의 세계를 건축한다.

여자가 정해주는 세계 안에 거주하는 남자, 그리고 그런 세계에 대한 부정 또는 이해의 과정을 통해서 한 인간으로 성장해 가는 한 남자의 모습을 『해바라기』에서도 만난다. 선악과에 먼저 입을 댄 것은 이브였다. 죄에 관한 한, 여자는 항상 남자를 앞지른다. 이브가 도입한 죄는 아담이 거주지, 에덴 동산을 가시덤불과 엉겅퀴가 나는 투쟁의 땅으로 바꾸어 놓았다. 최초에도 그랬고 지금도 그렇다. 김인을 둘러싼 세계는 여자들이 타락했기 때문에 타락한 세상이 된 것이며, 그런 세상은 김인으로 하여금 세계에 대한 끝없는 부정을 통해 한 '인간'으로 남으려는 투쟁에 가담시킨다. 우리가 앞으로 지켜볼 것은 바로 김인의 이런 인간이기 위한 외로운 반항이다.

3. 유일한 인간

『해바라기』 속에서 김인의 실존적 위치는 여성의 두 가지 대립적인 이미지의 중간에 자리잡는다. 그것은 극 내내 고양이의 이미지로 등장하는 여자들과 극의 마지막에 나오는 해바라기 속의 여자들이다. 둘은 동물성과 신성이라는 극단적인 대조를 보인다. 동물성의 지배를 받는 여자들이 김인이 매일 만나는 현실 속의 여자라면, 신성을 함축하는 해바라기 속의 여자들은 김인의 이상 속에 존재하는 여자이다. 김인은 세속화된 여자들 사이에 살지만 그의 머리는 언제나 해바라기의 "성스러운 여자들"을 꿈꾼다. 현실과 이상의 좁혀지지 않는 거리감을 느끼며 그 중간에서 방황하는 모습은 모든 보편적인 인간의 모습이다. 나는 이런 관점으로 김인의 인간적인 면모를 밝히고자 한다.

그런데 인간으로서의 김인의 지위는 동물적 속성과 신의 속성을 동시에 가지고 있는 여성에 의해 결정된다. 여자들이 동물과 신의 양극을 차지함으로 자연히 김인은 '유일한 인간'으로 자리매김된다. 여성의 두 속성은 상징성이 강한 두 매개물 즉, 고양이와 해바라기의 강렬한 이미지로 형상화된다. 먼저 도덕적으로 동물의 단계로까지 전락한 여성의 이미지를 살펴보자.

1) 동물성의 여성

크게 무딘 관객이 아니라면 극의 초두에서 바로 고양이가 타락한 여자의 상징인 것을 눈치채게 된다. 고양이의 울음소리는 극이 열리면서부터 들리기 시작해 마지막 막을 내리기 직전까지 쉬지 않고 들리며, 또한 이 연극의 주된 효과음으로 사용된다. 김인은 귓가를 떠나지 않는 고양이 소리에 계속 시달린다. 그는 고양이 소리가 글의 영감을 방해하는 "강박의 원인"이라 여기고 마침내 고양이를 불태워 죽인다. 타락한 여자들의 이미지를 고양이에게서 빌어온 것은 도둑고양이의 유랑, 자유로움의 이미지와 고양이의 왕성한 성욕과 번식력 때문이다. 즉, 작가는 고양이에게 붙은 여러 성적 이미지를 동원해 김인의 방탕한 여자들과의 동일화를 시도하고, 그럼으로써 동물적 충동에 사로잡혀 사는 여자들이 처한 일종의 함몰상태를 강렬하게 이미지화 한다.

김인의 무의식 속에서 여자와 고양이는 동일한 욕망의 대상이다. 고양이와 여자를 바라보는 시선에는 어떤 차이가 없는 듯 보인다. 쉴 새 없이 찾아와 성교를 원하는 여자와 집요하게 귓가를 맴도는 고양이 소리는 그에게 같은 욕정을 일으킨다. 고양이 소리가 잠자던 성욕을 일깨우는 아래의 장면에서 그의 관념 속의 고양이는 곧 여자임을 알 수 있다.

김인   (…)봄날에 듣는 저, 고양이 소리…… 나른한 게…… 내 속에서 무엇
       인가를 불러내는 것 같아……사람 미치게 한단 말이야. 정말이야……

(『해바라기』, 363면)

　고양이에 대한 더 직접적이고 노골적인 비유는 여자를 '민감한 성기'를 가진 인물로 강조함으로써 여자를 육체만을 가진 존재, 더 나아가 동물적인 인간으로 자꾸 몰아간다. 고양이는 서양에서 "여자의 음부"를 가르키는 은어인데, 그것은 여자의 성기는 고양이처럼 "민감하고", 성교시 고양이 같은 "소리를 낸다"는 점을 김인은 둘의 유사점으로 지적한다. 민감한 성기에 대한 강조는 여성에게 있어서 인격의 소멸을, 동물성의 승리를 의도적으로 말하고자 하는 것이다.

　성행위는 성기의 팽창으로 시작된다. 그것은 우리의 내부에 있는 동물적인 면이 발동하는 데에 기인한다. 성기의 팽창이 의지와 무관한 것처럼 육체적 충동은 극도의 흥분 상태에서 정신의 침묵과 정신의 부재를 요구한다. 그 충동에 자신을 내맡긴 사람은 인간성에서 벗어나 맹목적이 되고 망각의 세계를 경험한다. 『해바라기』의 여자들은 마치 광견병에 걸린 듯 앞다투어 김인의 육체를 탐닉하고자 찾아온다. 그들을 지배하는 것은 이미 인격이 아니다. 동물성에 점령당한 내면은 윤리적 가치나 인간으로서 마땅히 지켜야 하는 금기의 의미를 상실한다. 그들 중 가장 극도의 비참에 빠진 인물로 김인의 어머니가 제시된다. 작가는 동물적인 여자들을 단계적으로 보여주다가 김인의 어머니에 이르면 일말의 여지도 남김 없이 여성에게서 인간성을 완전히 제거해 버린다. 어머니는 윤리적 인간이라면 마지막으로 지켜야 하는 선인 근친상간의 금기를 파기함으로 동물의 지위로 격하된다. 어머니는 발정기에 오른 짐승이 교미할 상대를 찾아 미친 듯이 헤매는 것처럼 아들을 찾아온다. 어머니의 눈에 비치는 아들은 한 마리 수컷에 불과하다. 어머니의 횡설수설은 혼미한 정신을 나타낸다. 그녀는 뜻이 이어지지 않는 문장 속에 밀감, 고추, 미꾸라지, 손가락 등 남성의 성기를 상징하는 말들을 마구 뒤섞어서 되뇌인다. 아들의 손가락을 삼키고 "아, 매워! 아, 매워! 혀가 불탄다."라고 소리치며 성적 흥분 상태를 재현한다. 어머니의 이런 동물성은 로마 신화에 나오는 바커스제에 참여한 여자들을 연상시킨다. 축제 중에 흥분한 여자들은 남자들이나 짐승을 향하여 무차별적으로 달려든다.4) 광란의 극에서 인간과 동물의 '차이 소멸'이 일어난다. 김인의 어머니가 처한 극심한 함몰 상태에서는 동물성이 인간성을 누르고 승리한다. 『해바라기』에서 어머니가 갖는 의미는 상당히 중요하므로 이 장의 **다가오는 어머니** 부분에서 좀더 깊이 있게 살펴볼 것이다.

고양이가 여자들의 동물적인 면을 보여주는 것은 성적인 부분만이 아니다. 더 본질적인 면에서 여자들은 고양이를 닮았다. 그것은 생식(生殖)적인 면이다. 인간의 눈에 비친 동물은 죽음과 생식과 폭력의 게임에 한껏 몰두하는 존재이다. 고양이는 새벽마다 "홀레붙기 위해" 소란을 피운다. 김인의 집과 이웃집 담 사이에 도둑 고양이는 둥지를 틀어 새끼를 친다. 배고픈 새끼 고양이 소리와 이에 답하는 어미 고양이의 소리는 우리의 상상 속에서 그 수가 무한히 늘어날 것 같은 번성하는 고양이 군집을 떠올리게 한다. 고양이의 생식력과 번식력은 여성의 다산성과 같은 이미지로 다가온다. 해바라기 꽃 안에 틈새 없이 빽빽하게 박혀있는 수많은 씨앗 역시 여성의 다산성을 상징한다. 다시 생리를 시작했다며 기뻐하는 김인의 어머니, 그녀가 꿈꾸는 것은 중단 없는 수태와 출산의 설렘이다.

---

4) 르네 지라르, 김진식·박무호 옮김, 『폭력과 성스러움』, 민음사, 1995, 191면.

어머니 내 뱃속에 밀감…… 밀감이…… 한 가득이야…… 내 뱃속에…… 미꾸라지가 주렁주렁 열렸어. (『해바라기』, 404면)

성행위가 성적 유희가 되는 것은 인간에게서만이다. 본질적 의미에서 성행위는 종족 번식을 위한 생식적 활동이다. 그런 의미에서 성적 쾌락을 목적으로 온 장녀가 성행위를 두고 "우리도 새끼를 쳐볼까?"라고 무의식적으로 내뱉은 말은 결코 우연한 일이 아니다. 인간적인 의식 이전에 모든 성행위는 수태를 목적으로 한다. 우리의 세련된 의식은 성적 만족을 의도하지만, 무의식은 끝까지 수태를 붙잡고 있다. 모든 여성은 수태할 가능성이 있고 새끼를 키울 능력을 타고난다. 이런 점에서 여성은 남성보다 더 동물에 가깝다.

동물의 세계에서는 죽음조차도 생명의 번성함의 다른 이름이다. 자연은 한 생명의 소멸을 통해 또 다른 생명의 탄생을 예고한다. 한 세대가 사라짐으로 그 다음의 세대가 올 수 있다. 불에 타 죽은 고양이와 목 졸려 죽은 여자들의 시체는 기름진 '거름'이 되어서 김인의 뒤뜰에서 해바라기를 더 붉게, 더 아름답게, 더 눈부시게 피어오르게 하는 영양분을 공급한다. 자연에서 생명체는 서로 연합하여 어떤 형식으로든 생명의 창궐이라는 목적성에 기여한다. 죽음과 생명이라는 아주 대립적인 개념은 생식력이 부패에 있다고 믿는 오래된 믿음 안에서 그 대립성이 제거된다. 사실 생명이란 다른 생명의 부패의 산물이며, 이때 부패는 더 이상 죽은 육체가 주는 구역질나는 끈적거림이나 악취의 이미지에만 머물러 있지 않다. 부패는 이제 새로운 생명을 키워내는 비옥함의 장점을 인정받아 생명의 원동력으로 부상한다.

그런 의미에서 여자들의 죽음은 생명의 소멸이 아니다. 김인은 여자들을 죽였지만 여자들은 해바라기 꽃 속에서 다시 살아나서 영원한 생명의 환희를 노래하며 춤춘다. 김인을 두려움에 떨게 하는 것은 자연을 닮은 여성의 생명력, 죽음조차 또 다른 생명으로 전이시키는 초월적인 생식력인 것이다. 그래서 그는 휘발유를 들어부어 고양이를 죽이지만, 그 후 재 속에서 다시 태어나는 "불고양이"의 환영에 사로잡혀 고양이의 강박 관념에서 끝내 벗어나지 못한다. 그는 고양이가 영원히 죽지 않을 것을 알고 있다. 죽지 않는 고양이는 영원히 꺼지지 않는 지옥의 불처럼 그를 절망과 공포에 떨게 한다.

> **김인** (오른손 검지로 왼손가락을 짚으며) 고양이는 살아 있다. 고양이는 죽지 않는다. 꺼진 불도 다시 보자. 고양이는 살아난다. 불고양이가 재 속에서 태어난다. 불고양이는 잘 죽지 않는다. 살아난 고양이는 죽이지 말고 보호소로 보내자…… (『해바라기』, 402면)

뜨거운 불 속에서도 살아남아 잿더미에서 기어나오는 불고양이는 여성의 질긴 생명력의 상징이다. 그런 생명력은 동물에 가까운 여성의 생식력, 즉 죽음과 생명의 끝없는 순환인 자연의 원리를 몸 속에 그대로 이어받은 듯한 자연스러움—자연을 닮음—에서 기인한다. 『해바라기』의 작가 눈에 비친 여성은 적어도 인간보다는 동물에 더 친화적인 존재이다.

2) 신성의 여성

해바라기는 김인의 창문을 통해 조금씩 싹트는 모습을 보이다가

극이 끝나기 직전, 가장 마지막 장면에서야 우리는 만개한 해바라기를 만날 수 있다. 해바라기를 바라보며 하는 마지막 짧은 독백 속에 이 연극에서 해바라기가 상징하는 의미가 집약적으로 들어 있다. 고양이와 마찬가지로 여성성에 숨은 신성은 해바라기가 주는 신화적, 조형적 이미지를 통해 전달된다.

먼저 김인의 뒤뜰에 핀 해바라기가 다른 곳의 해바라기와의 차이점은 "더 붉다"는 것이다. 김인은 화재 조사원에게 이 점을 자랑한다. 김인의 해바라기가 더 붉은 이유는 "사연"이 있기 때문인데, 그 사연은 여자들의 죽음을 통한 희생이다. 여자들 또는 "고양이 피"를 먹고 자란 해바라기는 더 붉을 수밖에 없고, '피'는 신성으로 나가기 위한 희생제의의 필요조건이다. 피는 동물의 가장 본질적인 특질이며, 동물을 식물과 구별하게 하는 특별한 상징이다. 따라서 동물의 피를 양분으로 자란 식물의 개화는 어떤 전이, 체질의 변화가 일어났음을 암시하는데, 그것은 동물의 속성으로 상징된 여성의 죄성의 소멸과 새로운 세계로의 승화를 의미한다. 그런 의미를 누구보다도 간절히 추구하기에 김인은 "저 해바라기가 교살된 고양이들의 위한 십자가처럼" 보인다고 고백한 것이다. 십자가인 해바라기는 죄성을 사함으로 여성을 원래의 여성성으로 돌려 놓는다.

여자들이 새로이 깨어나는 세계는 죄와 무관한 세계, 신성의 영역이다. "해바라기의 꽃 속에서 수천 수만의 흰옷 입은 어머니"는 새로운 속성으로 부활하는 "성스러운 여자들"인 것이다. 그 세계는 "흰색의 둥근 원"이 주는 무한의 이미지를 가진 현세 너머에 존재하는 세계이다. 또한 김인의 이상 속에만 존립하는 세계이다. 그 속에서 김인은 세속의 껍질을 벗어던짐으로써 의식의 전복을 통해 초월을 맛본다. 죽음을 통해 육체를 벗어 던지는 것, 그것은 중요한 의미가 있다. 육체는 우리를 각각의 개체로 만드는 형식이다. 그리고 개체성은 우리에게 헤어날 수 없는 존재의 고립감을 느끼게 한다. 그러나 그 형식이 사라지면 우리는 보편적인 실재(實在), 영속성의 세계와 만난다.

해바라기 안에서 이루어지는 영속성의 세계는 성스러운 여자들이 만드는 둥근 원의 돌고 도는 순환으로 표현된다. 그 안에서는 모든 대립적인 의미들이 하나로 통합되어 무한의 풍요를 누린다. 한 남성이 "저 달의 아이, 저 달의 정부, 저 달의 죄수" 등 여러 의미를 동시에 가질 수 있는 것은 그 세계의 '통합성의 원리' 때문이다. 심지어 근친상간의 규율도 의미 자체를 잃어버리는 세계가 그 곳이다.

> **김인** (…)초생달처럼 깨어져 나갔던 누이는 붉게 타는 혀로 나를 삼키고서 더 큰 만월을 짓습니다. (『해바라기』, 417면)

누이의 의미는 이미 혈연의 관계를 넘어서 총체적 여성, 여성의 원형, 곧 '모성'의 의미 속으로 편입됨으로, 누이는 생명의 씨앗인 나를 받아들일 수 있고 나를 잉태할 수 있다.

왜 김인은 여성 속에서 신성을 추구하는가? 그 사상의 근거는 무엇인가? 그것은 생명의 근원, 생명의 출발점이라는 점에서 여성과 신은 모호한 일치를 이루기 때문이다. 여자들이 성스러운 것은 그 뱃 속에 생명을 잉태할 수 있기 때문이다. 신은 생명의 창조라는 자신의 능력의 일부를 떼어 여자에게 나누어주었다. 해바라기 꽃 안에서 재현되는 장면은 생명이 최초로 만들어지는 순간의 모습이다.

> **김인** (…)나는 그 속으로 끌리듯 걸어갑니다. 한 발자국, 한 발자국, 달의

중력이 파도를 끌어당기듯이 나는 작은 물방울이 되어 하늘 높이 솟구칩니다. 성스러운 여자들의 둥근 원은 잠시 나의 진격에 한 모서리가 찌그러집니다. 그러나 달이 그러하듯이 흰색의 둥근 원은 쉽게 원래의 모습을 되찾습니다. 초생달처럼 깨어져 나갔던 누이는 붉게 타는 혀로 나를 삼키고서 더큰 만월을 짓습니다. 고양이에게 찢겨진 생쥐처럼 나는 그녀의 피와 살이 되어 그녀와 함께 둥글어집니다. (『해바라기』, 417면)

정자와 난자의 결합을 연상시키는 위의 장면은 장정일의 독특한 여성관을 보여준다. 정자와 난자라는 두 불연속적 개체는 새로운 존재가 생겨나기 이전 둘 다 형태적 와해를 경험한다. 원칙적으로 와해작용에서 "진격"하는 쪽은 남성이고, 남성의 공격에 의해 먼저 와해되는 쪽은 여성이다. 정자가 도착하는 순간 "모서리가 찌그러지는" 난자의 모습은 우리의 머리 속에 깊이 각인된 생명 탄생의 첫 장면이다. 그런데 김인이 더 관심의 초점을 맞추고 바라보는 장면은 그 다음의 것이다. 여성의 일시적 와해는 남성과의 융합을 위한 것이며, 남성의 와해를 준비하는 과정에 불과하다. 남성은 "찢겨진 생쥐"의 상태로 즉, 자신의 형태를 잃어버린 채 결국 여성 속에 흡수되어 버린다. 이에 반해 여성은 원래의 둥근 모양을 회복하여 자신 속에 들어온 남성에 의해 "더 큰 만월"로 확대된다. 우리는 마지막 결과를 토대로 다시 첫 장면을 분석할 필요가 있다. 남성의 진격은 엄밀한 의미에서 순수한, 자발적인 공격이 아니다. 그것은 "달의 중력이 파도를 끌어당기듯이" 유인된 공격이며, 오히려 진정한 공격성은 다가온 남성을 "붉은 혀로 나를 삼키는" 여성에게서 찾을 수 있다. 이런 관점에서 여성은 신의 속성을 닮았다. 김인은 부인했지만, 헨리 밀러의 소설에 나오는 신과 인간의 관계가 여성과 남성의 관계로 그대로 재현되고 있다.

<blockquote>
여기자 (…)나는 나의 이미지로 만든 세상을 원했고 나의 정신으로 신을 만들었으며 그 후로는 나를 방해하는 것이 없었다. 어느 날 나는 깨달았다. 결국 나도, 하느님이 자신의 무한한 힘을 알리기 위해 보인, 그 끝없는 영역의 일부였다는 것을…… (『해바라기』, 368면)
</blockquote>

세속이 반목과 분열의 세계라면, 신성은 무한한 화합과 통합의 세계이다. 타락한 세상에서 여성과 남성은 두 성으로 분리되어서 서로 잡아먹고 잡히는 관계에 놓인다. "고양이 가면을 쓴 여자들이 한꺼번에 달려들어 김인의 목을 조른다." 역시 김인도 여자들의 목을 졸라 죽인다. 그러나 해바라기 속의 세계는 신의 세계이고, 축제의 세계이다. 이제 김인을 괴롭히던 고양이 소리는 "노랫소리"로 바뀌고, 성스러운 여자들이 "손잡고 춤추며 노래"한다. 여성이 신성의 세계를 대표함으로 남성은 영원히 여성 속에 있는 신성을 추구하는 인간으로 남게 된다.

3) 유일한 인간인 남성

이상에서 우리는 김인이 『해바라기』에서 유일한 인간으로 자리매김되는 과정을 살펴보았다. 이제 우리는 동물성과 신성을 보유한 여자들 사이에서 김인이 보여주는 인간의 모습, 인간적 성격을 분석하겠다.

김인을 '인간'이게 하는 것은 자연에 대한 거부의 몸짓과 인간임에 대한 자각에 의해서이다. 그는 전 연극을 통해 타락한 여자들에 대해 깊은 혐오감을 나타낸다. 그는 여자들에게 거침없이 "악귀같은 년", "씹년", "쌍" 등의 욕설을 난발한다. 특별히 주의 깊게 살펴볼 점은, 여자에 대한 역겨움은 성행위가 끝난 후에 절정에 달한다는 사실이다. 소녀 팬의 경우, 이런 반감은 고조되어 결국에 살인의 충동을 느낄 정도에 이른다.

김인 썩 꺼져?

　　김인이 소녀 팬을 마구 두들겨 팬다.

소녀 팬 어머, 미쳤나 봐.

김인은 곧 죽일 듯이 소녀 팬의 목을 졸라댄다.
　　소녀 팬은 김인의 사타구니를 무릎으로 차고 그가 바닥을 구르는 사이에 옷가지를 주워 집 밖으로 뛰쳐나간다.
　　등을 새우처럼 움크린 채 자신의 두 손을 노려보며 부르르 떠는 김인. (『해바라기』, 379-380면)

　　김인이 느끼는 분노의 기저에는 동물성에 대한 멸시의 감정이 숨어 있다. 성행위를 마친 후 상대와 아울러 자기 자신에게 느끼는 수치심은 엄밀히 말해 인간 속에 내재한 원초적인 동물성에 대한 수치심인데, 그것은 인간의 보편적인 감정이다. 죄수처럼 등을 움크린 자세에서, 자기 두 손을 노려보며 떠는 모습에서 우리는 자기 내면을 향한 시선을 발견할 수 있다.
　　성행위에 대한 관념은 이 연극에서 인간과 동물을 구분짓는 중요한 기준으로서 김인과 타락한 여자들을 차별화하는 것이다. 일반적으로 성행위에 관한 한, 인간과 동물은 서로 상이한 태도를 보인다. 먼저 동물의 성생활를 보면, 생식을 목적으로 하는 동물의 성행위는 생활의 자연스러운 일부분이다. 가끔 짝짓기 과정에서 암컷을 두고 수컷들 사이에 싸움이 일어나기도 하지만, 그런 폭력 역시 생존과 생식을 위한 한 과정이므로 삶 전체의 균형을 깨는 일은 없다. 다시 말해, 동물에게는 성행위에 어떤 문제 의식도 존재하지 않는다. 『해바라기』에서 고양이들은 삶의 리듬을 타며 새벽마다 "홀레붙는다고 법석" 떤다. 고양이의 일생은 교미를 함으로써 평화롭게 유지되고 자연스럽게 흘러간다. 마찬가지로 김인을 찾아오는 여자들에게도 성행위에 대한 별다른 문제의식이 없다. 성적 본능의 충족이 그들의 유일한 목적이다. 김인이 역겨워하는 것은 바로 여자들의 그 단순성, 원초적인 본능을 벗어나지 못하는 낮은 단계인 것이다.

그러나 인간으로 넘어오면 성행위에 훨씬 복잡한 의미가 첨가된다. 이것은 김인의 관념 속에서 잘 드러난다. 일단 김인은 임신을 강하게 거부함으로 생식을 위한 동물적인 성행위의 수준을 벗어난다. 그리고 여자들이 성적 쾌락에 집착하는 것과는 대조적으로 그는 극중에 한번도 성적 만족감을 스스로 표현한 적이 없다. 오히려 그는 성적 무감각, 욕구불만, 발기부전 등으로 성행위의 실패를 반복한다. 분명 그의 성행위는 성적 유희와는 무관한, 어떤 다른 내면의 추구를 위한 하나의 수단 혹은 절차로 보여진다. 성교 후 여기자가 "뻥 뚫린 느낌이야"라고 했을 때와 김인이 '관능적인 살인'5)을 한 뒤

---

5) 싸드는 그의 소설에서 에로행위의 절정은 살해행위에 있다고 말했다. 죽음을 끝으로 하는 김인의 성행위는 싸드가 지적한 성욕과 살해욕 사이의 깊은 연관성을 현실로 보여준다. 즉 그의 살인 행위는 성행위의 관능성을 파괴라는 극단으로 몰아간 형태이다. 죠르쥬 바따이유, 조한경 옮김, 에로티즘, (민음사, 1993), 18면 참조.

“뻥 뚫렸단 말이야”라고 했을 때, 두 동일한 표현의 의미적 차이는 상당한 것이다. 전자가 단순히 육체적, 성적 만족감을 표현했다면, 후자는 정신의 추구를 의미하고 있다. 김인이 성행위를 통해 얻으려는 것은 분명 이차적인 것이다. 김인은 살인이라는 극단화된 형식으로 나타나는 성행위를 글을 쓰기 위한 준비 과정으로 삼고 있다. 평소에 김인의 글쓰기 습관은 이를 더 극명하게 증명한다.

> **여기자** 글을 쓰지 않을 때는 당신은 금욕주의자지. 그러다 글을 쓰기 시작하자마자 색마가 되고. 저번에 작품을 쓸 때도 글이 잘 안 풀린다면서 매일 나를 불러댔지. 아예 퇴근을 이리로 했달까. 오늘 날 부른 것도 글이 막혀서 아니야? (『해바라기』, 367면)

김인이 성행위에서 이끌어내려는 것은 창작을 위한 힘, 창조의 원동력인 것이다.

4) 다가오는 어머니에 대한 두려움

인간 세계는 살아 있는 정신, 곧 동물성 또는 자연의 부정으로부터 태어난다. 김인이 인간일 수 있는 것은 타락한 세상 속에서 극복하기 힘든 의식의 혼미 가운데 빠져 있지만, ‘아니’라고 반항하므로 가능해진다. 그런데 동물성의 멸시와 윤리의 준수는 깊은 관계가 있다. 인간이 동물성을 경멸한다는 것은 인간은 동물이 모르는 가치를 안다는 말이고, 인간은 윤리의 세계에 산다는 말이며, 따라서 동물보다 우월하다는 말이다. 관습적으로 언제나 동물성이 타락의 표상이 되는 이유는 윤리를 지키려는 인간의 의지가 한 단계 높은 위치를 차지하기 때문이다. 김인이 그나마 여자들보다 우월한 것은 근친상간이란 최후의 성 윤리에 대한 의식이 있기 때문이다.

위에서 동물 세계에서 성적 무질서와 폭력은 삶의 균형을 해치지 않음을 보았다. 그러나 인간의 경우는 다르다. 인간에게서 성행위는 육체적 행위를 넘어서 내적, 심리적 체험이기에 절대 윤리와 무관할 수 없다. 인간 세계에서 성적 무질서는 끝없는 폭력을 부른다. 인간에게 있어서 보편적인 금기가 성의 자유에 대한 반기인 이유가 여기에 있다. 따라서 근친상간의 금기는 동물적인 자유를 금하므로 인간 집단의 질서를 보호하려는 지극히 인간적인 장치이다.

이런 관점에서 "점점 다가오는" 어머니에 대한 두려움은 근친 상간에 대한 두려움으로 받아들여야 할 것이다. 이 연극에서 어머니의 접근은 가히 위협적인 형세로 그려지고 있다. 제주도에서 출발해 부산, 대구, 수원 순으로 점점 거리를 좁혀가며 공포는 증대된다. 어머니의 존재를 잊고 있던 김인에게 자신의 근접을 알리는 어머니의 불규칙적인 전화는 일상의 평화를 깬다. 장정일의 작품에 등장하는 어머니는 아들의 내면 너무 깊은 곳에 박혀 있어 평상시는 잘 의식되지 않지만, 문득 한 번씩 머리를 들어 자신의 존재를 알리는 근원적인 존재이다. 어머니에 대한 감정은 지워진 듯하지만 사실은 영원히 마음에서 추방할 수 없는 집요한 감정들 중 하나이다. 어머니는 언제나 아들에게 설명할 수 없는 죄의식과 함께 찾아온다.6) 어머니의

---

6) 『아담이 눈뜰 때』에서 아담의 어머니는 지하 상가의 청소부이다. 아들은 우연히 지하 상가의 화장실 바닥을 밀대로 미는 어머니의 모습을 보게 된다. 그 지울 수 없는 영상은 공교롭게도 아담이 중년의 호모에게 몸을 허락하던 날 밤에 꿈으로 재생된다.

그날 잠 속에서 나는 많은 꿈을 꾸었는데 그 꿈의 대부분은 화장실과 관련된 것이었다. 정화조의 줄을 아무리 잡아당겨도 물이 나오지 않는다거나,

당도는 피할 수 없는 막다른 골목과 같으며, 김인은 그것을 "절망"이라 표현했다. 절망적인 상태의 도래, 그것은 단순히 어머니의 도착만을 의미하지 않는다. 우리는 김인에게 어머니가 함축하고 있는 의미를, 절망의 실체를 꿰뚫어 보아야 한다.

다가오는 어머니는 인간성을 위협하는 동물성의 접근이다. '치매'라는 깊은 망각의 바다를 건너온 어머니는 번득이는 본능만이 살아 꿈틀거리는 동물의 모습이다. 어머니는 아들을 기억하지 못한다. 어머니 눈에 비친 아들은 한낱 욕망의 대상에 불과하다. 어머니는 김인이 가장 두려워하는 근친상간을 요구한다. 『해바라기』에서 치매에 걸린 어머니를 통해 작가가 보여주고자 하는 것은 상실된 모성이 아니라 우리 시대가 직면한 윤리의 실종이다. 윤리는 우리 속에 잠재하는 동물적인 충동으로부터 우리를 인간으로 남게 하는 보호벽과 같은 것이다. 그러나 어머니에게 오면 인간 윤리는 완전한 붕괴를 맞는다. 아들의 손가락을 삼키고 바닥에 쓰러져 데굴데굴 구르는 자신의 어머니를 보며 김인이 마지막 내뱉는 "난 절망이야"이라는 말의 의미는 바로 이런 것이다.

줄이 잡아당겨지지 않았다. 변기에서 뽀글뽀글 부풀어 올라온 오물이 내 발목까지 쌓이고 있었다. 화장실 문이 덜컥 열리고, 하늘색 제복에 위생모를 쓴 여자 청소원이 바께스의 물을 변기에 들이부었다. 아, 어머니⋯ (『아담이 눈뜰 때』100면)

발목까지 차오르는 오물은 점점 더 심해지는 방탕한 삶, 이제 중년의 호모와 성관계를 맺을 정도에까지 이른 아담의 죄로 얼룩진 삶을 그의 무의식이 그려낸 것이다. 그런데 이와 같은 죄의 심연에서 문득 떠오르는 얼굴은 어머니의 얼굴이다. 어머니의 존재는 아들의 깊은 곳, 자기 자아조차 잘 의식하지 못하는 무의식 세계에까지 도달해 수치심과 죄의식을 일깨운다.

어머니　너도 내 밀감이다.

김인　저는 밀감이 아니예요.

어머니　응? 뭐라구? 밀감이 아니라구?

김인　저는 어머니의 아들이에요. 아들. 당신이 낳은 자식이라구요.

어머니　그래, 내 밀감이고말고. (『해바라기』, 404면)

　　김인이 이성을 상실한 어머니에게 일깨우려는 것은 근친상간의 금기에 대한 기본적인 이해이다. '자신이 낳은 자식과의 육체적 결합은 **비인간적**이다' 라는 보편적인 진리에 관해 설득한다는 사실이 더욱 그가 처한 참담한 현실을 절망적으로 시사한다. 결국 두 사람의 대화는　어긋난다. '아들'에 대한 의미의 차이는 두 사람을 서로 다른 영역으로 분리시킨다. 어머니에게 아들은 성적 대상을 지칭하는 "밀감"외에 다른 의미가 없다. 그러나 김인은 근친상간을 끝까지 회피하려는 노력에 의해 비록 타락한 인간이지만, 윤리적인 인간으로 남는다. 그것은 인간임에 대한 자각, 그 우월한 의식을 끝까지 붙잡음으로써 가능했다.

　　언뜻 보기에 김인의 노력은 당연한 것으로 보일지 모르지만, 그를 둘러싼 현실을 조금이라도 고려한다면 그것은 가당찮은 투쟁이다. 한 마디로 그의 현실은 '인간에게서 인간다운 모든 것을 거세하는 상황'이다. 바야흐로 우리는 인간에게서 혼이 **빠져나가** 듯 인간성이 차츰 소멸되어 가는 시대에 살고 있다. 김인은 자신이 피부로 느끼는 세계에 대한 인상을 자신의 글에서 이렇게 표현한다.

김인　(…)학교에서 세상을 배우고 있을 때 세상에는 어떤 일들이 벌어지는 걸까? 초등학교가 끝나는 긴 종이 울리고 아이가 돌아온다. 집에는 아무도 있을 것 같지 않다. 까닭은 모든 어머니에게서 사랑이 떠학교에서 돌아온 아이를 맞아줄 '어머니가 없는 집', 이것이 그가 경험하는 세계의 인상이다. 어머니의 부재와 사랑의 부재는 어린아이에게 가장 공포스런 상황이다. 아이는 모두가 어디론가 사라고 자기 혼자 남겨진 사막을 경험한다. 그곳에서는 내가 누구인지, 인간이 무엇인지 물을 대상도 없고, 내가 인간임을 증명하는 근거도 더 이상 존재하지 않는다. 오로지 혼자서 인간이 되어야 한다. 이런 맥락 안에서 김인의 인간으로 남으려는 노력과 그의 외로운 투쟁은 평가받아야 할 것이다.

4. 신성의 갈구

1) 죽음을 의식하는 존재

동물성 또는 자연의 부정으로 갓 태어난 인간 세계는 거듭 스스로를 부정한다. 인간은 자기 자신을 부정하므로 더욱 인간다워진다. 이 말은 인간은 자신이 인간인 것에 불만을 나타낼 줄 앎으로써 자기 존재 의미에 더욱 인간적인 의미를 첨가시킨다는 것이다. 앞 단계에서 인간은 있는 그대로의 자연, 타고난 본능을 그냥 그대로 받아들이지 않고 부정함으로 동물과 구별되는 고유한 인간성을 획득했다면, 이번에도 그는 자신의 타고난 운명인 유한성을 그대로 받아들이지 않으려 함으로 또 다른 의미의 인간성을 획득한다. 곧 인간임의 부정은 '죽음을 의식하는 존재'로서의 인간의 특성을 일컫는 것이다. 그런데 이런 제 2의 부정은 영원성의 갈망 곧 신성의 추구라는 인간의 초월 의지로 이어지므로, 윤리적인 문제에서 종교적인 문제로 넘어가는 계기를 마련한다.

근친 상간의 금기를 지키려는 윤리적인 인간에서 죽음 너머의 무한을 갈구하는 종교적 인간으로 이행은 김인을 보다 더 본질적이고 심각한 실존의 문제에 빠뜨린다. 그 이행은 분명 인간 의식의 괄목할 만한 발전임에는 분명하지만, 그 발전은 더 앞으로 나갈 수 없는 인간적인 노력의 한계를 드러내 줌으로 인간을 영원히 '인간적인 것'에 가둔다. 그러나 우리가 여기에서 찾으려는 것은 더욱 깊어진 인간성이다. 죽음의 한계 앞에서 고뇌에 찬 인간의 발버둥치는 모습이다.

김인에게서 죽음의 의식은 평소에 느끼고 있는 제로(zero)화의 공포에서 읽을 수 있다. 한밤 중에 그는 이상한 악몽을 꾸고 일어난다. 꿈 속에서 그는 얼굴 없는 여자와 성교를 했는데, 그 여자는 배 위에 물건을 올려 놓으면 정확히 그 무게를 말하는 '인간 체중계'이다. 김인은 여자를 백화점으로 데려가서 내다 판다. 그런데 여자는 마지막 팔려가면서 김인에게 "너는 곧 제로가 될거야"라고 소리친다. 우리는 꿈의 해석을 통해 김인의 실존에 관한 무의식 세계를 엿볼 수 있다. 인간 의식의 탐구가 본업인 극작가답게 김인은 평소에 실존의 위기를 깊이 느끼고 있다. 독특한 것은 그의 존재의 무게는 여자에 의해, 특히 성관계를 맺은 여자에 의해 측정된다는 사실이다. 앞에서도 언급했듯이, 김인에게 여자는 존재의 가장 깊은 곳에까지 영향력을 행사하는 존재이다. 여자는 남자로부터 지속적으로 무엇인가를 빼앗아 가서 결국에는 남자를 완전히 소진시키는 존재로 비친다. 꿈의 논리에 따르면, 김인은 여자의 질 속에 사정을 할 때마다 몸무게가 점점 줄어 결국에는 제로에 이른다는 것이다. 이 연극이 세상의 타락상을 무엇보다 성적 타락이라는 측면에서 접근하고 있듯이, 존재의 위기감 또한 사정 후 탈진 상태에서 느끼는 무력감, 공허함의 옷을 입고 다가온다. 제로의 상태는 단순히 작가가 말한 "정신적 공황"만을 의미하지 않는다. 그것은 삶 전체를 위협하는 죽음 즉, 자기 존재의 끝을 문득 의식할 때 생겨나는 무(無)의 공포를 표현하고 있다.

2) 글쓰기를 통한 신의 모방

김인이 당면한 죽음 극복의 과제는 엄밀히 말해 우리의 머리 속에서만 일어나는 관념적인 문제이다. 결국 인간의 육체는 죽음을 맞이한다. 다만 우리가 추구하는 것은 죽음의 공포로부터 '벗어나는 듯한 느낌'의 추구이지, 육체를 입은 인간에게 있어서 진정한 죽음의 극복은 불가능한 것이다. 여기에 희생제의의 원리가 숨어 있다. 그것은 속임의 원리이다. 인간의 행위에 종교성이 개입될 수 있는 것도 죽음의 문제 앞에서 인간의 한계가 드러날 때이다. 이제 우리는 김인의 글쓰기를 죽음의 공포를 물리치려는 인간적 노력의 한 형태인 희생제의로서 정의내리고, 그런 관점에서 그의 글쓰기를 조명할 것이다.

죽음 너머의 영원성의 상징인 신성을 모방하므로 신성에 참여한 듯한 느낌을 가져보는 행위, 이것이 김인의 글쓰기이다. 그는 글쓰기를 통해 신을 모방한다. 글쓰기는 새로운 세계, 새로운 존재, 새로운 질서의 창조라는 측면에서 축소된 천지 창조의 행위이다. 그는 창조

행위를 통해 신의 세계에 한 번 뛰어 들고 싶어한다. 그는 연극의 첫 장면에서부터 자신의 '오리지날'에 대한 집착을 보인다. 이미 완성된 남의 작품을 각색한다는 것은 그의 구미에 맞지 않는다.[7] 자신 속에 잠재되어 있는 능력, 어쩌면 신과 어깨를 나란히 겨눌 수도 있을 창조의 능력을 실현할 수 있는 장소는 오로지 자신의 순수한 창작품을 통해서이다. 결국 그는 삼녀의 희생을 계기로 헨리 밀러의 소설을 팽개치고 자신의 오리지날에 착수한다.

"무지개를 만들 수 있는 능력"의 소유자로서 작가의 능력은 과히 신의 능력에 비견할 만하다. 작가에게 그런 능력을 기대하는 사람은 아직 죄성에 물들지 않은 인간의 상징인 삼녀이다. 삼녀가 말한 무지개는 신의 언약의 징표인 무지개가 아니다. 그것은 인간이 세우는 제 2의 무기개를 뜻한다. 잠시 『해바라기』 속에서 무지개의 의미를 살펴보자. 하느님이 죄로 물든 세상을 물로 심판한 후, 다시는 물로는 세상을 벌하지 않겠다는 약속으로 무지개를 세운다. 그런데 그

---

7) 장정일의 주인공들은 한결 같이 창작행위를 번역이나 각색보다 우위의 개념으로 여긴다. 아담이 『The Empty House』이란 제목의 추리소설의 번역을 중도에서 포기한 것과 김인이 헨리 밀러의 소설을 각색하는 것을 그만둔 이유는 번역과 각색에서는 "창조의 고통"을 느낄 수 없었기 때문이다. 아담은 번역을 포기한 이유를 이렇게 설명한다.

> 거기에다 번역에서 '창조의 아픔'을 기대했던 내 과욕이 문제였다. 나는 번역이 내 삶을 창조적으로 이끌게 되리라 여겼고, 생산적 고통을 수반하는 것이길 원했다. 그러나 그것은 고통을 요구하지도 창조적이지도 않았다. 번역은 단지 짜증스러운 노동일 뿐이었다. 나는 무엇인가 창조하길 원했다. 번역에서 창조의 기쁨을 누려보려던 내 기대는 깨어졌다. (『아담이 눈뜰 때』, 89면)

두 주인공이 보이는 창작에 대한 동일한 애착은 창조적인 삶을 통한 존재 확인임과 동시에 존재의 격상을 기대하는 마음에서 비롯된 것이다.

계약이 평등하기 위해서는 인간도 다시는 죄를 짓지 않겠다는 약속으로 무지개를 세워야 하지만, 인간에겐 죄를 짓지 않을 능력이 없기에 여전히 지금까지 무지개는 쌍무지개가 아닌 외무지개로 존재한다. 따라서 삼녀가 작가에게 무지개를 만들 능력을 기대하는 것은 '죄를 짓지 않을 수 없는 인간의 본성'을 넘어서는 능력을 요구하는 것이며, 이것은 죄성을 초월할 수 있는 인간으로서 작가를 신의 자리에 올려놓는 것이다. 삼녀의 "촌스러운" 믿음은 어쨌든 김인의 마음 속에 신과 같아지려는 욕망에 불을 당긴다. 각색의 요구를 떨쳐버림으로 김인은 '인간신'의 자격을 획득한 듯 "창조의 기쁨"을 만끽하며 새로운 세계를 창조한다.

인간신의 지위에 오른 김인은 신의 창조 사업을 이어 받아 물의 심판이 끝난 후 불의 심판을 기다리는 세상을 작품 속에서 그려낸다. 그의 창작 희곡은 다음의 첫 문장으로 시작된다.

> **김인** <그로부터 지구는 불에 태워지기 위해 간수받았으니 다음에는 불이다> 하고 형이 말했다. (『해바라기』, 399면)

그는 단지 물의 심판 후의 "낙원이 몰수된 세대"를 묘사하는 것에 그치지 않고, 그 세대가 존손 될 수 있는 새로운 질서와 새로운 종교를 만든다. 그 세대는 "성스럽고 상스러운 성"이 지배하는 세계이다. '성스러움'과 '상스러움'을 동시에 내포하는 성은 새로운 종교가 된다. 교리는 성의 역설성에 기초를 둔다. 그것은 기독교의 십자가 원리를 도용한 것으로, 신이자 인간인 예수를 십자가에 희생시킴으로 세상이 구원을 받는 원리를 그대로 따르고 있다. 신성과 인간성을 동시에 갖춘 자, 그리스도의 자리에 '성스럽고 상스러운' 성을 지닌 "가랑이 벌린 여인"을 대신 올려 놓는다.

> **김인**　(…)성스럽고 상스러운 성이여. 내 십자가엔 그리스도가 없다. 모든 십자가로부터 목수의 어깨를 뜯어내라. 가랑이 벌린 여인이 거꾸로 매달린 이것은 새로운 십자가. 나는 자꾸 자꾸 거기에 입맞춘다. (『해바라기』, 399-400면)

성스러워야 할 성이 타락으로 상스러운 성으로 변질된 세상에는 새로운 십자자가 필요하다. 십자가 위에는 예수처럼 반드시 이중성을 지닌 대체물을 올려야 한다. 여성이 예수를 대신하여 중간자의 역할을 할 수 있는 것은, 앞에서 보았듯이 여성의 성 안에는 남성이 지니지 못한 신의 속성이 있기 때문이다. 비록 여자들은 타락한 세상에서 신성을 상실한 채 살아가지만, 여성의 본질 속에는 생명의 잉태라는 신의 속성이 내재한다. 가랑이 벌린 여성의 거기에 입을 맞추는 행동은 남성의 성행위를 묘사하는 것이다. 이 행동은 또한 이중적으로 해석되는데, 십자가에 입맞추는 것은 종교적 행위로서 남성은 여성을 희생 제물로 삼아 신에게 나아간다. 우리는 성행위와 제사 행위가 교묘하게 맞물리는 이 대목을 좀더 심도 있게 분석해야 한다. 이 속에 김인의 글쓰기와 살인 행위가 결합되어 함께 지향하는 제의적 목적이 숨어 있기 때문이다.

3) 희생제의

이제 김인의 글쓰기는 관념의 세계를 벗어나 현실 속으로 들어간다. 그는 여자들을 살인함으로 글쓰기를 계속할 수 있는 이상한 상황 속으로 빠져든다. 그는 글을 쓰다 생각이 막힐 때마다 여자를 한 명씩 살인한다. 여자의 죽음, 곧 여자의 희생으로 글이 완성되어 가는 논리는 김인의 글쓰기가 함축하는 제의적 성격을 뒤받침한다. 즉 김인은 글쓰기를 통해 신성에 이르는 제사를 행하는데, 제사에는 반드시 인간과 신을 연결하는 중간자인 희생 제물이 준비되어야 한다. 김인은 희생양으로 여자들을 죽인다.

그런데 김인의 살인에서 한 가지 주목할 만한 사실이 있다. 그의 살인은 단순한 살인의 모습이 아닌 것이다. 그의 살인은 성행위를 모사한 행위이며, 이것은 성행위를 극단까지 밀고 나가면 살해 행위와 만난다는 에로티즘의 한 양상을 잘 보여주고 있다. 대상을 범하는 행위로서 성행위는 죽음에 가까운, 살해에 가까운 파괴력을 지닌다. 김인이 삼녀를 강간했을 때, "이미 그녀의 혼은 나갔고, 그녀는 죽은 것이나 다름없다"는 지문이 나온다. 우리는 여기서 성행위가 지닌 죽음을 부르는 폭력성을 다시 확인할 수 있다. 성행위가 십자가에 입을 맞추는 제의적 행위로 전이될 수 있는 것은 바로 그것의 충만한 폭력성 때문이다. 진정한 의미에서 완전한 폭력은 죽음을 의미하며, 죽음에 이르러서는 모든 인간의 행위는 종교적 의미 안에 한꺼번에 통합된다. 이 연극의 전반부에서는 김인은 여자들과 단순히 성행위만 하다가, 어느 순간부터 성행위는 살인행위로 변해 있다. 그 기점은 삼녀를 강간하는 순간인데, 이때부터 극은 살인이 자행되는 광란의 분위기 속으로 들어가면서 종교적 제의성을 도입된다.

성행위 속에 깃든 제의적 성격을 좀더 상세히 밝혀보자. 고대인의 관념 속에는 제물바치기와 성행위 사이에는 아무런 구분이 없는 듯 보인다.[8] 그들은 제사의 충일감과 육체의 황홀경 사이에 어떤 유사

---

8) 죠르쥬 바따이유, 앞의 책, 97-99면 참조

성이 있음을 막연하게 감지하고 있었다. 두 행위 모두 폭력을 통해 존재의 비밀에 가까이 다가가려는 인간의 의지가 낳은 행위라는 점에서 근원적인 유사점을 부인할 수 없다. 욕망하는 대상—또는 희생물—의 옷을 벗기고, 그 안에 깊숙히 파고 들어가고 싶은 인간의 행위는 제사의 외적 폭력과 성행위의 내적 폭력을 동시에 야기시킨다. 두 폭력에 의해 나타나는 결과는 동일하다. 피흘림과 성기의 팽창이 그것이다. 예배의 격앙된 분위기 속에서 인간은 동물을 잔인하게 도살하고 그 솟구치는 피를 눈으로 확인한다. 성적 흥분은 성기를 피로 부풀어오르게 하고, 이성으로 도저히 억제되지 않는 폭력성으로 우리 육체를 폭발 직전까지 몰고간다. 두 행위는 궁극적으로 죽음을 향하고 있다.

김인이 창조한 "성스럽고 상스러운 성"이 지배하는 세계에서 이런 논리는 그대로 적용된다. 여자를 희생물로 하는 제사 행위는 여자와의 성행위로 대체될 수 있다. 두 행위는 동일한 의미를 가진 채 김인의 행동으로 나타난다. 특히, 후반부에서 김인이 글쓰기를 통해 신성에 참여하려는 과정에서, 성행위와 살인 행위는 완전히 경계가 무너지고 희생제의라는 목적성에 일치한다.

그런데 희생제의에서 언제나 여성은 희생물이고 남성은 제물 헌납자이다. 이런 관계 설정은 남녀의 육체적 결합이 이루어지는 때도 예외없이 반복된다. 남성은 언제든지 희생양을 죽일 수 있는 '칼'을 손에 쥔 제사장의 모습을 취한다. 여성은 자신의 몸 속에 칼을 받아들임으로 임무를 다하는 온순한 희생양이다. 남성의 공격성은 성행위가 이루어지는 육체로 옮겨가면 성기의 공격성으로 대체된다. 우리는 우연히도 『해바라기』에서 남성의 성기를 '칼'에 비유하는 장면을 만난다.

김인 (냉장고의 과도를 집어들고) 오지마! 오지마! 가까이 오면 찌를 테야.
삼녀 어머니 (율동적으로 자신의 음부를 손으로 쓰다듬으며) 찔러. 찔러. 깊
　　이 찔러 봐. (김인에게 점점 다가간다) (『해바라기』, 391면)

칼을 소유한 자는 제사를 필요로 하는 인간이다. 이 연극에서 유
일한 인간으로서 김인의 지위는 희생제의를 치룸으로 더욱 공고해
진다. 융의 용어를 빌어 말하자면, 남성의 집단적 무의식에서 성행위
는 대죄의 의미를 떨쳐 버리지 못한다. 최초의 성행위 즉, 처녀를 처
음 범하는 경우에는 더욱 그런 제의적 의미가 강하게 느껴졌을 것이
다. 그래서 서양의 옛 결혼 풍습 중에 결혼을 앞둔 여자를 처음 범
할 수 있는 사람은 약혼자가 아니라 신에게서 특별한 능력을 부여받
은 자였다. 대개 특별한 자는 하나님의 제사장인 사제나 또는 사제
가 지정한 사람이었다.

4) 희생양의 조건

이제 나는 김인에게 성결한 희생양으로 선택된 삼녀의 의미를 밝
힘으로 『해바라기』에 나타난 희생제의의 고전성를 마무리하려 한다.
희생제의에서 항상 신성과 인간 사이의 중개자로 동물이 이용되어
왔다. 제물로 동물을 바치는 것은 희생제의는 '피를 요구하는 제사'
이기 때문이다. 피는 제사의 폭력성을 상징하기 이전에 제사에 반드
시 필요한 선행 조건으로 작용하는데, 그것은 인간과 동물의 동질성
의 표시인 것이다. 만약 제물과 제사장 사이에 동질성이 없다면 제
물은 희생대체의 원칙에 입각해서 대속(代贖)의 임무를 다할 수 없다.

제사 중에 희생양이 죽지 않는다면, 피를 흘리지 않는다면 제사에 참여한 사람들은 자기 죄가 희생물에게 전가되어 대신 소멸되었다는 인상을 얻지 못할 것이다.

『해바라기』에서 김인과 삼녀는 피를 소유한다는 공통점에 의해 제의적 맥락 안에서 서로 연결되고 있다. 피는 피를 부른다. 김인의 피는 삼녀의 피를 요구한다. 김인은 삼녀를 강간하기 직전에 "나도 너의 피가 보고 싶어"라고 말한다. 처녀를 범하는 행위에는 처녀막이 찢어질 때 나오는 순결한 피의 이미지가 항상 붙어다닌다. 이 연극에서 피를 매개로 사건이 연쇄적으로 일어나는데, 먼저 삼녀 어머니의 등장으로 피에 대한 언급이 시작된다. 그녀의 경고는 김인에게 제사에 필요한 피를 환기시키고, 삼녀가 희생양으로 적합한 조건을 암시하므로 결과적으로 피의 사건에 첫 신호탄을 울린다.

> **삼녀 어머니** (춤을 멈추며) 개는 아직 어려. 처녀라구. 위의 두 계집은 화냥년이지만 개는 눈처럼 순결해. 막내에게 손대면 넌 죽어. 피값을 치른다구. 알아듣겠어, 피값을? (『해바라기』, 391면)

이때부터 피의 사건은 연이어 일어난다. 삼녀 어머니의 퇴장 후 곧 김인은 오른손 중지를 자른다. 삼녀가 김인을 방문한다. 김인의 손이 온통 피로 물든 것과 잘린 손가락을 발견한다. 삼녀가 김인의 피를 빤다. 김인이 삼녀를 강간한다. 그 후에도 김인이 자신의 왼손 중지를 자르고, 세 명의 여자를 살해하는 피의 사건이 계속되지만, 우리는 제의적 의미의 구조 안에서 삼녀에게 촛점을 맞추어 피의 의미를 해석할 것이다. 분명 삼녀의 피에 이르러서 희생대체라는 피의 의미가 완성되며, 제사행위의 절정에 해당되는 동물의 도살은 의미적으로 김인이 삼녀를 강간하는 순간에 행해지기 때문이다. 이때부터 여자들을 살해하는 행위는 본격적으로 종교적인 제의성을 띠게 된다.

삼녀의 피는 극에서 김인의 피 흘림이 선행되므로 희생물의 조건, 즉 제사하는 자와의 동질성을 확보한다. 그런데 삼녀의 피가 보다 완벽하게 대속의 임무를 다하기 위해서는 한 가지 조건이 더 충족되어져야 한다. 그것은 희

김인이 삼녀를 강간하는 장면 <열린무대>의 공연장면

생양의 순결성이다. 순결성은 김인의 피를 포함한 나머지 희생된 여자들의 피와 삼녀의 피를 구분하는 기준인 동시에, 삼녀의 피를 더욱 제의적 목적성에 부합하게 하는 특성이다. 예로부터 희생물로 쓰이는 동물은 '흠이 없고 깨끗한 어린 양'이었다. 인간은 자신의 더러운 죄를 대신할 동물을 고를 때, 자신과 반대되는 성질의 동물, 순결성을 충분히 나타낼 수 있는 동물을 사용하고자 한다. 여기에 희생대체의 또 다른 원리가 숨어 있다.

김인이 열 다섯 살의 어린 삼녀를 선택한 이유는 삼녀만이 "강간

당할 순수"를 가졌기 때문이다. 삼녀의 순결성은 어머니의 경고 속에 잘 나타난다. 삼녀 어머니는 그녀를 "눈처럼 순결하다"고 표현했다. 삼녀의 순결성은 전적으로 처녀성에 기인된 것이다. 처녀성, 그것은 강간당하기 때문에 성스러운 것이다. 강간을 전제로 하지 않은 처녀성은 아무런 가치가 없다. 역설적으로 들릴지 모르지만, 처녀가 순결한 것은 더럽혀질 첫날 밤이 기다리기 때문이다. 이런 역설적인 순환 논리는 희생양의 성스러움을 결정하는 중요한 논리이다. 제사에 흠 없고 깨끗한 어린 양이 필요한 것은 붉은 피로 더럽혀지기 위해서이다. 더럽혀짐을 가장 시각적으로 그리고 관념적으로 잘 드러내 줄 대상으로 어린 양이 선택되는 것이다.

정리하자면, 희생제물은 제사의 폭력성과 인간의 잔혹함을 효과적으로 드러내기 위해서 순결성이 요구된다. 삼녀의 처녀막은 추한 성기와 성행위에 의해 파괴됨으로 붉은 피의 선명한 인상을 남긴다. 김인이 삼녀를 자신의 희생양으로 선정한 것은, 더 이상 더럽혀질 것이 없는 다른 여자들보다 삼녀의 순결성은 자신의 타락한 본성을 더 극적으로 보여주기에 적합하기 때문이다. 제사가 요구하는 것은 광란에 가까운 들뜬 분위기 속에서 인간에 의해 저질러지는 잔인한 장면인 것이다. 일단 김인은 어린 삼녀를 십자가에 무참히 "가랑이를 벌린 채" 매어닮으로 희생제의를 성공적으로 끝낸다.

5. 희생제의가 끝나고

1) 속임의 원리

나는 앞에서 희생제의의 원리를 '속임의 원리'라고 말했다. 광란의 제사가 끝나고, 현란한 불꽃이 사그라들고, 제단에 희생물의 사체가 치워지고 나면, 남은 것은 여전히 육체 속에 갇힌 인간, '나'의 모습이다. 인간은 피로 얼룩진 희생양을 통해 신을 속이려 했지만, 속은 것은 신이 아니라 인간 그 자신인 것이다. 우리는 여기서 희생제의의 진짜 의도에 대해 다시 생각해 볼 필요가 있다. 인간은 처음부터 신을 속이려 한 것이 아니라 자기 자신을 속이려 했다. 더 정확히 말해 죽음의 공포에서 벗어나지 못하는 자신의 감정을 속이고자 했던 것이다. 제사가 거행되는 동안 그는 일시적이나마 죽음의 공포에서 해방되어 신성의 무한에 참여하는 듯한 환상에 빠진다. 그런 내적 체험은 일시적이지만 그것의 효과는 인간의 삶에 중요한 의미를 가진다. 죽음에 대한 두려움으로 긴장되었던 인간 감정은 일시에 해소를 맛보고, 다시 인간으로 살아갈 수 있는 새로운 활력을 얻게 된다. 희생제의는 밖에서 주어진 것이 아니다. 그것은 인간의 어떤 근원적인 감정이 낳은 결과물이다. 그런 의미에서 희생제의는 인간 사회를 유지하기 위해 인간이 스스로 고안한 너무나 인간적인 제도인 것이다.

김인 역시 처음부터 희생제의의 속임수를 알고 있었다. 삼녀 어머니가 피의 경고를 하고 퇴장한 후, 그가 내뱉는 첫 마디는 제사의 속임을 은연중에 암시하고 있다.

> **김인** 주변에 혹시 이런 사람 없습니까? 겉은 순한 양의 얼굴을 하고 있을
> 지도 모릅니다. (『해바라기』, 391면)

기독교의 전통적 사고에서 양은 언제나 희생과 제사를 떠올리게 하는 동물이다. 김인은 이 말을 끝내고 곧 바로 자기 손가락을 절단하는 행동을 취하므로 양의 피가 홍건한 제단 앞으로 성큼 다가간다. 삼녀 어머니의 위협적인 경고 속에서 "피값"이란 단어는 가장 강한 억양으로 강조되고, 이 말의 영상은 김인의 마음 속에 잠자던 피의 폭력성을 촉발시킨다. 그는 이제 걷잡을 수 없는 피의 욕망에 사로잡혀 자신의 손가락을 자르고 피를 보고야 만다. 그의 무의식은 "순한 양"을 입으로 발설할 때부터 이미 제사를 지향하고 있었다. 원시 예배에서 흔히 발견되듯이, 인간은 동물의 가면으로 자기 얼굴을 가림으로 신성으로 나갈 수 있었다.[9] 따라서 김인이 말한 "겉은 순한 양의 얼굴"을 한 사람은 동물의 가면 쓴 자, 신의 눈을 속이는 자 곧, 제사를 행하는 자를 무의식적으로 반영하고 있다. 이것은 그가 '속임'이라는 희생제의의 심리적 원리를 그대로 받아들이고 있음을 입증한다.

---

9) 프랑스 지로동 벽화에 그려진 들소머리의 사람은 고대인들이 동물의 가면으로 인간성을 감추고 신적 동물성의 영역 즉, 신성으로 나갔음을 알려준다. 죠르쥬 바따이유, 앞의 책, 127쪽 참조.

2) 뒤바뀐 속임

속임의 원리가 성립되기 위해서는 '속이는 자'와 '속는 자'가 있어야 하고 그리고 이 둘을 연결하는 동물의 가면이 있어야 한다. 속임의 주체와 대상, 그리고 속임에 이용되는 매개체, 이 세 가지 구성 요소를 두고 연극은 대단원에서 예상치 못한 의미의 반전을 일으킨다. 이 장에서 다루려는 것은 바로 뒤바뀐 속임의 결과이다.

표면적으로 극중에 시도된 희생제의에서 속이는 주체는 김인이고 속는 대상은 신이며, 희생된 여자들은 속임에 이용된 제물이다. 김인은 글쓰기를 통해 신성에 이르는 희생제의를 치룬다. 죽은 여자들을 "거름으로" 피어난 해바라기 꽃처럼, 동일한 희생논리에 따라 김인은 여자들을 살인함으로 글쓰기의 원동력을 얻고 마침내 "해바라기"라는 제목의 창작 희곡을 완성한다. 그런데 김인이 경찰에게 체포되는 마지막 장면은 우리에게 다른 해석의 여지를 남긴다. 김인은 상업적 이윤을 추구하는 연극 제작자 오유희의 요구를 벗어나 그가 원하던 창작품을 완성하지만, 마지막 오유희의 발언은 자발적으로 보였던 그의 행동의 의미를 뒤엎는다. 오유희는 처음부터 그의 창작 희곡을 원했으며, 헨리 밀러의 소설의 각색은 그에게 창작 욕구를 불러일으키기 위한 술책에 불과했다. 결국 김인은 오유희가 던진 미끼를 문 꼴이 된다. 결과를 놓고 볼 때 김인은 오유희의 "말하진 않았지만" 은밀히 진행된 속임수에 말려들어 그녀가 원래 의도한 대로 움직였을 뿐이다. 속은 것은 김인이다.

그렇다면 과연, 여자들이 김인의 희생자인가, 김인이 여자들의 희생자인가? 우리는 그 해답을 얻기 위해 김인의 마지막 대사인 "나는 저 달의 아이……저 달의 정부, 달의 죄수입니다……"라는 고백을 좀더

주의 깊게 분석해야 한다. 달로 상징되는 여성에게 그는 영원히 아이, 정부, 죄수의 열등한 신분으로 남는다. 여성은 남성의 어떤 공격에도 무너지지 않는 견고한 세계를 구축하고 있다. 그 세계는 이질적이고 대립적인 모든 것을 자기 안으로 끌어들여 자기 것으로 동화시키는 둥근 원의 세계인데[10], 이것은 모성이라는 포용의 개념으로 대표되는 여성성의 상징이다. 남성이 여성의 육체를 찢고 태어나 끊임없이 사랑과 희생을 요구하는 달의 아이가 되든, 폭력성을 띤 성행위를 통해 여성의 몸에 자신의 지배력을 행세하는 달의 정부가 되든, 신에게 나아가기 위해 희생 제물로 여성을 살해하는 달의 죄수가 되든, 근원적인 여성성에는 아무런 영향을 미치지 못한다. 여성의 '통합성'은 남성의 공격성을 능가하므로 남성을 자신 안에 가둔다.

『해바라기』 전체를 관통하는 것은 자신의 오리지날을 쓰겠다는 김인의 의지가 아니라, 극작가로부터 창작 희곡을 얻어내겠다는 제작자 오유희의 의지이다. 오유희가 여성인 것은 작가의 우연한 실수가 아니다. 후기에서 작가는 제작자에게 오유희라는 고유한 이름을

---

10) 장정일의 소설 『너희가 재즈를 믿느냐』에서 주인공이 "JAZZ CHURCH"라는 카페에서 듣게 되는 재즈의 '다원성(多元性)의 원리'는 김인이 여성에게서 추구하는 통합성의 원리와 일치되는 부분이 많다. 재즈는 아프리카 흑인 음악, 아메리카 이주민의 토착 음악, 유럽의 클래식 등 서로 다른 이질적인 음악이 혼합되어 만들어진 "모체가 넓은 음악"인데, 재즈의 이런 다원성의 특성은 분열된 세계를 자신 안에 하나로 모아서 인류는 하나라는 원초적 비밀을 가르쳐 준다는 믿음 아래 '재즈 교회'에 모인 사람들에게 종교처럼 떠받들어진다.

    "재즈는 '나'를 버리고 더 넓은 '나'를 얻는 것으로 보편적 체험을 환기시키고, 나아가 인류의 원초성을 확인시켜 주죠" (『너희가 재즈를 믿느냐』, 329면)

    재즈를 설명하는 다음의 문장은 이 연극의 마지막에 나오는 거대한 모체 안에서 새로운 생명이 생성되는 장면과 매우 흡사하다.

부여한 것은 그녀가 "지배자"이기 때문이라고 밝혔듯이, 분명 김인에게 또는 작가 장정일에게 여성은 보이지 않는 힘으로 작용하며 지배자의 면모를 보인다. 김인에게 특별한 지배력을 행사하는 오유희는 그런 힘의 상징인 것이다. 그녀가 지니는 지배력은 인간과 세계에 대해 총체적으로 관철할 수 있는 능력에서 기인하는 듯하다. 이런 능력에는 앞에서 말한 남성을 자기 안에 가두는 여성의 전체성, 즉 통합

지배자로서의 오유희 <열린무대>의 한 장면

성의 원리가 숨어 있다. 따라서 오유희의 존재는 어떤 면에서 이 연극 전체를 통해 가장 본질적인 여성성에 근접하는 인물이기도 하다.

　오유희를 통해 실현되는 여성의 통합성의 능력을 구체적인 사례로 살펴보자. 오유희는 김인의 모든 것을 알고 있다. 그녀는 김인의 약점과 그것을 이용하는 방법을 알고 있다. 그녀는 김인이 어린 여학생을 임신시킨 후 전전긍긍한다는 것과 자기 어머니를 두려워한다는 사실을 알고 있다. 또한 김인의 창작에 대한 욕망과 그 욕망이 어떤 방식으로 전개될 지를 간파하고 있다. 그런데 오유희의 모든 힘의 작용은 김인으로 하여금 자신의 글을 쓰도록 하는데 맞추어져

있다는 사실을 놓치지 말자. 문제 해결사로서 오유희의 진짜 목적은
김인의 글에 있다. 임신 사건을 대신 해결해주는 것과 집에 돌아온
어머니를 다시 꿈으로 유배시키는 일을 도와주는 것은 김인으로 하
여금 창작 희곡을 완성하도록 하기 위한 것이었다. 우리는 이 시점
에서 김인의 작품을 전혀 다른 관점으로 바라볼 필요가 있다. 김인
이 쓴 『해바라기』가 아니라 오유희가 쓰게 한 『해바라기』로 관점의
전환을 시도해 보자.

3) 살인자가 쓴 희곡

오유희는 김인의 작품을 "살인자가 쓴 희곡"이라 부르며 흡족해
한다. 살인자가 쓴 희곡, 이것의 의미는 무엇인가? 살인자의 작품인
『해바라기』는 그 속에 중복되는 죽음을 암시하고 있다. 첫 번째 죽
음은 살인자인 작가에 의해 희생당한 여자들의 죽음이고, 두 번째
죽음은 살인에 의해 완성된 작품이 부르는 작가의 죽음이다. 김인은
마지막으로 작품을 오유희의 손에 넘기고 살인자의 최후를 맞는다.
해바라기 꽃 속에서 보는 환영은 그의 죽음을 암시한다. 수천 수만
의 흰옷 입은 여자들이 만드는 둥근 원 속으로 "작은 물방울"이 되
어 끌려들어가는 광경은 생명의 근원으로의 회귀를 상징하는데, 그
것은 곧 죽음이다. 김인의 슬픈 독백을 듣는 관객은 그가 사형당할
것을 예감한다. 살인자가 쓴 희곡은 작가가 자신의 생명을 내어주고
얻는 작품이다. 그런 작품이 겨냥하는 죽음의 진짜 주인공은 작가인
것이다. 살해된 여자들은 희생의 중간적인 의미에 해당될 뿐, 보다
완전한 희생의 의미는 김인의 죽음에 이르러서 달성된다. 처음의 질
문으로 돌아가자. 여자들이 김인의 희생자인가, 김인이 여자들의 희

생자인가? 나는 감히 희생자는 김인이라고 말한다. 작가 역시 후기에서 그에게 "신성의 타락이 성적 타락으로 나타나는 세태 속의 **희생자**"라는 동정 어린 표현을 한다. 그는 이브가 건네주는 선악과를 받아 먹은 가여운 아담일 뿐이다.

이 연극에는 두 번의 희생제의가 나온다. 그리고 속임의 논리가 이중으로 사용하고 있다. 첫 희생제의는 김인에 의해 거행되는 여자들을 희생제물로 삼는 제사이다. 그러나 이 제의식이 끝나고 일차적 속임이 완료되면 김인은 더 큰 희생제의의 희생양으로 이용된 자신을 발견한다. 앞에서 보았듯이, 큰 원의 형상으로 남성을 자기 안에 가두는 여성은 같은 원리에 따라 김인을 그들의 속임의 논리 안에 가둔다. 여성은 자신을 희생 제물로 내어줌으로써 김인으로 하여금 그의 희생제의를 성공적으로 마치게 하고, 그 다음 그가 행한 제의적 행위 즉, 살인을 통해 다시 그를 죽음으로 몰고 감으로써 그들의 희생양으로 완벽하게 이용한다. 그런데 왜 하필 여성은 김인을 희생양으로 선택한 것일까? 그것은 신성을 갈구하는 순결한 정신, 그의 처녀 같은 소망 때문이다.

나는 이 장의 초두에서 뒤바뀐 속임의 결과를 밝히겠다고 했다. 희생제의에 대해 조금의 감각이라도 있는 관객이라면, 대단원에 와서 갑자기 제의의 열광된 분위기가 가라앉고 김인이 죄수의 겸허한 모습으로 바뀐, 이 모든 변화를 결코 놓치지 않을 것이다. 뒤바뀐 속임의 결과는 뒤바뀐 제사자와 희생양을 낳고, 또한 그 결과는 조심스럽게 관객을 연극의 희생제의 속으로 끌어들인다. 희생제의의 논리에 따르면, 희생양의 죽음을 목격하는 모든 사람은 제사에 참여하는 자가 된다. 죽음으로 향하는 김인의 글쓰기 과정을 처음부터 지켜본 관객은 자기 죄를 김인에게 전가시켜 그를 죽이는 타락한 여성과 결코 무관할 수 없다. 나는 1장에서 타락한 여성은 타락한 세상의 상징이라고 했다. 관객은 타락한 세상에서 막 도착한 사람들이다. 연극의 막이 내리고, 관객의 마음에 남는 것은 제사를 마친 자의 정화된 감정과 다시 인간으로 살아갈 새로운 활력이다.

6. 맺는 말 : 고통의 놀이로의 초대

삶이란 본질적으로 방황이고 낭비이다. 삶은 살아 있는 모든 것에게 자기의 생명력을 무제한으로 낭비하길 요구한다. 극단적인 경우에는 생명을 위협하는 어떤 것을 기꺼이 원하기조차 한다. 삶은 삶 자체를 전멸시키는 맹목적인 충동이다. 흔히 인간은 그런 열정적 충동과는 무관하게 태어나는 것처럼 생각한다. 그러나 인간은 그와 반대로 생의 희열을 '고통의 놀이' 속에서 즐긴다. 고대인들은 제물―그것이 인간이든 동물이든―을 바치는 행위를 통해 죽음의 고통에 참여했다. 가장 큰 고통, 다시 말해 죽음에까지 이르는 고통은 에로티즘으로 충만한 "죽음까지 파고드는 삶"[11]을 확인시켜 주기에 충분했다.

우리는 『해바라기』에서 원시종교의 때묻지 않은 제의성을 김인의 행동에서 발견한다. 현대인에게 있어서 신성에 이르려는 욕망은 그 앞에 도사린 죽음에 좌절되어 무능한 것으로 남는다. 그러나 김인은 죽음을 미처 계산하지 못하는 순진한 열정으로 그 선을 넘는다. 자신의 오리지날에 미친 듯이 집착하여 살인을 서슴치 않고 마지막 자

---

11) 죠르쥬 바따이유, 앞의 책, 9면.

신의 생명조차 부어 넣는 김인은, 약삭빠른 현대인이 도달할 수 없는 살아 숨쉬는 신화의 세계를 체험한다.

김인이 보여주는 원시적 제의성, 진화되지 않은 신앙심은 기실 작가가 관객에게 주고자 하는 메시지이다. 『해바라기』는 제의 연극의 의도를 다분히 지니고 있다. 일상 생활 속에 숨죽인 폭력과 광기를 연극을 통해 해방시켜, 관객으로 하여금 옛날 원시 종교인들이 희생 제의를 통해 느꼈던 열광과 초월감을 맛보기를 작가는 바란다. 겉으로는 물질적인 풍요를 누리지만 내면에서는 정체를 알 수 없는 허기에 시달리는 현대인에게 피를 보게 하는 연극은 희생양의 옆구리에서 넘쳐나는 붉은 피의 풍요를 느끼게 한다.

우리 현대인은 모두 피에 굶주려 있다. 영혼의 메마름을 해갈시킬 수 있는 것은 오직 피뿐이다. 오유희는 말했다. "뭔가 관객의 가슴을 콱 찌를 수 있는 거…… 벌어진 상처에 뿌려진 소금 같은 거, 난 그런 걸 원했어……" 현대인의 강팍한 마음을 움직일 수 있는 연극은 "벌어진 상처에 뿌려진 소금"과 같은 연극, 우리의 눈 앞에서 삶과 죽음이 순식간에 교차하는 피의 제전과 같은 연극이어야 한다. 그런 의미에서 『해바라기』는 산 사람이 죽음의 춤을 추면서 삶의 희열을 만끽하는 원시 종교의 '고통의 놀이'로 현대인을 초대한다.

이제 우리는 고통의 놀이에 필요한 희생양을 찾아야 한다. 순결한 피, 우리의 잔인함을 더 확실히 드러낼 수 있는 피. 피의 생명은 피의 순수함에 있다. 삼녀의 피가 김인의 제사에 필요했듯이, 김인의 피가 우리의 제사에 필요하다. 남자를 모르는 삼녀가 처녀인 것처럼, 아직도 신성의 회복을 꿈꾸는 김인은 우리 시대의 처녀이다. 신성을 지향하지 않는 정신은 순결할 수 없다. 김인의 정신은 신성을 갈망함으로 순결할 수 있었다. 우리는 이제 연극 『해바라기』를 통해 순결한 김인을 바쳐야 한다. 그가 우리 죄를 대속할 것이다.

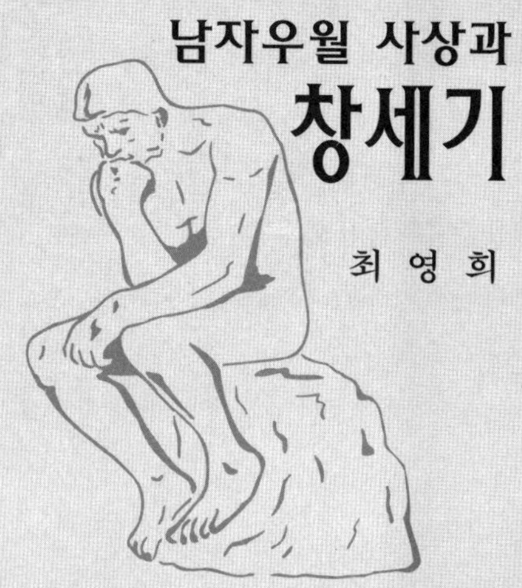

남자우월 사상과 창세기

최 영 희

• 약력

부산대학교에서 철학 박사학위를 받았다. 주요논문으로 『막스쉘러의 철학적 인간학』, 『훗설의 생활세계에 관한 연구』 등이 있다. 현재 부경대학교에 출강하고 있다.

남자우월 사상과 창세기

1. 시작하는 말

내가 이승에서 '창조'는 이제 그만이라고 생각하며 낳은 아이의
성(性)이 여성으로 드러나는 순간부터 그 핏덩이의 여성을 받아 든
의사를 위시해서 나를 아는 주변 사람들은, 정말 단 한 사람의 예외
도 만들지 않고, 모두 나와 내 남편을 마치 잘 나가던 부부가 갑자
기 이 세상에서 보기에 가장 안쓰러운 부부로 되어버린 양 우리를
위로해 주려고 애들을 썼다. 신생아가 이 세상에 자기의 모습을 나
타낼 때에 처음으로 받는 반응이 매우 중요하다고 들어온 나로서는
내 아이를 받아준 의사가, 그 의사가 나에게 해준 특별한 친절함에
도 불구하고, 지금도 원망스럽다. 나의 아이가 자신의 성기를 세상에
내어놓자마자 의사가 하는 말은 "아휴, 고추가 아닙니다. 딸이에요,

고추였다면 얼마나 좋아요."이었다. 이 첫 감탄사인 "아휴"에 채곡채곡 쌓여진 그 역사적 의미의 풍부함을 이 사회에서 체득하지 못하는 사람은 아무도 없다. 이 의미의 풍부함을 나누지 못하는 사람이 있다면 그 사람은 아직 이 사회의 맛을 전혀 맛보지 못한 사람이다. 나를 진정으로 염려해서 속에서 터져 나온 이런 어휘들이 함의하고 있는 의미들이 내 딸에게 입력되었을까 봐 정말이지 나는 날이 갈수록 더욱 신경이 쓰인다. 정작 당사자인 우리는 '안 되었다'라는 감정을 전혀 가지지 않았었고, 지금도 여전히 그런데도 불구하고, 주변 사람들은 여전히 우리를 애처로와 한다. 더구나 여전히 안되었다라는 감정이 나타나지 않는 우리들을 보고 옆에서 뒤에서 하는 말은 또 '얼마나 아들 못 가진 것이 한이 졌으면 그것을 저렇게도 내색을 하지 않고 있겠느냐'이다. 이렇게 자신들의 일도 자신들 일가의 일도 아닌 남의 일마저 애석하게 여길 정도로 남아를 선호하는 데에는 성별이나 나이 경제적 사회적 등등의 모든 차이들이 일시에 해소되어 버린다. 모든 차이들을 일시에 극복해 버리는 이 남아선호사상은 개성과 다양성과 창의성이 요구되고 강조되어지는 요사이에도 왜 이리 여전히 그 세가 기울고 있지 않는지.

남아선호 사상은 단연 남자우월 사상과 맞물려 있다. 사람이 열등한 것을 더 좋아할 리는 만무하니까. 단지 남아를 선호해서 유산수술을 하는 것은 날(生)벼락을 꼭 맞을 짓거리이다. 남아선호 사상과 남자우월 사상에 대한 원인 분석과 이에 따르는 비판이 여성학자를 위시해서 사회학자 인류학자들이 여러 관점에서 본 전문적인 이론이 많다. 그러나 나는 이런 학문적이고 전문적인 이론으로서가 아니라, 책 중의 책이라는 성경이 남자우월사상에 의해서 의도적으로 왜곡된 몇 가지를 소박한 차원에서 짚어 보고자 한다.

　무릇 종교란 사람의 이성으로서는 원리적으로 판단할 수 없는 것들에 대해서 이야기한다. 사람을 비롯한 이 세상의 기원과 영혼과 인간 사후의 영혼에 대해서 모든 종교는 언급하고 있다. 물론 이것들은 이성으로 따질 수 있는 사실에 근거하는 지식이 아니기 때문에 종교에서 말하는 바가 사실이기를 바라는 사람은 이를 무조건 믿을 수밖에 없다. 사실에 입각하지 않은 믿음을 흔들어 보기란 매우 어렵다. 왜냐하면 흔들어 댈 근거를 제공해 줄 수 있는 사실이 없기 때문이다. 그 믿음이 신앙일 경우에 흔들기는 거의 불가능하다. 무조건적인 믿음이 종교의 본질이라는 것은 저 유명한 '나는 불합리하기 때문에 믿는다'라고 말했던 중세의 신학자이면서 신부였던 안셀무스의 철학적인 신앙고백이 잘 표현하고 있다. 내가 여기서 종교의 본질인 믿음을 끄집어내는 까닭은 종교가 사람에게 미치는 영향력의 막강함을 지적하고 싶어서이다. 그런데 경전이 의도적으로 왜곡될 경우에는 이 영향력은 훨씬 강화된다. 왜곡이 의도적인 만큼 그것이 허물어지지 않기 위한 방비도 함께 튼튼히 세우기 때문이다. 경전의 의도적 왜곡 중의 하나가 구약성서 첫 장인 창세기에 나오는 남자와 여자 이야기이다. 성서를 들이대면서 남자의 우월성을 주장하는 자들은 바로 성서를 남자에게 유익하도록 자의적으로 왜곡하고 있다는 것이 나의 주장의 요지이다.

2. 사람의 창조

구약성서의 창세기는 신의 세상창조에 대한 기록이다. 물론 여자
와 남자에 대해서도 말하고 있다. 성경에 근거해서 남자가 여자보다
우월하다고 말하는 자들은 대체로 창세기에 기록되어 있는 다음의
네 가지를 자기 주장의 근거로 내세운다. 첫째, 남자가 여자보다 먼
저 만들어졌다는 점. 둘째, 여자는 남자의 갈비뼈로 만들어졌다는
점. 셋째, 여자는 남자의 조력자로서 만들어졌다는 점. 그리고 마지
막으로, 이것이 지금까지 든 이유보다 더 결정적인데, 여자가 남자로
하여금 금단의 사과를 따먹게 유혹했다는 점이다. 이제 나는 이를
하나 하나 반박하여 나가겠다. 그리고 이와 더불어 성경에서의 임신
과 출산에 대한 기록은 여성폄하적 시각에서 기술되어 있다고 볼 수
있음을 드러내 보이겠다.

1) 짐승 후에 아담과 이브를

하느님이 만물을 만든 순서를 성경에 적혀 있는 대로 볼 것 같으
면 빛과 어둠을, 하늘과 땅과 바다를, 풀과 채소와 나무를, 낮과 밤
과 별을, 새와 물고기를, 그리고 모든 종류의 짐승을 만들고 나서야
비로소 남자와 여자를 만들었다. 그러니까 여자는 마지막으로 창조
되었다. 남자가 여자보다 먼저 창조되었기 때문에 남자가 우월하다
는 논(論)이 일반인에게 상당히 무리 없이 받아들여지고 있다. 이 논
리대로 라면 짐승은 당연히 사람보다 우월하여야 한다. 왜냐하면 짐

승이 사람보다 먼저 창조되었기 때문이다. 그러나 어느 누구도 사람
에 대한 짐승의 우월성을 인정하지 않는다.[1] 그러므로 만든 순서에
의해서 남자의 우월성을 말하는 것은 남자 중심적인 남자들의 지독
히 옹색한 명분 찾기이다.

그리고 우리 사람도 어떤 것을 만들 때에 여러 번 실습을 하면 할
수록 그것을 만드는 기술이 느는 것은 너무도 뻔한 사실이다. 하느
님은 그 온갖 것을 만들고 난 후에 사람인 남자를 만들고 그리고 여
자를 만들었으니 여자를 만들 때의 기술이란 모든 것을 만든 기술
중에서 단연 최고의 경지에 이른 기술이 아닐 수 없다. 온갖 것을
만든 기술에다 사람인 남자를 만든 기술을 더하여 여자를 만들었으
니 여자를 만든 하느님의 기술을 그 어디에 비교하리요. 그래서 여
자를 만들고 난 후에 하느님은 '참으로 좋다'라는 스스로 만족하는
감탄을 한 것으로 성경에도 기록되어 있다. 이런 전차로 그런지 사
실로 여자가 남자보다 더 정교하고 오묘함을 어쩌랴. 창조된 순서로
보나 창조의 기술로 보나 따지고 든다면 오히려 남자에 대한 여자의
우월성이 드러날 뿐이다.

2) 이는 내 뼈 중의 뼈요

창조에 사용된 재료에 관하여 하느님은 분명히 흙으로 남자를 만
들었고 그리고 그 남자의 갈비뼈로 여자를 만들었다고 성경의 창조
편에는 기록되어 있다. 신이 여자를 남자의 갈비뼈로 만들었다는 이

---

1) 시간의 순으로 A B C를 늘어놓았을 때 B가 C보다 단지 먼저이기 때문에 B가
   C보다 우월한데 B C보다 먼저인 A가 B C보다 열등하다는 것은 명백한 모순이
   다.

부분을 들어서 여자는 남자의 갈비뼈 하나 정도이지 그 이상이 아니라는 식의 해석이 일반적으로 받아들여지고 있다. 말하자면 뽑혀진 갈비뼈는 남자의 생존에 절대 필요한 신체부위가 아니었듯이, 왜냐하면 아담은 갈비뼈 하나를 뽑히고서도 멀쩡했으니까, 여자는 남자에게 절대 필요한 존재는 아니라는 것이다. 반면, 아담의 갈비뼈가 아니었다면 이브는 만들어질 수 없었거나 한 듯이 여자는 남자 없이는 존재할 수 없는 그런 존재로 그려진다. 그리고 뽑혀진 갈비뼈가 남자의 것이듯 여자는 남자의 소유물이고 갈비뼈가 물질이듯 여자는 남자의 대상으로 되는 것이 자연스럽고 그래서 정당하다는 식으로 해석되고 받아들여지고 있으니 이는 참으로 일리(一理)도 없는 해석이 아닐 수 없다. 이에 더해서 이러한 논리도 있다. 여자가 남자의 머리에서 만들어지지 않은 것은 여자가 오만한 자존심을 가지고 머리를 높이 들고 다니지 못하도록 한 하느님의 배려이며, 여자는 머리에서 만들어지지 않았기 때문에 이성이 결핍된 존재이며 자연적인 생물적 존재라는 것이다.

이제 좀 따져보자. 일반의 상식 선에서 볼 것 같으면, 우선 같은 물건이라도 그 물건이 만들어지는 재료에 따라서 우열이 달라지게 된다는 것은 정한 이치이다. 같은 손으로 만든다면 좋은 재료로 만들어진 물건이 그만 못한 재료로 만들어진 같은 종류의 물건보다 우월하다. 그런데 같은 사람이라면 흙이 재료로 사용된 사람(남자)보다는 그 흙이 일단 사람으로 변질된 것이 재료로 사용된 사람(여자)이 피조물로서는 더욱 질이 우수할 것도 정한 이치이다. 남자가 차이나(china, 흙으로 만든 자기)라면 여자는 본 차이나(bone china, 뼛가루를 섞은 흙으로 만든 자기)이다. 아는 사람은 다 안다. 차이나 중에 최고급 품격의 차이나는 본차이나인 것을. 고로 갈비뼈는 인간으로서 남성에 대한 여성의 열등성으로 해석되기보다는 오히려 창조의 순서와 더불어 여성의 질적 우월성으로 해석되는 것이 상식에 맞다. 남자의 갈비뼈로 여자가 지어졌기 때문에 남자의 여자에 대한 우월성을 주장하는 것도 앞의 순서의 경우와 똑같이 남자 중심적인 남자들의 별 설득력 없어 보이는 억지이다. 이 억지는 신이 이브를 아담에게 데려 왔을 때 아담이 내지른 "이는 내 살 중의 살이요 내 뼈 중의 뼈이라"는 탄성이 단적으로 증명해 준다.

이 아담의 뽑혀진 갈비뼈에서 읽어낼 수 있는 인간의 존재론적 의미에 대해서는 다음에서 언급하겠다.

3) 아담이 혼자 있는 것이 좋지 않으니

다음은 여자와 남자의 역할에 관한 것이다. 일반인에게 알려져 있듯이 여자는 분명 남자를 돕기 위해서 창조되었다고 창세기에 적혀 있다. 여기 이 '돕다'는 다음과 같이 받아들여지고 있다. 여자는 원래 자신의 일을 독립적으로 할 능력이 없는 존재다. 왜냐하면 그렇게 만들어졌으니까. 여자가 남자가 하는 일 자체를 해보려고 하는 것은 여자의 본분을 어기려는 시도이고 그래서 그런 여자는 사회적인 나아가서는 도덕적인 질서를 흩트리는 반사회적인 여자로서 비난의 살을 피하기 어렵다. 여자에게 가장 어울리는 일은 남자가 하는 일을 그것도 위에서는 안되고 잘해야 옆에서 아니면 밑에서 도와주는 것이다. 이것으로 그치지 않는다. 여자는 자신의 일을 스스로 하지 못하기 때문에 자신의 일을 하는 남자에 비해서 인간적으로 뒤로 쳐지는 모자라는 인간이다. 이러한 생각이 우리 나라에서는 동양사상의 근간인 음양사상과 하늘과 남자는 양이고 땅과 여자는 음이라는 생각에 의해서 아주 강화되어 있다.

우리 나라를 떠나서 잠시 서양을 들여다보아도 그곳도 우리와 별반 다르지 않다. 교부철학자로서 그 유명한 토마스 아퀴나스에게는 그 돈독한 신앙심과 그 높은 이성으로 아무리 생각하여도 풀어지지 않는 의문이 있었다. 그것은 다름 아닌 여자와 같은 불완전하고 결핍된 존재를 하느님은 무엇 때문에 창조하셨을까이다. 왜냐하면 이성자가 보기에 하느님은 남자를 돕기 위해서 여자를 만들었다고는 하지만 무슨 일이든지 여자보다 남자가 남자를 더 잘 도울 수 있기 때문이었다. 그의 신앙과 이성은 다시 함께 고민하다가 역시 하느님은 이유 없는 창조는 안 하심을 확인한다. 그 확인이란 여자는 창조에 반드시 필요했었는데 그것은 남자가 하느님의 대행자로서 인간을 이 세상에 재생산하여야 하는데 바로 이 일을 여자가 도와야 하기 때문에 하느님은 여자를 만드셨다는 것이다. 그러니까 여자의 존재이유는 자신의 일을 갖는 데서도, 남자의 일을 돕는 데서도 발견될 수 있는 것이 아니라 오직 생식을 위한 도구에서만 찾을 수 있는 것이다. 그러므로 성관계에 있어서의 일체의 권리는 남자에게만 있는 것이 자연스럽고 따라서 정당하다고 아퀴나스는 강조한다.

그러나 '돕다'라는 어휘를 조금만 헤쳐도 이러한 해석은 썩 그럴듯 하지 않음이 곧 드러난다. 어떠한 일에도 그 등급과 종류가 있듯이 이 돕다에도 등급과 종류가 있다. 여기서 우선 일이든 말이든 우리가 이를 해석하고 이해하는 방식(觀)은 기계론적이어서는 제대로 되지 않는다는 점을 지적해 두고 싶다. 즉, 이들을 대하는 우리의 방식은 무릇 문맥적이어야 한다. 일이나 말을 둘러싸고 있는 전체에서 그 일이나 말 하나만을 똑 따내서 볼 경우에 우리는 그 올바른 이해에 도달하기 어렵다. 이런 해석학적 입장에서 이 '돕다'가 기록되어 있는 전체적인 창조 이야기가 풍기는 바로는, 조력자로서의 이브의 하는 일은 하인이 상전을 위해서 혹은 노예가 주인을 위해서 인간 이하의 굴욕을 참아가며 해내는 온갖 종류의 궂은 일이 아니다. 그리고 더구나 상전이 하인을 소유하고 주인이 노예를 소유하듯이 아담과 이브의 관계가 물적인 소유의 관계는 절대 아니다. 상전이 하인을 그리고 주인이 노예를 보고 "이는 내 살 중의 살이요 내 뼈 중의 뼈이다"라고 탄성을 지를 리는 만무하니까. 어느 상전이 하인을 보고 또 어느 주인이 노예를 보고 그 면전에서 "이는 내 살 중의 살이요, 내 뼈 중의 뼈이다."고 감격에 겨워 외치겠는가. 자신의 육신의 일부를 아무런 조건이나 대가 없이 무조건적으로 선뜻 떼어줄 사람이라면 그 사람이 자신에게 얼마나 소중한 사람이랴! 창조 이야기를 읽으면 오히려 아담이 기쁨과 감사에 겨워 기꺼이 이브의 발 밑에 꿇어앉아 감격해 하는 그림이 그려지지 않는가. 그런데도 남자와 여자의 관계가 위와 아래의 관계로, 그리고 위에 있는 남자는 마른 일을 하고 여자는 밑에서 남자가 마른 일을 하도록 젖은 일을 하는 것으로 남성 중심적으로 해석되고 있다. 그래서 마치 여자는 남자에게 예속되어 있고, 그렇기 때문에 어떠한 경우에라도 여자는 남자에게 복종해야 하는 것이 창조주이신 주 하느님의 말씀을 그대로 실행하는 것이라고 설교하는 목회자마저 있다. 그러나 구약성서의 창세기 몇 구절만 일별해도 이와 같은 해석이 얼마나 남성 중심적으로 의도된 해석인지는 금방 드러난다.

창세기에는 "아담이 혼자 있는 것이 좋지 않으니 내가 그를 위해 돕는 배필을 지으리라"라고 적혀 있다. 하느님이 이브를 창조하고자 마음을 먹은 때는 아담이 이미 모든 육축과 공중의 새와 들의 모든 짐승에게 이름을 지어준 후이다. 그러므로 하인이나 노예가 할 일은 아담이 해야 할 일로서 아담이 이미 다 한 후이다. 다만 그렇게 하느님으로부터 위임받은 일을 다 한 후에도 아담 혼자 있는 것이 좋게 보이지 않아서 하느님은 이브의 창조에 들어간 것이다. 이브가 창조될 때 부여받은 역할은 소위 궂은 일이 아니다. 단지 혼자로서는 좋지 못한 아담을 위해서 소위 등급이 높은 '고급'에 속하는 조력이다. 즉 여자로 인해서 아담은 인간으로서 비로소 '좋게'될 수 있는 그러한 일이다. 그러니 아담은 이브가 없이는 온전한 인간이 되기가 좀 힘이 들지 않겠는가 말이다. 이브가 아담을 위해 하는 일은 그러니까 소위 정신적인 영혼적인 부분이라는 말이 된다. 우리가 궂은 일 마른 일을 다 하고 난 연후에 몰려드는 인간적인 빈 들을 채워주는 일이 하느님이 이브를 창조한 이유이며 따라서 이것이 이브의 존재이유이다. 여자를 아담에게 데려왔을 때 감격하여 "이는 내 뼈 중의 뼈요 살 중의 살이라"라고 외쳐 댄 이 아담의 말은 바로 여자가 남자 자신의 '내 비로소 너로 하여금 나 자신이 되는구나'라는 솔직한 고백이다. 여자와 남자의 관계는 서로가 있음으로 해서 서로가 제 몫을 하게 되고 그래서 각각 하나의 인간이 되어 가는 관계이다. 결코 두 쪽의 어느 한 쪽이 다른 쪽에 종속되는 그런 수직의 관계가 아니다. 그런데 가부장제도가 땅 위에 정착된 이후로 남녀의 역할이 창조주의 원래 의도에 따르지 않고 있다.[2]

---

2) 이 전도된 남녀관계를 표현하고 있는 우리 나라 동요를 하나 보면, "퐁당 퐁당 돌을 던져라. 누나 몰래 돌을 던져라. 냇물아 퍼져라 널리 널리 퍼져라. 건너편에 앉아서 나물을 씻는 우리 누나 손등을 간지러 주어라."이다. 이 동요는 어려서부터 식구들을 위해서 궂은 일을 하는 딸의 모습과 그 모습을 너무나 당연하게 즐기며 몰래 약을 올릴 정도로 한량으로 키워지는 나이 어린 사내아이, 그리고 설사 남동생이 약을 올리는 것을 안다 하여도 그것을 오히려 귀엽게 보아주도록 집안에서의 자기 역할과 사내아이의 역할이 내면화된 여자아이가 자연스럽게 그려진다. 이 동요에는 우리사회의 고전적인 남존여비사상이 서정

"아담이 혼자 있는 것이 좋지 않으니……" 이 구절을 읽으면 읽을수록 이 구절이 인간실존의 조건을 잘 나타내주고 있음이 드러난다. 인간은 혼자서는 좋은 존재가 되지 않는 그런 존재. 혼자 있을 때에는 불완전한 존재. 이런 불완전한 존재가 다른 인간과 더불어 있을 때에야 비로소 완전한 좋은 인간으로 될 수 있는 그런 존재이다. 그러나 이 다른 존재는 단지 옆에만 있는 것으로 되는 것이 아니라 아담이 이브를 보고 내 질렀던 "이는 뼈 중의 뼈요 살 중의 살이라"의 탄성의 관계이어야 한다. 이는 곧 사랑의 관계이다. 사랑이란 사랑의 관계에 있는 사람이 모두 좀 더 낳은 좀 더 좋은 사람이 되게 하는 그런 힘이다.

인간의 존재론적인 근원적 소외는 아담의 뽑혀진 갈비뼈에 있는지 모른다. 존재는 상실과 결핍을 전제로 한다. 인간의 경우 이 전제는 인간의 실존론적인 전제이다. 인간은 태어나는 순간 어머니의 자궁을 떠나야 하는 최초의 상실로 인한 공허를 겪어야 한다. 이 공허의 원형이 바로 아담의 뽑혀진 뼈이다. 자신의 뼈가 없어진 아담은 원래의 자신이 아니다. 이 상실을 견디어 내야 하는 아담은 자신으로 살고 있지 않는 우리의 모습이 아니겠는가. 그러나 잃어버린 혹은 빼앗긴 우리 자신의 뼈는 내가 보충할 수는 없다. 이미 그 뼈는 내 것이 아니기 때문이다. 오직 타인만이 나의 상실을 메꾸어 줄 수 있다.3) 이브는 상실된 자아와 이 자아를 메꾸어줄 수 있는 타인을 대표하는 이름이다. 이브란 아담에게 없어도 되는 그런 갈비뼈 하나에 해당하는 그런 존재를 이르는 이름이 결코 아니다.4)

적으로 압축되어 있다.
3) 플라톤의 향연에 나오는 '반쪽 인간' 신화는 이러한 실존론적 문맥에서 그 의미를 뽑아 낼 수 있다.
4) 청혼을 먼저 말하는 쪽은 대부분 남자인 것은 갈비뼈의 상실을 먼저 겪은 쪽은

"아담이 혼자 있는 것이 좋지 않으니……"를 동양의 음양사상과 좀 연결시켜 보고 싶다. 음과 양은 그 단독으로는 아무 의미가 없다. 하늘은 땅을 만나야 하늘의 할 바를 할 수 있고, 땅은 하늘을 만나야 땅의 할 바를 할 수 있다. 하늘과 땅은 서로 어우러져야 만물이 생성하는 기운을 얻고 땅과 하늘이 교감해야 만물이 자란다(天地交而 萬物通也. 天地感而萬物化生也). 음과 양, 하늘과 땅 사이에는 서로간에 감응이 일어나는 동등한 만남이 있을 뿐 여기에는 어떠한 우열의 가 치개념이 개입될 차별성은 처음부터 없다. 음양이야말로 서로를 완전한 인간에 도달하게 해 주는 남자와 여자의 동등한 관계를 적절하게 표현한 사상이 아닐 수 없다. 이 좋은 음양사상이 가부장적인 정치권력에 의해서 비틀린 정도는 성경의 창조 이야기가 왜곡된 정도에 비할 바가 아니다.5)

이브가 아니라 아담이기 때문인가?

5) 우리말과 동양전통사상에서 '양음'이라고 하지 않고 '음양'이라고 말하는 것을 의미 깊게 살펴볼 필요가 있다. 남녀를 지칭하는 짝을 이루는 일상생활어에서 가부장적 개념이 들어가지 않은 경우에는 여성 쪽이 먼저 온다. 예를 들면 가부장이 무엇인지 모를 나이에는 '엄마, 아빠'로 부르다가 사회생활이 시작되는 나이가 되면 '아버지, 어머니'로 부르다가 가부장적인 권위가 힘이 빠지고 순수 인간적인 관계로 돌아오면 다시 '할머니, 할아버지'로 호칭이 달라진다. 또 다른 예로서는, '모국어'(母國語)는 자연발생적인 언어와 관계되는 단어임에 비해서 '조국'(祖國)은 충성이나 민족주의 같은 이념이 들어가 있다. 즉 우리는 '모국통일'이나 '조국어'라는 어휘는 사용하지 않는다. 이러한 예는 많다. 이러한 일상생활어가 시사하는 바는 여성성은 인간에게 자연스러운 반면 남성성을 앞세우는 것은 인간의 인위적인 제도라는 점이다.

3. 유 혹

　　이제 유혹자라는 낙인이 부당하게 찍힌 억울한 이브에 관해서 말할 차례이다.　결론부터 말하자면, 나는 성경의 이 부분에 대해서 읽으면 읽을수록, 이 부분이야말로 인간으로서의 여자의 남자에 대한 우월성을 참으로 잘 기술하여 놓은 대목이라고 감탄하지 않을 수 없다. 그러나 나의 개인적인 감탄과는 달리 이브는 이 부분 때문에 인류의 영원한 저주의 대상이 되어 오고 있다. 이브에 대한 비난은 우리 인간은 지금도 에덴동산에서 행복하게 살 것인데 이브가 순진무구한 아담을 유혹해서 죄를 짓게 했기 때문에 우리가 지금 행복하지 못하다로 요약된다. 더 간단히 말하면, 지금 우리는 이브 때문에 불행하다이다. 정말 그럴까?

1) 이브는 유혹자였나

　　뱀은 왜 하느님이 금한 실과를 아담에게 권하지 않고 이브에게 권했을까. 그건 성경의 간단한 묘사에서도 느낄 수 있듯이 이브가 아담보다 훨씬 호기심도 많고 의지도 많은, 말하자면 의식이 쉽게 깨이게 될 '끼'가 보였기 때문이다. 문제의 실과에 대하여 뱀과 말을 한참 주고 받은 후에 이브는 그 나무를 직접 관찰한 연후에 먹기로 결정을 하고 나서 행동을 취했다. 달리 말하자면, 자기 의지에 따른 자유인의 정신을 가지고서 과일을 스스로 따 먹었다. 즉, '여자가 그 나무를 본즉 먹음직도 하고 보암직도 하고 지혜롭게 할만큼 탐스럽기도 한 나무인지라 그 실과를 따먹고…'라고 기록되어 있다. 바로 여기 이 '…나무인지라…'의 '인지라'에 우리는 주목해야 한다. 무릇 사태를 정확히 평가하고 판단하기 위해서는 전체와 부분을 빼 놓지 않고 보아야 한다. 그런데 인간의 의식은 한 가지만을 지향하 게 되어 있기 때문에 부분을 볼 때는 전체를 놓치게 되고 전체를 볼 때는 부분을 놓치게 된다. 즉, 나무를 볼 때는 숲을 보지 못하고 숲 을 볼 때는 나무를 보지 못한다. 나무와 숲을 함께 파악하기 위해서 는 나중에 종합이라는 과정이 필요한데 이 종합과정은 말할 필요 없 이 정신의 기능에서 이루어진다. 그런데 이브를 보라. 사태를 잘 파 악하기 위해서 얼마나 많은 심혈을 기울인 노력이 역력한지. 부분을 보다가 전체를 놓치는 우를 범하지도 않을 뿐더러 전체를 보다가 부 분을 놓치는 우를 범하지도 않는다. 감각적으로 보니 먹음직도 하고 보암직도 하고 더욱이 인간의 정신을 지혜롭게 할 만큼한 나무인지 라(여기가 바로 종합판단이다) 실과를 따먹었고 (여기는 이론과 실천의 통 일로서 우리 지식인이 지향해야 할 바가 바로 이 점이다). 그리고 옆에 있는 아담에게도 주었다 (여기는 자기만 육체적으로 즐겁고 정신적으로 지혜롭게 되는 이기주의를 넘어서 다른 사람도 똑같이 잘 살자는 인간애의 발휘가 아니 고 무엇이랴. 그러니 이 점은 인간 모두가 본받아야 할 점이다). 육체의 욕망 과 지혜의 번득임과 실천의 용감과 인류에 대한 사랑을 모두 갖추고 있는 너무나 매력적인 인간상이 그려지지 않는가. 아, 길이 길이 숭 배 받고도 남음이 있는 이브여!

그러나 이브에 내려진 후세인들의 평가는 이와는 정 반대임을 어 찌하랴.[6] 창조 설화 첫 부분에서 남자가 '신의 모상'(Imago Dei)이라면

---

6) 플라톤의 『이상국』에 나오는 '동굴의 비유'에서도 동굴 밖의 빛의 세계 즉 진 리를 본 사람이 동굴로 다시 내려와 동료 죄수들을 빛의 세계로 인도하려 할 때에 동료들에게 환영을 받기보다는 핍박을 받는 것으로 그려져 있다.

여자는 '남자의 모상'(Imago Mann)쯤으로 쳐주던 것이 이 과실나무 이야기로 인해서 여자는 마치 '동물의 모상(Imago Anima)'쯤으로 그 격이 심하게 격하되고 만다. 이는 여성사 측에서 보면 참으로 억울한 일이며, 인류사적으로 보면 또한 참으로 애석한 일이 아닐 수 없다. 중세 초기 교부 중의 한 사람인 터튤리안은 이브의 행위에 대해서 다음과 같이 독기 서린 설명을 한다. "너는 악마의 문이다. 너는 신성한 법의 최초의 배반자이다. 악마가 자신의 용기로서는 충분히 공격할 수 없었던 그를 설득했던 너는 여자이다. 너는 신의 모상인 남자를 너무 쉽게 파괴하였다. 너의 배반 때문에 신의 아들마저도 죽어야만 했다."라 하여 그는 예수의 죽음마저도 이브의 잘못으로 돌렸다. 그는 이브에게 치명적인 힘을 부여한다. 그녀는 악마도 하지 못했던 일을 감히 저질러서 즉 아담을 설득하여 남자를 파괴하였다. 아우구스티누스는 터튤리안에 비하면 이브에의 원한이 좀 완화된 편이기는 하지만 죄의 기원을 이브에게 돌리는 것에는 다름이 없다. 이브는 악마에 의해서 속임을 당하는데, 이 악마는 인간의 짝 중에서 더 약한 쪽을 선택하였다. 악마는 아담이 악마의 말이 진실이라고는 결코 생각하지 않을 것을 알았기 때문에 약한 이브를 선택하게 되었다는 것이다. 그러나 이브의 약함이 그녀의 면죄에 기여하는 바는 전혀 없다. 왜냐하면 아우구스티누스는 인간의 죄는 모두가 유혹을 이겨내지 못하는 인간 자신의 의지의 부족과 결여에 있다고 보기 때문이다. 설령 마음속으로는 유혹을 느꼈을지라도 의지가 그 유혹을 눌러서 행동으로 현실화되지 않으면 죄가 되지 않는다. 즉 죄는 의지의 동의를 필요로 하고 유혹과의 투쟁 그 자체는 죄가 되지 않는다. 그러니 이브의 의지 약함은 봐줄 수 있는 성질의 것이 아니라 그것이 바로 죄이다.

　이제 유혹을 받았다던 순진무구한 아담을 살펴보자. 투철한 판단 작용의 과정을 거쳐 행동한 이브에 반해서 아담은 이브가 건네주는 실과를 살펴보지도 않았을 뿐만 아니라 아무 질문도 하지 않고서 조금치의 망설임도 없이 주자마자 넙죽 먹어버린다. 즉 '여자가 그 실과를 따먹고 자기와 함께 한 남자에게도 주매 그도 먹은지라'이다. 여기에서 이브는 유혹자로서의 낙인이 찍힐만한 말을 하기는커녕 한마디 말도 없이 사과를 아담 앞에 내 놓았을 뿐이다. 이브는 말 없이 그저 실과만을 건네주었을 뿐이고 아담도 역시 '말 없이' 먹었을 뿐이다. 사건의 전개는 이러한데, 하느님이 "어찌하여 내가 먹지 말라 명한 그 실과를 먹었느냐"고 추궁을 하니까 아담이 말하기를 "당신이 나에게 주신 그 여자가 주기에 먹었나이다."고 대답한다. "…그 여자가 주기에…"의 이 '주기에'에 다시 한번 주목하자. 자기의 행동에 대한 어떠한 책임도 지지 않는 ,소위 남자로서, 비겁하기 그지없는 행위이고, 이는 여자에게 모든 걸 둘러씌우기 작전이다. 여자 역시 자기의 의사결정에 따라 행동한 것까지는 좋았는데 그 행동에 대한 하느님의 추궁이 있자 남자와 다를 바 없이 뱀에게 책임을 돌리면서 하는 말이 "뱀이 나를 꾀므로 내가 먹었다"고 한다(완벽한 인간상이 되기에 잘 나가던 이브가 여기에서 그만 걸리고 만다). 분명히 "…그 여자가 주기에…"로, 그리고 "…뱀이 나를 꾀므로…"로 성경에 기록되어 있다. 그러니까 성경에서 유혹자로 등장하는 것은 뱀이지 이브가 결코 아니다. 그런데 어떻게 해서든지 여자를 남자의 발 밑으로 끌어내리려는 자들의 노력은 성경마저도 의도적으로 왜곡하여 이브에게 유혹자의 낙인을 덮어씌우기에 성공하고 있다. 아우구스티누스의 신앙론에서처럼 의지의 약함이 죄 바로 그것이라면 설사 이브가 유혹했다손 치더라도 그 유혹을 이겨내지 못했던 아담의 의지 약함이야말로 이브보다 더 비난받아야 하지 않겠는가? 그런데 어찌하여 아담은 깨끗이 면죄되고 유혹자로서의 이브만 인류적 비난의 대상이 되어 오고 있는 것인가. 이는 세(勢)를 거머쥐고 있는 자들 즉 남자들의 횡포 이외의 것이 아니다.

2) 유혹자의 삶

예나 지금이나 유혹에 많은 비중을 두고 있다. 지금도 성폭행을 가하고도 그 이유를 저 여자가 나를 유혹해서, 즉 치마를 짧게 입었다든가, 엉덩이를 너무 야하게 흔들어 댔다든가, 옷의 앞가슴이 너무 파였다든가 하는 이유로 자기의 행위를 정당화하고, 책임을 오히려 피해자인 여자에게 돌리는 것은 아담과 그 기본 골격에 있어 전혀 같다. 즉 저 여자가 조금만 치마를 덜 나풀거렸더라면 나는 결코 성폭행을 하지 않았을 터이니 성폭행한 죄의 대가는 저 여자가 온통 받아야 하고 그 대가로서 나의 지배를 받아야 한다이다. 지금 우리는 이 논리가 얼마나 억지인가를 부인할 사람은 아무도 없을 것이다. 그런데 중세의 그렇게 위대하다고 지금까지 칭송을 받아오는 교부철학자들은 어김없이 이 논리로 남성의 여자에 대한 지배를 정당화해 왔다. 그러나 다시 분명히 말하건대, 창세기의 기록에 의하면, 이브는 어떠한 말로도 아담을 유혹하지 않았다.

아무 말도 하지 않은 바로 그 이브의 말이 아담을 타락시켰다는 이유로 중세 수도원에서는 수녀들이 되도록이면 낮은 목소리로 그리고 되도록이면 말을 적게 해야만 했을 뿐만 아니라 그녀들은 성가대에는 끼지도 못했다. 중세 성가대의 한 파트의 명명이 까를로프인데 이 뜻은 남자 소프라노이다. 즉, 인류를 파멸로 유혹한 이브의 그

성대로 감히 신을 찬양하게 할 수는 없다 하여 남자가 여자의 소프라노를 맡았다 한다. 더욱 우스운 것은 다 늙어서 죽어 가는 수녀의 종부성사를 하는데도 그 수녀가 유혹할지도 모른다는 의혹 때문에 죽어 가는 수녀와 종부성사를 주제하는 신부 사이에 장막을 쳐 차단시킨 세트에서 의식을 행했다는 것이다. 중세 성당건물이 지니고 있는 그 엄숙성과 이 장면은 절묘한 희극을 연출했을 것이다. 이브가 그리도 원죄인(原罪因)인가.

이브의 유혹은 성에 대한 관념까지 형성한다. 이브가 하느님의 명령을 어긴 것은 사과를 먹고 싶은 욕망을 이기지 못하였기 때문에 모든 욕망은 하느님에게로 가는 길을 방해한다. 성의 경우에도 아우구스티누스는 모든 감정과 욕망이 전혀 없을 뿐만 아니라 의지에 완전히 지배되는 성만이 바람직한 성으로 본다. 그리고 성뿐만 아니라 우리의 육체 자체도 욕망이 전혀 없는 육체가 바람직하고 인간은 그렇게 되도록 금욕해야만 한다고 한다. 이브가 남자에게 사과를 먹고 싶은 욕망을 일으켜서 아담이 하느님의 명령을 어기는 죄를 지었듯이 여자의 육체는 남자에게 육욕의 욕망을 일으키게 하기 때문에 곧 여자의 육체는 남자에게는 죄의 근원이라고까지 본다.

일단 이브에게 유혹자의 낙인찍기가 성공하면, 이를 이용하여 남자들이 거두어 들이게 되는 이득은 대단하다. 여자의 원형인 이브가 유혹하는 죄를 지었으므로 유혹은 이 세상 모든 여자의 속성이 된다. 그런데 유혹은 감성에 속하므로 여자는 감성적 존재로 규정된다. 그리고 감성과 이성, 육체와 정신, 여자와 남자라는 대립되는 이분법에 의해서 여자와 결합된 감성을 제외하고 남는 이성과 남자가 결합되어 남자는 갑자기 이성적 존재로 둔갑한다. 여기에 남성우월주의의 음모가 있다. 한 인간에 있어서 감성은 이성에 의해서 지배되어야 바람직한 인간이 될 수 있다는 로고스 중심주의적 인간관이 여자와 남자의 관계에 있어서는 이성적인 남자가 감성적인 여자를 지배하여야 바람직한 남녀관계가 형성될 수 있을 뿐만 아니라, 그런 관계에 있어야만 바람직한 인간사회를 형성할 수 있다로 비약한다. 이것이 남녀간의 지배와 종속이라는 엉뚱한 인간관계에 대한 합리적인 근거로 이용되고 있다.

종교에서 영혼의 존재와 영혼의 영원성과 영혼의 구원이라는 개념이 빠지면 종교가 될 수 없다. 영혼은 있다라는 대전제 하에 그 영혼은 영원하며, 신을 믿으면 영혼이 구원받는다는 것이 종교의 간추린 중심테마일 것이다. 이 때 영혼은 육체와 대립되는 개념이다. 영혼은 영원한 반면 육체는 유한하고, 영혼은 구원받을 수 있고 구원받아야 하는데 육체는 구원의 대상이 아니다. 영혼이라고 다 구원받는 것이 아니다. 오직 순수 내지는 순결한 영혼만이 구원받을 수 있다. 그런데 영혼이 순수하다는 것은 오직 영혼적인 것만이 영혼 안에 포함되어야지 영혼적이 아닌 것이 포함되어 있으면 안 된다. 영혼에 대해서 가장 대립되는 것은 육체이다. 그러므로 구원을 원하는 사람은 때때로 금욕해서는 안되고 일생을 통해서 금욕해야만 한다. 여기서 자신의 육체적인 욕망을 누르기 위해서는 자신의 욕망을 현실화시킬 수 있는 상대인 여성을 멀리해야만 한다. 멀리하기 위해서는 여자는 나를 파멸로 이끄는 악마의 현현체라고 규정하고 이를 공고히 철저하게 비난해야만 여자를 멀리해야 할 심리적인 동기를 남자에게 심어줄 수 있게 된다. 성경의 이브 편이 여성비하나 여성혐오로 해석되는 것은 다분히 이러한 심리적인 기제가 작용하고 있음을 부인할 수 없다. 말하자면 성경의 왜곡된 해석은 남자의 영혼의 순수에 기반을 두고 있는 구원사상에 그 심리적인 기원을 찾을 수 있다.(아아, 그러면 성적인 존재로서의 여성의 구원은 어찌된단 말인가!)

이런 것들이 종교적으로는 다음과 같은 의미를 지니게 된다. 신의 영광을 나타내는 것은 남자이고 이것은 남자의 여자에 대한 권위의 정당성을 부여한다. 그래서 여자는 남자의 권위에 복종하는 것이 여자가 신의 말씀대로 사는 여자의 삶의 올바른 길이 된다. 또한, 유혹, 감성, 육체, 여성 그리고 죄를 동일시함으로써 여자는 자신 속에서 인간적 욕구가 고개를 들지 못하도록 억눌러야 하고, 남자는 하느님에게 가까이 가기 위해서는 여자를 멀리 해야 하고 가능하면 여자와 아예 상종하지 않는 것이 최상의 길이다. 여기에 청교도적인 금욕주의가 성립한다. 미사포나 면사포를 쓴 남자를 본 일이 있는가? 왜 남자는 쓰지 않는 것을 여자는 머리에 쓰는 것일까. 면사포나 미사포는 남자에게는 안 어울리고 여자에게는 어울리거나 멋이 있어서? 이들 포는 이브가 세상에 죄를 가져온 표시이고 여자가 이를 머리에 쓰는 것은 이 죄의 수치를 가리기 위해서란다. 그리고 장례식 때에 남자보다 여자가 앞에서 관을 따라가는 것은 세상에 죽음을 가져온 것이 여자이기 때문이란다. 또한, 안식일에 여자가 불을 켜지 않는 것은 여자가 남자의 영혼인 불을 껐기 때문이란다. 도대체 이런 행위들이 정당한 의미 해석의 결과로서 받아들여질 수 있는 것들인가?

4. 임신과 출산

　다음에는 여자의 고유한 기능인 임신과 출산이 어떻게 폄하되고 있는가에 대해서 살펴보고자 한다. 임신과 출산은 남녀간에 있을 수 있는 생물학적 차이 중에서 가장 원초적인 차이이다. 그런 만큼 이에 대한 견해는 남과 여의 관계설정에 있어서 아주 중요하다. 성경에는 신 앞에 감히 피조물로서 저질러서는 안 되는 죄를 지은 대가로 이브에게 내린 벌이 바로 임신과 출산이라는 고통으로 기록되어 있다. 이외에도 고대 그리스에서도 생리, 임신, 출산을 부정적으로 보았고, 따라서 생리나 임신, 출산을 하는 여성들에의 접근을 금기시하였다. 그런데 이들의 심리적인 동기는 생에 대한 지극한 사랑에서 나온 다분히 종교적인 것이었다고 할 수 있다. 인간의 생은 생리를 하고 임신을 하는 여자를 통해서 이 지상에 오는데, 이렇게 여자를 통해서 들어온 생은 결국 죽음으로 끝나고 만다. 즉, 죽음은 생으로부터 오고, 결국 죽음으로 끝나고 마는 생은 생리와 임신과 출산을 하는 여성으로부터 온다. 죽음을 몰고 오는 것은 여성성인 생리, 임신, 출산이다. 그래서 고대 그리스에서도 생리와 임신, 출산하는 여사에의 접근이 엄격하게 금기시되었었다.

　여성만의 몫인 임신과 출산의 의미와 가치에 대한 이러한 부정과 비하의 근원은 무엇인가. 이에 대한 여성학적 입장에서의 하나의 가정은 임신과 출산의 과정 속에서 여성과 남성의 생물학적 차이로 인하여 생겨지는 자연적인 소외를 남성 지배권을 통한 인위적이고 사회적인 여성억압이라는 여성의 소외로 전환시켰다는 것이다. 즉, 여성의 열등한 지위와 예속성이 여성의 생물학적 재생산 기능에서 비롯된 자연적이고 필연적인 결과가 아니라, 남성우월 이데올로기를 합리화하고 정당화시키려는 인위적인 산물이다라는 것이다. 이러한 사회학적인 접근에서 벗어나 소박한 인간의 심리적인 측면에서 설명해 보고자 한다.

1) 임신과 출산에 대한 부정적 견해

창세기 기록에 있는 임신과 출산에 대한 묘사 중에서 축복의 여운은 전혀 느껴지지 않는다. 성경학자들은 성경 전체에서 축복의 문구를 들고 나올 수도 있겠으나 적어도 창세기의 에덴동산 시절에는 찾아볼 수 없다. 왜 성경은 임신과 출산을 이토록 부정의 극치단계에로까지 하락시켜 놓고 있는가? 기독교에서는 성경이 신의 말씀이라고 하지만 그것은 분명 인간에 의해서 씌어졌다. 전자의 입장에서 보면 신의 말씀대로 이 세상이 창조되었고 돌아간다고 볼 수 있고, 후자의 입장에서 보면 성경이란 세상의 구성과 그의 돌아가는 형편을 신의 말씀이라는 형태로 설명한 것이라고도 볼 수 있다. 나는 물론 후자의 입장에서 이 글을 쓰고 있다.

인간이 자신들이 지니고 있지 못한 힘이나 능력을 다른 사람들이 지니고 있을 때 이들에게 보이는 반응에는 상반된 두 가지가 있다. 하나는 이들을 무조건 숭배하는 것이고 다른 하나는 이들을 오히려 인간에도 못 미치는 부족한 자들로서 내려 쳐버리는 것이다. 우리나라에서 무당에게 보이는 사회적인 천시는 후자에 해당하는 하나의 예이다. 성경의 저자는 모두 남자들이었다. 임신과 출산은 아무리 능력있는 남자라도 해내지 못하는 여자만의 고유한 능력이고, 그들에게도 새 생명의 탄생은 신의 창조에 버금가는 경이로운 일로 보였음에 틀림이 없다. 이 경이로운 일이 사람 축에도 끼여주지 않는 여자들의 전업으로 되어 있으니 이를 신의 축복으로서 기술한다는 것은 당시의 유대 남자들에게는 도저히 용납되지 않았을 것이다. 인간으로서 최고의 일을 여자가 전담하다니! 여자가 전담하는 임신과 출산의 격을 떨어뜨리기 위해서는 오직 그 최고의 능력과 경배에 해당될 수 있는 반대급부의 설명이 남자들에게는 필요했으리라. 이 반대급부의 설명이 바로 신의 이브에 대한 벌이다. 그러니까 출산의 고통에 대한 성경의 묘사는 인간이 멸종하지 않고 계속 생명을 이어가게 해 주는 여자의 능력에 대한 남자의 탄복과 이에 대한 두려움을 감추기 위한 하나의 술책이다. 무서운 능력을 지니고 있는 여자들을 후려 내려쳐서 미리 길들여 놓지 않으면 후환이 염려되는 두려움에서 비롯된 계획된 묘사로 본다면 이는 너무 인간적인 해석일까?

이러한 인간적인 이해가 허용되지 않는다면, 여자의 새 생명 탄생은 신의 창조에 버금가는 가는 것으로서 인간이 선악의 지혜를 얻게 되는 것에 진노하는 하느님이 그냥 보아 넘기기에는 인간에게는 너무 위대한 일로 유대 남자들은 생각했는지도 모른다. 피조물인 인간이 감히 신의 일을 모방한다는 것은 인간이 해서는 안 되는 일로 여겨서 신에 대한 겸손의 표시로서 임신과 출산을 신에 대한 죄값으로 묘사했을 가능성도 생각해봄직하다. 그러니까 '하느님 아버지 우리 인간이 당신의 창조에 버금가는 능력을 지녔더라도 당신 앞에 이 인간은 여전히 겸손한 존재입니다'의 표현은 아닌지.

또 다른 해석도 가능하다. 종교에서 이야기하는 것들은 인간이 이 세상을 살아가는 데에 있어서 그것의 의미를 모르고서는 인간적인 삶을 살 수 없는 것들에 대해서이다. 임신과 출산 즉 생명의 탄생도 이런 것들 중에 하나이다. 이러한 맥락에서 보면, 인간사로서 그 고통의 이유나 의미를 설명하기에는 임신과 출생에 따르는 고통이 너무 커서 신을 등장시켰는지도 모른다. 이 경우에는 여자가 죄를 지었다는 것은 여자로 하여금 그 크나큰 고통을 이겨내게 하기 위한 심리적인 기제를 제공해 주고자 함이 목적이 된다. 우리가 벌을 받을 때 같은 벌이라도 그 벌의 정당성을 인정하고 그리하여 그 고통의 의미를 인정할 때에는 이 벌로서 우리는 그 죄에서 벗어날 수 있다는 생각에서 그 벌에 따르는 고통을 이겨낼 수 있을 뿐만 아니라 오히려 달갑게 받아들이는 것이 인간의 마음이다. 그렇다 치면 여자가 임신과 출산의 고통을 통해서 여자가 벗어날 수 있는 그래서 이 고통에 의미를 줄 수 있는 그 죄란 도대체 무엇인가. 그 죄가 다름 아닌 남자를 유혹하고 인류를 죄에 빠뜨린 죄란 것이다. 이렇게 되면 창조의 이야기는 처음부터 계획된 이야기가 아닌가. 순전히 인간적인 이야기로 본다면 창조 이야기는 적어도 남자와 여자에 관한 부분은 이렇게 남자들에 의해서 계획된 이야기가 되고 만다.

임신과 출산을 부정적으로 보는 것은 비단 성경만이 아니다. 교부철학자는 물론이거니와 정통철학자와 일반학자들 중에도 여성의 기능을 부정적으로 본 예는 쉽게 찾을 수 있다. 여성의 생리와 임신과 출산은 모두 인간의 생을 이 지상에 가져오기 위해서는 없어서는 안 되는 그야말로 필수적인 생물학적인 조건들이다. 그러면서도 동시에 인간의 인위적인 능력의 한계를 넘는 현상들이다(적어도 의학과 기술이 결합되기 전까지는). 그러나 인간의 문화적인 개념에서 보면 이것들은 질적으로 차원이 낮은 것으로 평가될 우려가 있다. 문화란 인간에게 적합하지 않은 자연을 인간의 삶에 맞게 변형 내지는 변질시킨 결과이다. 그런데 이렇게 변화 내지는 변질된 자연을 만들어 내는 것은 다름아닌 인간의 이성의 기능에 의한다. 그러니까 문화와 이성은 인간에게 가치 있는 좋은 것이고 이성이 가미되지 않은 자연과 이성 아닌 것은 인간에게 좋지 않은 것이 되는 셈이다. 그런데 생리나 임신 출산은 인간의 이성으로서는 어떻게 해볼 수 없는 지극히 자연적인 것이다. 이 자연적인 것들을 구현하는 여성 또한 자연적인 존재로 간주된다. 그러므로 남성은 이성적인 문화적 존재인 반면 여성은 생물적인 자연적 존재이다. 그러므로 자연이 문화에 대해서 열등하듯이 여성 또한 남성에 비해서 열등하다. 이러한 견해는 인간을 보는 지극히 소박한 생물학적 결정론에 기반을 둔 본질주의적 인간 이해이다. 이 생물학적 결정론에 의해서 여성은 언제나 '결핍존재'로 규정되어 왔다.[7] 예를 들면, 여성은 이성이 결핍되어 있을 뿐만 아니라, 아리스토텔레스에 의하면 종자를 만들어 낼 수 없는 생물학적으로 결핍된 존재이고, 프로이트에 의하면 페니스가 결핍된 존재이다.

2) 부정적 견해의 부당성

이성은 일단 제쳐두고 한번 따져보자. 여성은 생물적인 종자를 생산하지 못하고, 페니스가 없기에 결핍 존재라면 지극히 생물적 기능인 생리, 임신, 출산을 못하는 남자는 왜 기능결핍존재라고 규

---

7) 즉 여자(A)는 남자(B)에 대해서 동등한 타자로서의 A가 아니라 non-B로서의 타자가 된다. 이 경우 non-B로서의 A는 주체적인 독립된 A가 아니라 오직 B를 기준으로 해서만이 그 존재가 설명된다.

정하지 않는가. 왜 남자는 생리를 못하고 임신을 못하고 출산을 못하는가라고 반문하고 싶다. 만일 남자가 생리하고 임신하고 출산한다면 이 기능들 때문에 남자란 자연적인 것을 조절할 수 없는 이성과 의지가 결여된 존재라고 폄하시키겠는가? 생리와 임신과 출산이 남자의 기능들이라면 이 기능들이 남자의 열등과 죄의 기호로 읽혀질 수 있고 남자를 인간이 가장 두려워하는 죽음과 결합시켰을까? 왜 똑같은 자연현상이 한쪽 성에게는 우월한 생물학적인 근거가 되고 다른 한쪽 성에게는 열등한 생물학적인 근거로 되는가. 이는 명백한 모순이다. 이러한 뻔한 논리적인 모순이 사회적으로 여과나 비판 없이 지금까지도 잘 받아들여지고 있는 것은 남성 편향적 인식이 여성 자신에게도 깊숙이 내면화되어 있음을 보여준다.

그리고 이들 생물학적 결정론자들에게 해 주고 싶은 말이 있다. 다른 것이 아니고 과학이 발달한 지금 이제 생리도 임신도 출산도 더 이상 순수히 자연적인 사실만은 아니라고. 여성도 이들 기능들에서 벗어나고 싶으면 얼마든지 자신의 의지와 선택 하에 벗어날 수 있게 되었다고. 아우구스티누스가 여자를 남자에 비해서 열등한 성으로 규정한 것은 그의 의지의 신앙에 의해서이다. 즉, 여성은 성욕과 생리와 임신과 출산을 조절할 수 있는 의지의 결핍이 여성의 열등성의 표현이라고 보았다. 의학의 발달로 생리나 임신도 여성 자신이 조절할 수 있는 이 시대에 이러한 견해는 설득력이 상실될 수밖에 없다. 임신을 피할 수 있을 뿐만 아니라 무통분만이라는 의학기술로 아무 고통 없이 출산도 할 수 있는 요즈음 사실을 그 옛날의 유대 남자들이 알았더라면 에덴동산의 이야기를 어떻게 썼을까 이것도 사뭇 궁금해진다.

　여성의 성을 우리의 생과 우리의 영혼의 구원에 위협적인 것으로 구성한 예는 일찍이 판도라의 신화에서도 읽을 수 있다. 판도라는 불을 훔친 죄를 지은 프로메테우스에게 복수하기 위해서 제우스가 창조한 최초의 여자이다. 성경에서 죄로 유혹한 첫 번째 인간이 여성인 것과 같다. 신들의 설계에 의해서 판도라는 외모는 아름다우나 가슴은 악으로 가득차게 창조되었다. 여기서 이 구절이 띠우는 뉘앙스는 여자는 원래 악하게 태어난다는 즉 여성은 본질적으로 악하다는 뉘앙스다. 신들은 세계의 악과 질병을 담은 항아리를 판도라에게 주었다. 이 말은 여자는 태어날 때 본성적으로 악을 지니고 태어난다는 말이다. 그녀가 그 항아리를 열었을 때, 이전에는 불행을 모르고 살아왔던 인류에게 죽음과 병이 퍼졌다. 이는 이 세상의 죄의 근원은 이브에게 있다는 교리와 부합한다.[8] 여자라는 종족은 판도라에게서 흘러나오기 때문에 여자는 판도라의 행위에 속하는 악의 흔적을 지니고 있다. 그러니 여자는 인간이 단지 인간이기 때문에 지니지 않을 수 없는 원죄 이외에 부가되는 여분의 죄를 지니고 태어난다. 결론적으로 이들이 말하고자 하는 의도는 여자는 인류를 죽음에로 이끄는 병적인 존재라는 점이다. 판도라의 신화에 따르면 여자는 죽음의 대리인이며 그래서 여자가 없다면

---

8) 겉은 아름다운 여자의 속에는 악이 잠복하고 있다는 이 이미지는 우리 나라에서도 찾아볼 수 있다. 옛날 이야기에 과거보러 가던 청년이 숲 속에서 만난 아름다운 처녀가 다음 날 보니 여우였다는 이야기도 같은 메시지를 담고 있다. 이제 막 말을 하기 시작하여 세상에는 그 말에 해당하는 사물이 구획지어 있다는 것을 어렴풋이 인지하는 손자 손녀들을 무릎에 앉혀 놓거나 혹은 잠들기 전 베갯머리에서 할머니 할아버지가 이 이야기를 매일 반복하니 그 어린이들의 무의식 층에까지 박혀지는 것이 무엇이겠는가? 이는 아무리 보기에 예쁜 여자라도 그 여자의 진면목은 나쁜 요물단지이니 여자란 존재는 멀리하는 것이 상책이다라는 각인이 아니고 무엇이겠는가.

사멸도 없게 될 것이다라는 것이고 이는 이브에 대한 부정적 해석
과 동일하다.

5. 맺는 말

이 세상에는 생이 있으면 죽음이 있고, 순결이 있으면 부정이
있고, 희망이 있으면 절망이 있고, 평정이 있으면 욕망의 뒤틀림이
있고, 빛이 있으면 어두움이 있다. 현실적으로 보면 대립되는 이들
힘 중에서 부정적인 측면들은 모두 여성에게 귀속되고 있는데 이
는 고대에 행해졌던 희생양 의식의 재현 이외의 것이 아니다. 여
성을 집단적으로 희생양으로 만듦으로써 남성들은 이 세상에 부정
을 몰고 온 원인을 여성에게 둘러씌울 수 있고, 그럼으로써 자신
들은 이 부정으로부터 멀어지고 따라서 여성을 지배할 수 있는 권
력을 획득할 수 있게 된다. 왜냐하면 부정하지 않은 자가 부정한
자를 지배하는 사회가 도덕적으로 바람직한 사회라는 것은 적어도
명목적으로는 누구에게나 이의가 없으므로, 위에 지적한 성경의
해석은 이미 기득권 성별인 남성들이 자신의 권력을 종교적으로
더욱 강화시키고자 한 체계적인 곡해 이외의 것이 아니다. 그러나
이 의도적으로 왜곡된 종교적 해석은 남성들뿐만 아니라 여성 자
신들에 의해서도 내면화된 지 그 역사가 무릇 얼마인지! 그러기에
그 많은 변화가 있어 왔지만 여성차별을 향한 저항운동은 아주 최
근에 와서야 여성들 사이에 그 공감대를 형성하기에 이른 것이 아
닌가.

　남자우월사상과 남아선호사상은 순전히 인간에 의해 형성된 가
치관이다. 그런데 이 가치관은 그리 쉽게 파기되지는 않을 것 같
다. 왜냐하면, 돌멩이에도 불심이 있다고 한 석가모니마저 다음과
같이 말하였기에 말이다. 즉 "이 세상 만상 중에 인간으로 태어나
기가 어렵고, 인간 중에 남자로 태어나기가 어렵고, 인간 중에 참
불자가 되기 어렵다"라고. 세상 이치를 깨치신 석가께서 어찌해서
이런 말씀을 하셨는지 내가 감히 모르는 무슨 이치가 필경 있는지
도 모르겠다. 아니면 아무리 석가이시라도 다른 현자들처럼 깨우
침에 시공의 제약을 뛰어넘지 못하셨는지. 즉, 석가 생존시의 여자
에 대한 사회일반의 시각을 반영하셨는지. 이런 유의 이야기는 서
양에도 있다. 다음은 동서양 양쪽에서 모두 철학자로서 오랫동안
인정받아 오는 플라톤이 하였던 말이다. "내가 신에게 감사를 드
리는 세 가지가 있는데 그 하나는 내가 짐승이 아닌 인간으로 태
어난 점과 다른 하나는 인간 중에서도 여자가 아닌 남자로 태어난
점과 마지막으로는 소크라테스와 같은 시기에 아테네에서 태어난
점이다."라고.

　정도의 차이는 있어도 남아선호사상과 남성우월주의는 동양이
고 서양이고 간에 그 뿌리가 깊다. 아무리 그 뿌리가 깊다한들 과
거의 모든 가치체계가 해체되어 가고 있는 포스트모던인 지금, 남
녀관계와 딸과 아들에 대한 우리의 인식도 이제 좀 포스트모던 할
때가 되지 않았는지. 남성우월이 자연스럽거나 윤리적으로 당연하
거나 바람직하다면 구태여 논리적인 우를 범하면서까지 이론을 만
들 필요는 없었을 것이고, 또한　부권이라는 제도적 장치를 필요
로 하지 않았을 것이다. 자고로 의로운 자들은 힘의 생성을 목적

으로 하는 집단을 형성하지 않으며 인위적으로 만들어진 힘의 정당함을 위하여 갖은 논변을 끌어다 대지도 않는다. 비자연스러움이나 정당하지 못한 일을 도모할 때에만 힘의 생성을 목적으로 하는 집단이 형성된다. 가부장제는 이러한 류의 가장 범지구적인 대형의 남성집단에 대한 명칭이고, 남성우월사상은 이를 정당화하기 위한 계획적인 그러나 논리성이 결여된 자의적인 이론이다.

성차별을 극복하기 위해서는 성차별을 강화하는 데에 기여해·왔던 모든 이론들이 검증을 거쳐 제자리 찾기를 해야만 한다. 이 제자리 찾기에서 빼놓을 수 없는 것이 창세기의 아담과 이브의 이야기에 대한 해석이다. 유혹자라는 억울한 낙인으로 2천년 동안이나 부당하게 입혀왔던 수의(囚衣)와 2천년 동안 옥죄어 매어왔던 굴레로부터 이브를 이제는 해방시켜야 한다. 우리는 아담을 그에게 정당한 자리에 내려 앉히고, 근거 없이 부당하게 폄시받아 왔던 이브의 복권을 위해서, 그래서 '너도 나도 다 같이 인간으로 잘 살아보기' 위해서 아담과 이브에게 지금과는 다른 해석을 내려야만 한다.9)

---

9) 이 글에서 지적된 여자에 대한 부정적인 존재규정은 성경의 문맥에서 단어만 빼내어 이것을 다시 모두 남성 편향적 시각에서 의도적으로 잘못 해석한 결과이다. 성경의 유혹 편에 적힌 바대로 따질 것 같으면 이브의 죄가 아니라 판단력과 의지력과 책임감이 없는 아담 자신의 죄와 오히려 남자에 대한 여자의 우월성이 부각될 뿐이다. 그러나 내가 여기서 결론처럼 보이는 여자의 우월성을 도출해 낸 논리도 말꼬리 잡고 늘어지기 식의 기계론적인 점이 있다. 이렇게 된 이유는 이 글의 의도가 성경을 들어서 남성우월을 말하는 그 논리를 그대로 적용시켜보면 오히려 남성우월사상이 무너져 버릴 수밖에 없다는 것을 보여주고자 함이었기 때문임을 밝혀둔다.